KB057947

겐지이야기源氏物語 병풍도

德川家康

도쿠가와 이에야스

3부 천하통일

30

전쟁과 평화

야마오카 소하치

대하소설 이길진 옮김

德川家康

도쿠가와 이에야스

3부 천하통일
30 전쟁과 평화

솔

『도쿠가와 이에야스』를 바로 읽기 위해

1. 본문 중 °표시가 된 용어는 용어 사전에서 풀이하였다.

2. 본문 중 ˙표시가 된 용어는 용어 사전 외에 부록 및 지도 등에서 설명하였다(다른 권 포함).

3. 인명과 지명은 원음 표기를 원칙으로 하며, 된소리를 피하고 거센소리로 표기하였다. 단 도쿠가와와 도요토미만은 원음과 차이가 있지만 일반인에게 익숙한 이름이기에 외래어 표 기법에 따랐다. 장음은 생략하였다.

4. 인명, 지명 및 고유명사는 처음 나올 때 원어를 병기함을 원칙으로 하였으며, 강과 산, 고 개, 골짜기 등과 같은 지명 역시 현지 음대로 강=카와(가와), 산=야마(잔, 산), 고개=사 카(자카), 골짜기=타니(다니) 등으로 표기하였다.

5. 성과 이름 중간에 나오는 것은 대부분 관직명과 서열을 나타내는 것인데, 그 당시의 관습 에 따라 이름과 혼용하여 쓰이는 경우도 있다. 각 관청 및 관직에 대해서는 부록에서 설명 하였다.
   ex) 히라테 나카츠카사노타유 마사히데 → 히라테 마사히데(이름) + 나카츠카사노타유 (나카츠카사의 장관), 아마노 아키노카미 카게츠라→아마노 카게츠라(이름) + 아키 노카미(아키 지방의 장관)

6. 시간과 도량형은 에도 시대에 쓰던 것을 그대로 따랐으며, 역시 부록에서 설명하였다.

차례

《 오사카 여름 전투 대진도 》

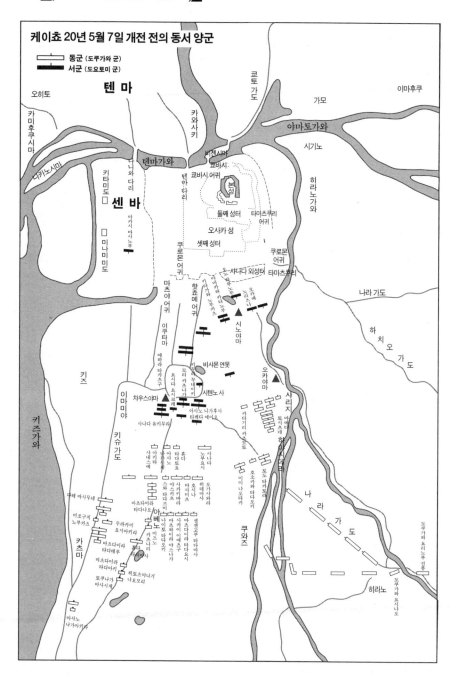

케이쵸 20년 5월 7일 개전 전의 동서 양군

동군 (도쿠가와 군)
서군 (도요토미 군)

텐 마

오히토
카미후쿠시마
타키노시마
코토가도
이마후쿠
카와사키
가모
야마토가와
시기노
텐마가와
벤텐시마
코바시
타니와 다리
키타미도
코바시어귀
텐마 다리
센 바
아카시카모부
미나미미도
둘째 성터
타마츠쿠리 어귀
오사카 성
셋째 성터
쿠로몬어귀
쿠로몬어귀
히라노가와
서다다 외성터
타마츠쿠리
나라가도
마츠야어귀
핫쵸메어귀
하치오가도
이쿠타마
시노야마
마사무네
오카야마
에하라타카즈구
비샤몬 연못
키즈
차우스야마
모리카츠나가
시텐노사
사리지
토도타카토라
오카야마
이마미야
키슈가도
사나다 유키무라
아사노 나가후사
타케다 에이오
카타기리 카츠모토
아베노
토도타카토라
쿠와즈
나라가도
카츠마
다테 마사무네
미조구치 노부카츠
우라카미 요시아키라
마츠다이라 타다나오
마츠다이라 타다테루
토루나가 마사시게
히토츠야나기 나오모리
히라노
도쿠가와 요리노부 신불
도쿠가와 요리노오
아사노 나가아키라
키즈가와

어리석은 집념

1

다시는 지나칠 일이 없으리라 여기고 일일이 작별을 고하고 지나온 토카이도東海道. 그로부터 겨우 두 달이 지났을까. 다시 이곳에 돌아올 수밖에 없게 된 이에야스家康˙는 나고야 성名古屋城에 입성할 때까지 몹시 기분이 언짢았다.

4월 10일 오후. 성 정면의 황금 샤치鯱˙는 찬연히 빛나며 하늘을 제압하고 있었다.

젊은 성주의 혼례를 앞두고 이에야스를 맞이하는 사람들의 얼굴은 모두 밝기만 했다. 오사카大坂 문제만 없었다면 이에야스도 환한 얼굴로 여러 사람들에게 말을 걸었을 것이다.

"먼 길 오시느라 수고 많으셨습니다."

정면 현관에서 타케고시 마사노부竹腰正信를 대동한 요시나오義直가 인사를 올렸다. 이에야스는 가볍게 고개를 끄덕였을 뿐 웃음조차 떠올리지 않았다.

요시나오를 따라 마중 나왔던 오사카의 로죠老女˙들은 서로 얼굴을 마주보았다.

"오오, 도와주고 있었군. 수고가 많아."

이 정도의 말은 당연히 들으리라 예상하고 있었다.

"역시 연세가 연세인 만큼 지치신 거야."

죠코인常高院이 변명하듯 말했다. 쇼에이니正榮尼도 오쿠라大藏 부인도 고개를 끄덕였다. 다만 니이二位 부인만이 불안한 듯 고개를 갸웃거리면서——

"혹시…… 상서롭지 못한 일이 있는 건 아닐까요……?"

조심스럽게 아오키 카즈시게靑木一重에게 말을 걸었다.

카즈시게는 잠자코 있었다. 그는 이미 자기들이 오사카 성에 돌아갈 수 있을지조차 의심하고 있었다.

이미 5일 토도藤堂 군 5,000이 이가伊賀의 우에노上野를 출발하여 우지가와宇治川, 카츠라가와桂川에 배치되었다. 그리고 이이 나오타카井伊直孝도 요도 성淀城의 경비를 명령받고 6일에는 히코네彦根를 떠났을 것이다.

오가키 성大垣城의 이시카와 타다후사石川忠總에게도 곧 상경하여 쇼류 사昌隆寺에 가서 이타쿠라 카츠시게板倉勝重와 함께 수도의 치안 확보에 임하도록 명령이 내려졌다.

급변하는 상황 속에 카즈시게는 섣불리 하루나가治長와 연락도 취하지 못하게 되고 말았다. 그도 처음부터 로죠들처럼 이에야스를 믿고 이 성에 남은 것처럼 가장할 도리밖에는 없었다.

'그러나저러나 우라쿠사이有樂齋* 부자는 어떻게 하고 있을까?'

오사카 성을 탈출하기는 했지만, 도중에 누군가가 붙잡아두고 있지나 않을까?

이에야스를 따라 서원書院으로 들어가는 요시나오와 타케고시 마사노부의 뒷모습을 바라보면서——

"곧 무슨 말씀이 계시겠지. 우선 안으로 들어가십시다."

카즈시게는 로죠들을 재촉하여 내전의 대기실로 들어갔다.

그로부터 4반각(30분)도 채 되기 전에 이에야스의 코쇼小姓°가 그들을 부르러 왔다.

"오고쇼大御所°는 역시 우리 일을 잊고 계시지는 않았어. 병환이라도 들지 않으셨으면 좋으련만……"

로죠들은 카즈시게를 재촉하여 서둘러 이에야스 앞으로 나갔다.

이에야스의 거실에는 요시나오와 타케고시 마사노부 외에 나가이 나오카츠永井直勝가 시무룩한 얼굴로 앉아 있었다.

"오오, 왔군."

힘없는 소리였으나 이에야스는 애써 웃음을 떠올리고 있었다

"난처한 일이 생겼어. 우라쿠가…… 오사카의 우라쿠 부자가 결국 성을 버리고 나왔다는군."

이에야스의 잠긴 듯 낮게 깔리는 목소리는 탄식과도 같고 체념한 것처럼도 들렸다.

2

"아니, 우라쿠 님이…… 그것은…… 그것은 무엇 때문입니까?"

맨 먼저 몸을 앞으로 내민 것은 죠코인이었다.

이에야스는 그 질문에 얼른 대답하지 않았다. 가져온 찻잔을 들고 불룩한 배 위에서 한참 동안 노려보듯 내려다보고 있었다.

"우라쿠는 그대에게는 외숙부……"

"외숙부가 어째서 성을……?"

"전쟁이 싫기 때문이라는군. 지금 여행 중인 모양이야. 십이삼일경

에는 여기 도착하겠지…… 나는 꾸짖겠어."

"오고쇼 님!"

죠코인은 당황했다.

"분명히 말씀해주십시오. 전쟁이 싫다……고 외숙부님이 말씀하신 것은 무슨 의미일까요?"

이에야스는 힐끗 카즈시게 쪽을 보고 말했다.

"오사카에서는 모두들 싸울 결심을 했다…… 그런 말이겠지."

"아닙니다! 그럴 리가 없습니다. 생모님도 주군도……"

"잠깐. 이 일은 결코 그대들만의 불행이 아니야. 전쟁이 벌어지면 이이에야스도 다시 전쟁터에 나가지 않으면 안 돼. 알겠나? 사흘이나 닷새 동안에 끝나면 좋아…… 그러나 좀더 길어진다면 이번에야말로 살아서 토카이도로 돌아올 수 없을 것이야. 적의 손에 죽지 않더라도 천수라는 게 있으니까."

이에야스는 다시 웃으려 했으나 웃음이 나오지 않았다.

"그대들은 잘 알고 있을 테지. 쇼군將軍°은 겨울 전투 이후 오사카를 무력으로 대하겠다는 의견이야…… 그것을 내가 애써 견제했어. 그런데도 오사카에서는 전혀 내게 협력하지 않는 거야. 또다시 떠돌이무사들을 모아들이고 일단 메운 해자垓字°를 다시 파고…… 그래서 드디어 히데요리秀賴 님도 생모님도 다시 싸울 결심을 했다…… 우라쿠는 이렇게 본 모양이겠지. 그렇지 않으면 성을 버릴 리가 없지."

"어머……"

"이렇게 되었으니 나도 그대들을 감쌀 수가 없게 됐어. 실은 말이지, 쇼군은 반드시 그렇게 된다고 보아 이미 전쟁준비를 마쳤어…… 그러나 나는 아직 체념은 않고 있어."

순간 아오키 카즈시게의 어깨가 꿈틀 움직였다.

이에야스가 말끝에 힘을 준 의미가 무엇일까? 카즈시게는 그 의미를 알고 싶었다.

"카즈시게도 잘 듣게. 전군이 성을 포위할 때까지 단 한 사람이라도 좋아! 체념하지 않는다는 것은, 진정으로 도요토미豊臣 가문을 위하는 사람이 나타나 히데요리 님에게 잠시 오사카를 떠나도록 하라, 오사카를 떠나 야마토大和의 코리야마郡山로 옮겨 쇼군의 오해를 풀도록 하라……고 권하기를 기대한다는 의미일세."

"……"

"그러면 내가 나중에 반드시 히데요리 님을 오사카로 돌려보내겠어…… 문제는 진정으로 도요토미 가문을 생각하는 사람이 있을지…… 여기에 오사카의 운명이 달렸네."

"그러면, 그러면 저희들에게 곧바로 오사카에 돌아가 우다이진右大臣° 님께 그 말씀을 드리라……고 하시는 것입니까?"

"죠코인, 그래만 준다면 구원을 받는 것은 히데요리 님이나 생모님뿐만이 아니야. 이 이에야스도…… 그리고 돌아가신 타이코太閤° 도…… 후세의 비웃음을 받지 않게 될 테니까……"

이에야스의 눈은 어느 틈에 흥건히 눈물로 젖어 있었다.

3

아오키 카즈시게는 망연히 이에야스를 바라보았다.

'이 사람이 슨푸駿府에서 나를 꾸짖은 바로 그 이에야스일까……?'

카즈시게는 지금까지 이에야스에게 그런 연약한 눈물이 있을 줄은 상상도 하지 못했다.

'이것이 이에야스의 진심이라면……'

그런 생각만 해도 심장이 얼어붙는 것 같았다.

그렇다면…… 자기가 하루나가에게 보낸 지금까지의 보고는 모두 사실과 다른 허위보고.

'그럴 리가 없다! 오사카를 치려는 것은 히데타다秀忠이고, 이에야스는 히데요리의 편…… 이런 일은 있을 수 없다.'

이때 이에야스가 다시 뜻밖의 말을 했다.

"나는 비록 어떤 일이 생긴다 해도 우다이진과 생모님은 구하겠어. 이것은 나의 집념이야!"

이번에는 카즈시게보다 로죠들이 더 놀랐다.

"갑자기 이런 말을 해도 알지 못할 거야. 그러나 나의 출생, 나의 생애를 생각한다면 이해할 수 있을 거야. 나는 싸웠어! 몇십 번이나…… 아니, 앞으로도 싸울 것이야. 그러나 나의 적은 아녀자들이 아니야. 아무것도 모르는 아녀자들에게 갑자기 들이닥치는 전쟁…… 그 전쟁이야말로 내가 용서할 수 없는 적이야."

카즈시게는 눈을 둥그렇게 뜨고 저도 모르게 몸을 앞으로 내밀었다. 로죠들은 숨을 죽인 채 눈도 깜빡이지 못했다.

"전쟁을 통해 자기 이익을 도모하려는 자에게 전쟁처럼 손해되는 것은 없어, 알겠나? ……그 점을 철저히 깨닫게 하여 전쟁의 뿌리를 뽑아버리는 것이 나의 소원이야. 그것 때문에 남들보다 더 많이 참아왔어. 남들보다 몇 배 더 인내하고, 노력해왔어…… 그렇게 하는 것이 신불의 뜻에 부응한다고 생각하고 있고…… 그래서 타이코가 돌아가신 후 천하를 맡게 되었어. 나는 나의 처자가 살해당한 일은 있었으나 이마가와今川, 오다織田, 타케다武田…… 인연이 있어 만났던 사람들의 혈육이나 친척에 손을 댄 기억은 없어…… 그러한 내가 고희를 훨씬 넘긴 수명의 혜택을 입고 고맙게 여기면서 아미타불에게로 가려고 하는 지금, 무슨 잘못이 있었는지 다시 전쟁터에 나가야 하다니…… 나는 화가 나서 견딜 수가 없어!"

14

이에야스의 굳어진 얼굴은 보기 흉하게 눈물로 젖어 있었다.

"이해할 수 있겠나? 내가 화를 내는 것은 절대로 신불에게가 아닐세. 아니, 다른 사람에 대해서도 아니지. 이렇듯 비참한 말년을 맞이할 수밖에 없게 된 나의 방심에 분노가 치미는 거야…… 나는 절대로 죽도록 내버려두지 않겠어! 우다이진과 생모님도 죽게 할 수는 없어. 두 사람을 죽게 한다면 이마가와 우지자네今川氏眞를 돕고 오다 죠신織田常眞을 용서한 내 고집, 내 집념은 어떻게 되겠나. 이에야스는…… 이에야스는…… 죽는 한이 있어도 아녀자를 적으로 하여 싸우는 비겁한 자는 될 수 없어."

"오고쇼 님!"

갑자기 죠코인이 부르짖듯 말하고 머리를 조아렸다.

"말씀해주십시오! 이 몸이 할 수 있는 일을…… 무슨 일이든…… 말씀해주십시오."

죠코인의 말이 끝나기도 전에 아오키 카즈시게가 흐느끼기 시작했다. 이에야스가 깜짝 놀라 입을 다물 만큼 그 오열은 갑작스럽기도 하고 격렬하기도 했다.

4

카즈시게의 오열은 한동안 계속되었다.

'무엇 때문에 이렇게 우는 것일까?'

울면서 카즈시게는 문득 자기 자신을 내던졌다. 영문을 알 수 없는 애절함이 더욱더 심하게 가슴을 짓눌러왔다.

카즈시게 자기로서는 상상도 하지 못한 탄식을 지금 이에야스가 하고 있었다.

"……고희를 훨씬 넘긴 수명의 혜택을 입고 고마워하면서 아미타불에게로 가려고 하는 지금, 무슨 잘못이 있었는지 다시 전쟁터에 나가야 하다니……"

울면서 이렇게 말하고, 이처럼 비참해진 말년에 화가 난다고 이에야스는 번민하며 탄식하고 있었다. 이에야스나 되는 인간에게 이런 불만이 있을 줄은 상상도 못했던 카즈시게였다.

'그렇구나……! 역시 오고쇼도 우리와 같은 인간, 따뜻한 마음을 가진 인간이었던 것이야……!'

이러한 생각을 하면서 카즈시게는 흐느낌을 누르지 못하고, 한층 더 격렬한 오열에 사로잡혔다.

'살아 있는 자는 누구도 이 업고業苦에서 벗어나지 못한다.'

그 마음은 절망도 아니고 분노도 아니었다. 끝없는 비애였다.

울만큼 울고 나서 카즈시게는 머리를 조아렸다.

"오고쇼 님께 청이 있습니다. 저도 로죠들과 함께 급히 오사카로 돌아갔으면 합니다."

이에야스는 고개를 끄덕였다.

"그대는 히데요리 님에게 내 뜻을 말할 생각인가?"

"예…… 예. 죠코인 님도 아마 야마토로 옮기시도록 권하실 것입니다. 저도 그 일에 힘이 되고 싶습니다."

"그래, 그렇게 해주겠는가?"

이에야스는 몸을 앞으로 내밀듯이 하고ㅡ

"그러나 좀더 기다려보게."

제지했다.

"하루 이틀 사이에 우라쿠 부자가 올 것일세. 그들을 만나보는 편이 좋을 거야. 우라쿠 부자가 뭐라고 할지…… 그 말이 아무래도 참고가 될 테니까."

"우라쿠 님을……?"

"그래, 만나는 편이 좋을 것이야. 우라쿠가 성을 버리게 된 직접적인 원인이 무엇이었는지…… 나보다 먼저 만나 물어보는 것이 좋겠지. 안 그런가, 죠코인?"

"예. 그것이 좋을 듯합니다. 그러면 저희들은 외숙부가 오시면 곧 출발할 수 있도록 준비를 해놓겠습니다."

로죠들이 물러간 뒤 이에야스는 아오키 카즈시게에게 다시 한 번 다짐을 했다.

"잠시 오사카 성을 떠나 있으면, 내가 반드시 그 성을 수리하고 영접하는 사자를 보내겠어, 알겠나?"

"예."

"일곱 장수 가운데 신변을 경호할 수 있는 젊은이들은 있겠지? 그들의 삼엄한 경비 속에 코리야마 성에 입성하여 근신한다…… 알겠나, 쇼군이 포위하기 전에 실행하지 않으면 효과가 없어. 엉뚱한 일만 하지 않으면 그 뒤는 내가 책임지겠어."

카즈시게가 납득한 얼굴로 물러났다.

사방침에 기댄 이에야스는 잠시 허공에 눈길을 둔 채 말했다.

"마치 내가 배반자같이 됐어. 안 그런가, 나오카츠?"

나가이 나오카츠는 말없이 고개를 끄덕였다.

5

천하를 다스리는 데 사사로운 정은 금물…… 누구나 납득할 수 있는 이치에 따르라고 입만 열면 쇼군 히데타다에게 훈계하는 이에야스였다. 그러한 이에야스가 한편으로는 쇼군의 뜻을 받아들여 군사를 속속 쿄토京都 주변에 집결시키면서 다른 한편으로는 히데요리를 도우려고 고심하고 있다.

'과연 이런 태도가 허용되어도 좋을 것인가?'

이에야스 자신이 하는 일이 아니라면, 분명 '모반'이라 단정해도 좋을 정도였다.

"나오카츠, 이 말을 절대로 입밖에 내면 안 된다."

이렇게 말하는 이에야스는 어느새 하늘을 두려워하는 소심한 노인의 얼굴이 되어 있었다.

그 다음 날인 11일 저녁, 오다 우라쿠사이織田有樂齋는 아들 히사나가尙長를 데리고 나고야에 도착했다. 그리고는 은밀히 타케고시 마사노부 저택에서 아오키 카즈시게와 회견했다.

'우라쿠가 카즈시게에게 무슨 말을 할까……?'

이에야스는 그 일이 못내 마음에 걸렸다. 그러나 12일의 혼례도 있고 하여 미처 물어볼 틈이 없었다. 그리고 혼례를 마친 13일 이에야스가 우라쿠사이를 접견했을 때는 이미 카즈시게나 로죠 일행은 나고야를 떠난 뒤였다.

우라쿠사이는 이에야스 앞으로 나와 여전히 비꼬는 투로—

"아오키 카즈시게와 십일일 밤에 만났습니다."

자기가 먼저 카즈시게에 대한 말을 꺼냈다.

"문자를 읽을 수 있는 훌륭한 눈을 가졌으면서도 세상을 전혀 못 보는 눈뜬 소경이라는 말이 있습니다마는…… 카즈시게는 바로 그러한 장님입니다."

그때 이에야스 곁에는 츠카이반使番°인 오구리 마타이치 타다마사小栗又一忠政, 오쿠야마 지에몬 시게나리奧山次右衛門重成, 죠 이즈미노카미 노부시게城和泉守信茂 등이 동석하고 있었기 때문에 우라쿠사이는 이미 이에야스의 출진이 임박했다고 판단하여 필요 이상 기를 쓰고 있는 것 같았다.

"그래, 카즈시게는 장님이어서 세상을 보지 못한다는 말인가?"

"그렇습니다. 제가 공연한 싸움에 말려들 뿐이므로 돌아가지 말라고 했더니, 공연한 싸움이라면 왜 말리지 않느냐고 대들었습니다. 아직도 이번 전쟁을 막을 수 있다고 생각하는 모양입니다."

이에야스는 가볍게 고개를 끄덕이고 나서 물었다.

"그럼, 전쟁이 불가피하다…… 그대는 그렇게 보고 오사카 성을 나왔단 말인가?"

"그렇습니다."

우라쿠사이는 낯을 찌푸리고 혀를 찼다.

"인간은 그렇게 죽음을 서두르지 않아도…… 누구나 다 평등하게 하늘이 내리는 죽음의 혜택을 입을 수밖에 없다, 전쟁터에서 죽으려는 생각은 이미 낡았다, 지금은 이불 속에서 죽는 법을 생각해야 할 평화로운 시대……라고 알아듣도록 말했으나 카즈시게 그자에게는 전혀 통하지 않더군요."

이에야스는 우라쿠사이의 독설에 말려들지 않으려고 짐짓 말을 다른 곳으로 돌렸다.

"카즈시게야 아무래도 좋아. 우다이진은 어떤가, 우다이진도 죽음을 재촉하는가?"

"젊었을 때는 생명의 소중함을 모르는 법이지요."

"생모님은 어떤가? 생모님은 올해 마흔아홉, 그것을 알 만한 나이가 되었는데……"

이에야스의 말에 입술을 일그러뜨리는 우라쿠사이의 눈 가장자리에는 쓸쓸한 그늘이 덮였다.

"생모는 미치광이입니다. 어수룩한 미치광이라고나 할까, 절대로 행복해질 수 없는 가련한 여자지요."

6

이에야스는 우라쿠사이가 얄밉기까지 했다.

이렇듯 만나면 얄미워지기는 했으나 이에야스는 우라쿠사이를 좋아하고 있었다. 형인 노부나가信長의 살벌한 성격이 동생 우라쿠사이에게는 독설의 형태로 이어지고 있었다. 두 사람 다 예리하고 섬세했으나 형은 긴 칼, 동생은 단검을 연상시켰다.

"우라쿠사이, 그대는 어째서 그 가련한 사람을 버릴 생각이 들었나? 미치광이……라고 하지만 상대는 한낱 여자. 외숙부인 그대만이라도 곁에 있어야 할 것 아닌가?"

"짓궂은 말씀을 하시는군요."

우라쿠사이는 낯을 찌푸리고 웃었다.

"곁에 있으면 죽어야만 합니다. 오다 우라쿠사이는 죽기가 싫어 여기 왔다…… 잘 아시면서 물으시다니. 하하하……"

"우라쿠사이."

"왜 그러십니까?"

"그대는 오사카의 생모님을 어수룩한 미치광이라고 했지?"

"예, 분명히 그렇게 말했습니다."

"그 까닭을 알고 싶군. 나는 이해할 수가 없어."

이에야스는 진지하게 물었다. 우라쿠사이는 진지하게 묻는 이에야스를 바라보며, 가만히 고개를 저었다.

"점점 더 짓궂어지시는군요. 그 여자는 만나는 사람마다 모두 반합니다. 못 말릴 정도로 반하는 버릇을 가진 여자지요."

"허어! 그 고고한 생모님이?"

"우선 타이코에게 반하고, 다음에는 오고쇼에게 반하고, 또 지금은 어리석은 바보에게 반해 사랑하고 있습니다."

이에야스는 어처구니없다는 듯 눈을 끔벅였다.

"아니, 반하는 것뿐이라면 아직은 구제될 수도 있으나, 본바탕이 미치광이여서 반한 사나이가 뜻대로 되지 않으면 미친 암사자…… 이런 데에 절대로 행복해질 수 없는 그 여자의 숙명이 있습니다."

"으음."

"더구나 어수룩하기 때문에 반했던 상대가 버리지 않으면 손을 끊지 못합니다. 그런데 지금은 그다지 현명하지 못한 상대…… 그와 손을 끊을 수 있을지…… 끊을 수 있다고 보았다면 이 우라쿠는 그 여자를 버리고 여기 오지 않았을 것입니다. 깨끗이 손을 끊게 하고 우다이진과 함께 오사카 성에서 나오게 했을 것입니다. 그러나 불가능하다고 안 이상 내가 물러날 도리밖에는 없지 않습니까? 오고쇼 앞에서 이런 말을 하게 되어 정말 죄송스럽습니다만…… 여자의 운명을 결정하는 것은 역시 남자……"

이에야스는 고개를 돌리고 반은 듣지 않는 체했다. 우라쿠사이의 말 뒤에 숨은 야유를 너무나 잘 알 수 있었기 때문이다.

"……오고쇼가 억지로라도 그 여자를 곁에 두고 사랑해주었더라면 이렇게는 되지 않았을 텐데……"

이런 원망을 늘어놓고 있는 모양이었다.

사실 요도淀 부인*은 분명히 '미치광이'였다. 그녀가 보통 성질의 여자였다면 이에야스도 굳이 피하지는 않았을 것이다.

그런데 상대는 타이코의 미망인이고 히데요리의 어머니였다…… 타이코가 살아 있을 때와 마찬가지로 도도하게 행동한다면 사나이의 일에 방해가 된다…… 이러한 그의 생각은 타산이면서도 타산이 아니었다. 역시 어딘지 모르게 이에야스는 요도 부인의 기질을 두려워하고 있었는지도 모른다.

그 기질을 우라쿠사이는 '미치광이'라고 표현하고 있다. 그리고 이

미치광이는 지금 하루나가와 끊을 수 없는 애정에 묶여 있다…… 우라쿠사이는 이런 말을 하고 있다.

7

"그런가, 남자와 여자란 그런 것이란 말이지."

이에야스는 문득 츠키야마築山의 모습을 눈앞에 그려보고 당황하여 자세를 고쳤다.

"생모님에 대한 말은 그 정도로 알겠어. 그럼, 우다이진은 어떤가? 우다이진도 성을 나갈 정도의 결단은 못 내린다고 보았나?"

우라쿠사이도 이때만은 슬퍼하는 눈빛이 되었다.

"그 역시 잘 알고 계실 것입니다…… 그때그때 사나이에게 반해 마음을 태우거나 다투기도 하는 바로 그 과부의 자식이…… 그리고 이러한 과부의 비위만 맞추려는 여자들 틈에서 자란……"

말하다 말고 우라쿠사이는 고개를 저었다.

"유감스럽게도 이 우라쿠가 버린 것이 아닙니다. 이 우라쿠는 한 번도 부탁을 받은 일이 없습니다. 도요토미 가문의 운명은 카타기리片桐 형제를 쫓아냈을 때 이미 결정되었습니다."

이에야스는 초조했다. 그러나 우라쿠사이를 꾸짖을 단서를 잡을 수가 없었다.

'과연, 이 사람은 세상을 볼 줄 안다……'

만약 이 사람이 이에야스였다면…… 카타기리 형제가 성에서 나가기 전에 요도 부인이나 히데요리에게 말리도록 했을 터. 그러나 우라쿠사이에게 그러한 역할을 바란다는 것은 무리였다. 도요토미 가문에서 우라쿠사이의 위치는 원로도 아니었고, 중신도 아니었다. 잔소리만 늘어놓는 한 사람의 식객에 불과했다……

"그러면, 그대는 지금 오사카를 움직이는 것은 히데요리도 생모님도 아니다, 그건 생모님의 정부情夫인 슈리修理라고…… 그 슈리를 이번 전쟁의 상대라고 보는 모양이군."

우라쿠사이는 다시 빈정대듯 입술을 일그러뜨리고—

"천만에요……"

냉소했다.

"상대는 견식이 없고 우유부단한 슈리에게 조종당하는, 갈 곳 잃고 궁지에 몰린 이리떼…… 무슨 짓을 저지를지 모르기 때문에 제가 이렇게 도망쳐온 것입니다."

"우라쿠사이!"

이에야스의 말이 갑자기 날카로워졌다.

"그대는 자기 자신마저 위험하여 있지 못하는 오사카 성에 생모님과 우다이진을 남기고 도망친 매정한 자…… 이런 오명을 쓰게 되는 것을 각오하고 있다는 말이지?"

"당치도 않습니다."

우라쿠사이는 한마디로 부인했다.

"그게 아니라, 그 이리들 중에서 어떤 자는 이렇게 생각하고, 어떤 자는 이런 점을 노리고 있다고…… 오고쇼에게 자세히 말씀 드려 소요를 조속히 가라앉히는 것이 천하를 위한 일이라고 생각했기 때문에 뛰쳐나왔을 뿐입니다."

"으음, 그렇다면 이미 전쟁은 불가피하다는 말인가?"

"오고쇼 님은 일부러 문을 열어놓고 피할 수 있는 길을 제시하셨습니다. 그러나 하루나가는 그 문으로 떠돌이무사들을 내보내지 않고 도리어 오고쇼의 손을 물도록 선동했습니다. 아까 말씀하신 대로 이번 전쟁의 상대는 하루나가……라 생각하고 대하시면 큰일입니다. 궁지에 몰린 쥐는 고양이를 문다고 합니다마는, 오사카의 쥐들은 이미 쥐가 아니라 고양이…… 아니, 죽음을 각오한 이리떼로 탈바꿈하고 있습니다. 그것을 오고쇼는 모르고 계십니다!"

갑자기 우라쿠사이는 눈을 부릅떴다.

이에야스는 섬뜩했다. 그 눈빛이 지난날의 노부나가와 너무나 닮았기 때문이다.

"분명히 말씀 드리겠습니다. 지금과 같은 심정으로 출진하시면 오고쇼 님은 살아서는 개선하실 수 없습니다. 도요토미 가문을 존속시키려다 천하의 평화를 잃을지도 모를 어리석음을 범하고 계십니다. 이 오다 우라쿠는 꼭 그 말씀을 드려야겠다는 마음으로 일생 일대의 용기를 내어 달려왔습니다."

8

이에야스는 아연실색하여 우라쿠사이의 깊이 주름진 얼굴을 바라보았다.

'꾸짖을 생각이었던 내가 오히려 당하는 꼴이로군……'

도요토미 가문의 존속을 바라다가 천하의 평화를 잃는다…… 이 말은 얼마나 무서운 채찍이란 말인가.

"으음."

이에야스는 신음했다. 신음하는 동안에 말할 수 없는 분노가 이글이글 타올랐다.

"우라쿠! 말이 지나치군."

"하하하……"

우라쿠사이는 날카로운 시선을 이에야스에게 보낸 채 웃었다.

"당연히 분노하셔야 합니다. 화가 나시면 어서 우리 부자의 목을 치십시오."

"이제는 토라지기까지 하는가?"

"그렇소이다. 우라쿠 정도나 되는 자가 일부러 오사카 성을 버리고 왔는데, 생모와 우다이진을 저버린 비정한 자…… 그런 눈으로밖에 보시지 못하는 오고쇼…… 차라리 죽는 편이 좋지요. 무슨 보람으로 산다는 말입니까?"

이에야스의 얼굴이 빨갛게 되었다.

"닥치지 못할까! 어찌 그대 같은 자를 베겠는가. 그러나 전쟁에 관해서는 그대 같은 자의 지시를 받을 이에야스가 아니야! 큰소리를 치지 말라고 주의를 주었을 뿐이야."

"하하하…… 그런 꾸중은 처음부터 각오하고 있었소이다. 그러나 궁지에 몰린 끝에 죽을 각오를 한 이리떼는 얌전한 사냥꾼에게 쉽게 잡히지 않습니다. 또 세상에는 기린이 늙으면 당나귀만도 못하다는 속담이 있고, 두 마리 토끼를 쫓는 자는 한 마리 토끼도 잡지 못한다는 비유도 있습니다. 천하를 손에 넣은 도쿠가와 이에야스德川家康라는 무장은 전쟁에도 강했지만 인정 역시 두터웠다…… 그런 칭찬을 바라다가 사냥터에서 이리떼에게 물려 죽는다면 우스운 일입니다. 아니, 그렇게 되지는 않겠지요! 그렇게 된다면 그야말로 천하의 큰일…… 이 우라쿠도 인간입니다."

"잘도 지껄이는군, 우라쿠."

"안 지껄일 수가 없지요. 최후라고 결심한 이상 가슴속 말을 다 털어놓으렵니다. 우라쿠도 인간, 변변치 못한 조카딸도 귀엽지만 그 조카딸이 낳은 아이도 귀엽습니다…… 그러나 지금 천하에 난리가 일어난다면, 나의 형 노부나가뿐 아니라 평생토록 타이코가 이룩한 일도 모두 물거품…… 일의 중요성을 생각하여 눈물을 누른 채 성을 버리고 이리 달려왔는데…… 수치를 당한 채 이대로 있을 수는 없소이다."

우라쿠사이는 잠시 입을 다물었다. 물감을 칠한 듯이 빨갛던 이에야스의 얼굴빛이 연보라색 흙빛으로 변했기 때문이다.

"이제 더 이상 드릴 말씀이 없습니다. 오고쇼는 너무 연로하여 결단이 모자란다……고 무례한 말씀을 드린 우라쿠, 마음대로 하십시오."

이에야스는 오른손 엄지손가락 손톱을 깨물기 시작했다.

"이자를 끌어내라!"

목구멍까지 치솟은 신경질을 꾹 누르려는 노력이었다.

"우라쿠…… 여전히 그대는 가증스러워."

"예……"

"그런 말을 했다고 해서 나는 노하지 않아…… 그런 계산이 그대의 오만한 콧대에 역력히 드러나 있어. 그대도 우다이진의 생모도…… 어떻게 해볼 도리가 없는 미치광이들이야!"

<h1 style="text-align:center">9</h1>

우라쿠사이는 잠시 동안 묵묵히 이에야스를 바라보고 있었다.

이에야스가 치솟는 울분을 억누르고 노하지 않으려 한다…… 그 노력을 모르는 우라쿠사이가 아니었다.

'할말은 다 했다……'

아니, 필요 이상의 독설을 내뱉었다.

'이제 됐다. 이쯤 하고 나도 예의를 다해야 한다……'

"황송합니다."

불쑥 말하고 우라쿠사이는 가볍게 머리를 숙였다.

"말씀대로 우라쿠는 오고쇼 님에게 어리광을 부리고 있습니다. 인내력이 강하신 기질을 잘 알고 독설을 내뱉었습니다. 이 정도로는 노하시지 않으리라는 계산을 늘 마음 한구석에 하고 있습니다."

"그, 그것을 분명히 알았는가?"

"알았기에 새삼 말씀 드립니다. 오사카 성의 이리떼에게는 갈 곳이 없다는 공통된 사정이 있기는 하나 통일된 의견은 없습니다. 대략 세 파로 갈라져 의견이 분분하리라 생각합니다."

"말해보게. 그 중 한 파는?"

"사나다 사에몬노스케眞田左衛門佐*와 키무라 나가토노카미木村長門守*의 일파, 이들이 가장 강하고 뼈대가 있는 자들. 여기에는 고토 마타베에後藤又兵衛*가 가담했습니다. 다른 한 파는 슈리와 일곱 장수 중신들…… 다시 그 밑에 슈리의 동생 하루후사治房*와 도켄道犬…… 이 하루후사, 도켄 등 생각이 모자라는 산돼지들이 실질적으로는 갈 곳 없는 이리떼들을 가장 교묘히 움직이고 있습니다. 그들은 우선 오고쇼 님이 우다이진을 옮기시려는 야마토의 코리야마를 먼저 습격하여 키슈紀州 군과의 연락을 끊고, 그곳의 토호들을 설득해 싸우려고 할 것이 틀림없습니다."

우라쿠사이는 겨우 야유를 즐기는 본래의 성격을 거두고 진지하게 말하는 자세가 되었다.

이에야스는 안도했다.

'역시 분노는 적이었어……'

마음속으로 중얼거리고서 그 역시 열심히 고개를 끄덕였다.

"물론 우다이진의 하타모토旗本*가 성밖으로 나와 싸우지는 않을 것입니다. 그들을 성안에 두어야만 나가서 싸우는 자들에 대한 불안을 해소할 수 있지요. 따라서 우지에서 세타瀨田로 나가 싸울 자들이 있다면 그 지휘는 사나다 사에몬노스케가 맡을 것입니다. 그들이 쿄토에서 후시미伏見를 점령한다면 전쟁은 필시 장기전이 되겠지요."

이에야스는 사태를 설명하는 우라쿠사이의 진지한 모습에 자칫 웃음을 터뜨릴 뻔했다. 그의 말은 모두 이미 이에야스가 생각하고 있는 것과 같았다…… 그러나 이 위급상황을 알려야 한다는 생각으로 달려온 우라쿠사이의 괴로운 심정만은 충분히 이해할 수 있었다.

"아직 생모는 확실한 결단을 내리지 못하고 있습니다. 그러나 그건 슈리가 결심을 못했기 때문에 망설이고 있을 뿐, 슈리의 마음이 결정되면 가련한 여자는 그 뜻대로 조종되겠지요. 우다이진도 마찬가지…… 언젠가는 오고쇼를 불구대천不俱戴天의 원수처럼 여기고 죽을 각오를 할 것입니다. 아니, 그렇게 되지 않으면 이리떼들이 등뒤에서 활, 총포로 노리는 방법도 있겠지요."

"알았어!"

이에야스가 손을 들어 제지했다.

"우라쿠사이가 하는 말, 모두 정곡을 꿰뚫고 있어. 그래, 서둘러야겠어. 누가 우라쿠사이를 모시고 나가 휴식을 취하게 하도록……"

이렇게 명하고 자세를 가다듬었다.

전쟁이 불가피하다는 사실을 알게 되면 아직은 늙은 모습을 남에게 드러내지 않는 이에야스였다……

10

우라쿠사이를 내보내고 나서 이에야스는 사방침에 기댄 채 묵묵히 생각에 잠겼다. 전략과 전술상 특별한 의견은 없었다. 그러나 우라쿠사이가 말한 오사카 성의 파벌과 감정의 흐름은 선뜻 수긍이 될 만큼 탁월한 분석이었다.

'그런가, 역시 생모는 믿을 수가 없는가……'

이미 쉰에 가까운 여자, 그 여자가 마지막 정열을 불태우며 끌어안는 사나이 앞에 무력해진다고 해도 이상할 것은 없다. 그리고 그 여자의 아들인 히데요리 또한 머지않아 우라쿠사이가 생각하는 것 같은 수렁에 빠질 수밖에 없을 터.

'그렇다면…… 아직 남아 있는 구원의 길은 어디에 있을까……?'

따지고 보면 그 가운데 어느 하나도 이에야스가 생각지 않은 것은 없었다. 그렇게 되었을 경우를 생각해서 이미 야규 마타에몬柳生又右衛門에게 명하여 두 사람의 주변에 오쿠하라 신쥬로 토요마사奧原信十郎豊政˙를 들여보냈다.

그러나 겨울 전투가 화의를 맺은 지금 과연 신쥬로가 옛날 그대로 긴장을 풀지 않고 있을까……?

"마타이치, 지금 야규 마타에몬은 어디 있을까?"

이에야스는 아직까지 곁에 남아 있는 츠카이반인 오구리 타다마사에게 물었다.

"마타에몬은 쇼군 님을 모시고 현재 에도 성江戶城에서 출발준비를 하고 있습니다."

"으음, 그렇다면 쇼군의 신변보호라는 중요한 임무가 있으니 쉽게 부를 수도 없겠군."

"무슨 특별한 지시라도……?"

"마타이치……"

"예."

"지금 오사카 성에서 찔러야 할 급소는 슈리인 것 같다."

"찔러야 할 급소…… 말씀입니까?"

"그렇다."

이에야스는 눈을 빛내면서 고개를 끄덕였다.

"생모님이나 우다이진을 구하기 위해서는 직접 하루나가와 부딪치는 것이 상책이야."

"오고쇼 님이 직접 오노 슈리大野修理를……?"

"그래. 슈리는 우유부단한 사내야. 어떤 일이 있어도 그자에게 생모
님과 우다이진이 죽도록 해서는 안 돼. 반드시 구출할 수 있도록 만반
의 준비를 하라고 명령하는 거야."

오구리 타다마사는 눈을 깜박이면서 고개를 갸웃했다. 오노 하루나
가大野治長˙는 아군도 아니고 칸토關東의 가신도 아니다. 지금은 적군
의 총수. 그러한 상대에게 명령을 내리다니…… 타다마사가 깜짝 놀라
는 것도 무리가 아니었다.

"황송하오나, 오노 슈리는 적입니다만……"

"적도 우리편도 아니야!"

이에야스가 언성을 높였다.

"나는 이에야스야. 이에야스가 명령하는데 무엇을 망설이고 무엇을
꺼리겠느냐? 이 일에는 누가 적당할까?"

이에야스는 다시 생각하는 얼굴이 되었다가—

"그렇군, 오쵸보おちょぼ가 좋겠어!"

무릎을 쳤다.

"마타이치, 서둘러 쿄토로 가서 말이다, 누군가를 보내 오쵸보로 하
여금 슈리에게 이에야스의 엄명을 전하도록 해라."

이에야스는 아직도 자신의 집념을 전혀 버리지 않았다……

11

오구리 마타이치는 그날 나고야를 떠나 쿄토로 향했다.

이에야스의 나고야 출발은 이틀 후인 15일로 결정되었다. 13일 아사

노 요시나가淺野幸長의 딸과 혼례를 올린 요시나오도 아버지와 전후하여 군사를 이끌고 출발하게 되었다.

이미 전기戰機는 무르익었다. 자칫하면 니죠 성二條城이나 후시미, 요도 성이 적의 수중에 떨어질 위험성이 있었다……

이에야스는 14일 토사土佐의 야마노우치 타다요시山內忠義와 이나바因幡 시카노鹿野의 카메이 코레노리龜井玆矩에게 속히 출진하도록 지령을 내리고 15일 나고야를 떠났다.

이에야스 일행은 그날 밤을 쿠와나桒名에서 묵고…… 이튿날인 16일 카메야마龜山에 도착했다. 그곳에 쇼시다이所司代° 이타쿠라 카츠시게가 말을 달려왔다.

"드디어 슈리가 상당한 액수의 군비를 분배하기 시작했습니다."

카츠시게는 가증스럽다는 듯 혀를 찼다.

"화의를 맺었을 때 그 돈을 분배했더라면 떠돌이무사들은 각각 장래를 생각하고 성을 떠났을 텐데…… 정말 답답한 녀석입니다."

이에야스는 맞장구를 치려 하지 않았다.

"어떨까, 이제는 돈을 받아들고 도망치는 자가 나타나지 않을까?"

"떠날 수 있는 형편이 못 됩니다. 아니, 그럴 우려가 있기 때문에 슈리는 독전대督戰隊를 조직했다고 합니다. 하는 짓이 모두 반대여서……"

"뭐, 독전대를……?"

"그래서 쿄토에 도착하더라도 아오키 카즈시게나 로죠 일행은 당분간 성에 들어가지 못한다고 합니다."

"으음……"

"그들 모두 오고쇼와 내통한 혐의가 있다……는 말이 성안에 퍼진 것 같습니다. 오다 죠신도 우라쿠도 칸토와 내통하고 있지 않았는가, 그들만이 아니라, 겨울 전투 때 화의에 관계했던 자는 모두 수상하다……오사카 성을 무력하게 만들고 나서 유유히 함락시키려는 오고쇼의 음모에 가담한 자들이라고……"

이에야스는 이제는 안색조차 바꾸지 않았다.

"그런가. 그럼 생모님도 드디어 싸울 결심을 했는가?"

"예. 오고쇼에게 속았다…… 이 원한을 풀고야 말겠다 외치면서 야차夜叉가 되었다고 합니다."

이에야스는 문득 우라쿠사이의 말을 떠올렸다가 당황하며 고개를 저었다.

'또 하나의 츠키야마가 나타나고 말았구나……'

인간 중에 유령이 있다고는 생각지 않았으나, 원망을 품은 채 움직이는 유령 같은 인간은 끊임없이 나타나는 것인지도 모른다. 사랑하려고 하면서도 사랑할 수 없는, 아니 사랑과 증오가 뒤얽혀 무엇이 무엇인지 모르는 채로 이상야릇한 모습으로 윤회의 수레바퀴를 돌린다……

"수고했다. 그럼, 마침내 전쟁이구나. 어서 돌아가라. 그러나 내가 도착할 때까지 싸움을 시작해서는 안 된다고 말하라."

이에야스는 17일에는 미나쿠치水口에, 그리고 18일에는 다시 볼 수 없으리라 생각했던 니죠 성에 들어갔다.

이에야스는 마중 나온 오구리 타다마사에게 오쵸보와 연락이 닿았는지부터 물었다. 연락이 취해졌다는 보고를 들은 뒤 에도를 떠나 여행 중인 쇼군 히데타다의 도착을 기다리기로 했다……

 서민의 눈

1

코에츠光悅가 챠야茶屋의 점원 두 사람을 데리고 오사카에 왔을 때 그곳은 이루 말할 수 없는 혼란에 빠져 있었다. 이미 전쟁을 예상하여 성 근처는 거의 빈집이 되어 있었다. 텐노 사天王寺 부근에서 핫쵸메八町目 어귀까지는 튼튼한 방책이 몇 겹이나 쳐져서 성안에 들어갈 생각은 엄두도 내지 못할 분위기였다.

그래도 코에츠는 단념하지 않고 요도야淀屋를 찾아가기도 하고 아마가사키야尼崎屋를 찾아가보기도 했다.

어떻게 해서라도 성안에 들어갈 수 있는 기회를 얻어 히데요리 모자의 뜻을 알아보려는 생각이었다. 그런데 이미 때가 늦었다는 것이 오사카에 있는 거상巨商들의 일치된 의견이었다.

"우다이진이 지난 오일에 성밖을 순시했습니다. 그 이전이라면 혹시 화의가…… 하고 생각할 수 있겠지만 지금은 고집 때문에라도 화의는 맺지 않을 것입니다."

요도야의 손자는 2만 석의 쌀과 잡곡을 몰수당했다고 하면서 서둘러

사카이堺로 피란할 준비를 하고 있었다. 물론 아무도 도요토미 가문이 승리하리라고는 생각지 않았다. 다만 갈 곳이 없어진 떠돌이무사들이 필사적으로 저항할 것이므로 오사카는 일단 초토화되지 않겠느냐는 그들의 예상이었다.

"실은 전쟁이 끝난 뒤의 일에 대해 은밀히 의논 중입니다."

요도야의 손자는 말했다.

오사카의 슈쿠로宿老°들도 '타이코가 키운 상인'들로서 안이한 생각을 하고 있을 수만은 없었다. 모두들 성주가 바뀔 것으로 예상하고, 초토가 된 후 어떤 상인들로 하여금 오사카를 부흥시킬 것인가, 서로 모여 의논을 하고 있다고 했다.

타이코와 인연이 깊었던 상인들은 일단 물러가게 한 뒤, 슈인센朱印船°을 통해 이에야스나 쇼시다이 이타쿠라 카츠시게와 친해진 아마가사키야 마타에몬尼崎屋又右衛門을 표면에 내세우고, 도쿠가와 가문에 물품을 조달하는 기와장이 테라시마 후지에몬寺島藤右衛門, 도편수인 야마무라 코스케山村興助 등을 책임자로 삼아, 오사카를 킨키近畿에서 사이고쿠西國에 이르는 바쿠후幕府°의 경제적 기반이 되는 중심도시로 부흥시키자…… 지금부터 이런 운동을 벌이기로 했다고.

"노인장께서도 여러모로 도와주셨으면 합니다."

코에츠는 어이가 없었다. 어딘가가 단절되어도 계속 살아남으려 하는 상인들의 끈질긴 집념. 그들의 처사가 잘못되었다고는 할 수 없으나, 너무나 냉정하다는 생각을 지울 수 없었다.

"상황이 달라졌습니다."

상대는 말했다.

"타이코 님은 일본에서 전쟁을 몰아내고 상인들의 희망을 들어주셨습니다. 그러나 지금 그 후예는 전쟁을 좋아합니다. 전쟁은 상인들의 적입니다."

참으로 명쾌한 결론이었다. 그렇기는 하나 인간에게는 인간으로서의 감정도 있지 않은가……

코에츠는 지금이라면 아직 도요토미 가문을 구할 길이 있지 않을까…… 하는 말을 꺼내지 않을 수 없었다.

"이미 오고쇼도 쇼군도 서쪽으로 향하고 있다. 그들이 쿄토에서 합류하면 일은 끝장. 그러기 전에 어떻게 손을 써볼 생각은 없는가?"

상대는 대번에 고개를 가로저었다. 일소에 부친다……기보다 이미 단념하고 다음 구상에 몰두하고 있는 것 같았다.

2

"노인장은 성밖을 순시했을 때의 우다이진을 모르십니다."

요도야뿐만 아니라 아마가사키야도 같은 말을 코에츠에게 했다.

4월 5일 성밖을 순시했을 때의 히데요리는 그 선두에 고토 마타베에와 키무라 시게나리木村重成 두 부대를 세우고, 츠가와 치카유키津川親行에게 우마지루시馬印°를 들게 하고는 코리 요시츠라郡良列와 모리 카츠나가毛利勝永를 거느리고 있었다.

모리 카츠나가는 히데요리의 투구를 들게 하여 계속 히데요리를 감시하고 있는 것처럼 보였고, 히데요리의 눈빛도 심상치 않았다.

히데요리의 좌우에는 완전무장을 한 아카시 모리시게明石守重, 나가오카 오키아키長岡興秋, 모리 모토타카毛利元隆, 키무라 시게무네木村重宗, 후지카케 사다카타藤掛定方, 미우라 요시요三浦義世, 이코마 마사즈미生駒正純, 사나다 다이스케眞田大助°, 쿠로카와 사다타네黑川貞胤, 이키 토카츠伊木遠雄 등의 장수가 따랐다. 그 뒤를 쵸소카베 모리치카長曾我部盛親와 사나다 유키무라眞田幸村의 두 부대가 이었으며, 맨 뒤는 오노 하루후사大野治房 부대가 맡았다.

일곱 장수들은 사방의 문을 경비하기 위해 남고, 오노 하루나가는 본성에 머물렀다. 이러한 무장과 군사배치는, 말하자면 총력을 동원하여 백성에게 시위하는 것처럼 보였다.

거창하게 무장한 이들 대군은 성의 정문을 나와 아베노阿倍野를 지나 스미요시住吉로 나갔다. 귀로에는 지난번에 이에야스의 본진이 있던 챠우스야마茶磨山에 올라 우마지루시를 봄바람에 휘날렸다. 그리고는 텐노 사를 지나 히라노平野로 나와서는 다시 히데타다의 본진이 있던 오카야마岡山를 거쳐 저녁 무렵 성으로 돌아왔다.

"드디어 결의를 굳혔구나. 정말 오랜만에 타이코가 계시던 옛날을 보는 것 같다."

무장한 늠름한 군사들은 백성들을 열광케 한다. 길목마다 모여든 사람들이 환호성을 올렸다.

입성한 군사들이 그날 밤 대대적인 주연을 베풀었다는 소문과 함께 그 이튿날 이른 새벽부터 도로는 난을 피하려는 사람들로 가득 메워졌다. 그들은 자기네 '생활'이 말발굽에 짓밟혀 전화戰火의 세례를 받지 않을 수 없게 된 것을 뼈저리게 깨닫고 있었다.

"저 모양을 보니 결사적으로 싸울 각오인 것 같아."

"원, 또 전쟁이 벌어지다니……"

"세키가하라關ヶ原 때조차 전쟁터가 되지 않았던 이 오사카를 끝내 떠돌이무사들이 불태우게 되다니."

무장한 대군이 늠름해 보인다고 백성들의 공감을 얻을 수 있는 것은 아니다. 그들 중 슈쿠로들은 당황하며 피란준비를 하면서도 한편으로는 곧 다음 일을 생각하기 시작했다. 그들로서는 존경하고 싶은 영주라 하더라도, 그 영주가 전쟁을 피할 방법도 치안을 유지할 능력도 없음을 알았을 때 취할 수밖에 없는 서글픈 자위본능이었다.

"누가 보아도 이길 수 없는 전쟁인데도……"

그런 전쟁을 하려는 영주라면 안심하고 심복할 수 없다.

"우리보다 떠돌이무사들이 더 소중하다는 말인가……?"

무조건이었던 타이코에 대한 심복이 크게 무너지기 시작했다. 그리고 오고쇼가 과연 오사카를 불바다로 만들 것인지에 대해 진지하게 토의하기 시작했다……고. 그 결과 전쟁이 끝나고 다시 평화로운 세상이 되면, 이곳은 병참기지로서가 아니라 경제기지로서 활용되어야 할 곳이라는 대답이 나왔다고.

"오고쇼는 반드시 이 도시에서 경제적인 번영을 꾀하려는 생각을 하게 될 것이다."

이런 결론이 나온 후이기 때문에 더 이상 아무도 히데요리 모자를 위해 움직이지는 않는다……는 것이 거상들의 의견이었다.

3

히데요리가 자진하여 코리야마로 옮겨 오사카의 번영을 지키려고 했더라면, 그들은 자기들의 땀이 밴 돈을 바쳐서라도 새로운 성을 쌓는 데 협력했을 터.

"과연 타이코의 아들!"

이렇게 칭찬하면서 그들도 자랑스럽게 만족했을 테지만, 히데요리는 그 반대의 모습을 드러내고 말았다.

이렇듯 히데요리의 성밖 순시는 백성들에 대한 시위가 되지 못하고 오히려 외면당하는 결과가 되고 말았다. 민심의 동향을 깨닫지 못한 역사에의 반역은 그러하다.

그러나 코에츠는 아직 단념하지 않았다. 그는 이에야스의 본심보다 그의 진정한 희망을 믿고 있었다. 아니, 이에야스뿐만이 아니었다. 이처럼 불행한 사태에 이르게 된 것은 결코 히데요리의 본심이 아니라는 사실 또한 잘 알고 있었다.

'사태가 심상치 않다!'

이러한 때 팔짱만 끼고 있다면 인간 세상에는 영원히 행복의 빛이 비치지 않을 터.

"나무묘법연화경."

코에츠는 생각다못해 지금 챠야의 부인이 되어 있는 오미츠於みつ를 사카이의 별장으로 찾아갔다. 히데요리를 직접 만날 수 있는 방법이 없을까 상의하기 위해서였다.

오미츠는 히데요리의 측근과 이렇다 할 연줄을 갖지 못했다. 히데요리와 센히메千姫와는 되도록 멀어지자…… 하기보다 센히메에게 남기고 온 자기 딸을 잊어버리려고 애써 노력하고 있는 모양이었다.

"그런 일이라면 슈리 님의 가신 요네무라 곤에몬米村權右衛門 님을 찾아가보시면……?"

요네무라 곤에몬은 종종 사카이로 정보를 수집하러 오기 때문에 알고 있었다. 과거의 일도 알고 있기 때문에 오미츠의 일로 만나고 싶다면 혹시 성안으로 들어오게 할지도 모른다는 것이었다.

코에츠는 그녀의 말에 따르기로 했다.

때는 이미 4월 20일……

이에야스가 니죠 성에 입성한 지 이틀이 지났으나 바삐 뛰어다니고 있었던 코에츠는 그 사실도 모르고 있었다.

그가 사카이의 야마토바시大和橋에 이르렀을 때 이미 강어귀는 완전히 칸토의 수군으로 막혀 있었다. 무카이 타다카츠向井忠勝, 쿠키 모리타카九鬼守隆, 오바마 미츠타카小濱光隆 등의 부하가 오사카로 들어가는 배를 세우고 엄중하게 짐을 검사하고 있었다.

부근에는 몰수한 쌀, 콩, 무기 따위가 산더미처럼 쌓여 있었고, 전쟁터 같은 살기가 감돌고 있었다.

코에츠는 오바마 미츠타카와 면식이 있었기 때문에 겨우 허락을 받아 츠쿠다지마佃島 마을의 어선에 탈 수 있었다. 그 뒤 그가 오사카 성 정문 앞에 설치한 어마어마한 방책 앞에 이른 것은 거의 해가 질 무렵이었다.

"오노 슈리 님의 가신 요네무라 곤에몬 님을 만나러 왔소. 나는 쿄토에 사는 칼을 손질하는 사람……"

여기까지 말했을 때였다. 코에츠의 얼굴을 아는 상대는 손을 들어 제지했다.

"혼아미本阿彌 노인이시군요. 그런데 용건은?"

"챠야 님 부인의 말을 전하러 왔다고 전하시오."

"뭐, 챠야……?"

상대는 눈을 부릅떴으나 아무 말도 않고 고개를 갸웃거리며 방책 안으로 사라졌다.

챠야……라고 하면 도쿠가와 가문과는 아주 관계가 깊다. 일단 안으로 들어간 자는 좀처럼 나타나지 않았다.

4

한참 동안 기다린 후에 코에츠는 뜻밖의 대답을 들었다.

"요네무라 곤에몬은 현재 외출 중인데, 혼아미 코에츠가 왔다면 슈리가 직접 만나겠다."

이러한 내용이었다. 아마도 용건을 물었던 그자는 챠야라는 말을 듣고 중요한 일이라 생각하여 코에츠의 방문을 직접 하루나가에게 보고

한 모양이었다.

코에츠로서는 다시없는 기회였다. 그는 오래 전 오다와라小田原 공격 때 리큐利休 거사를 진중으로 방문했던 일을 상기하면서 어마어마한 방책을 지나 하루나가의 저택 현관에 이르렀다.

현관에는 평복을 입은 코쇼가 맞이하러 나와 있었다. 코에츠는 왠지 마음이 놓였다.

"거실로 안내하겠습니다."

지금까지 살기 등등하던 분위기가 거짓말처럼 사라진 조용한 저택, 복도에 올라서는데 하루나가의 모습이 보였다.

"아니……?"

코에츠는 입구에서 고개를 갸웃했다.

하루나가 앞에 한 젊은 여자가 기세 등등하게 앉아 있었다.

"오오, 코에츠 님이군요. 자, 이리로……"

"괜찮겠습니까?"

"이분은 센히메 님을 모시는 교부刑部卿 부인. 노인도 아시겠지만, 센히메 님이 출가하실 때 칸토에서 뽑혀 따라온 오쵸보 님……"

"아, 이분이 그때의……?"

코에츠는 새삼스럽게 세월이 빠르다는 사실을 깨달았다.

"으음, 내가 흰머리카락이 늘어난 것도 당연한 일이군요."

하루나가는 코에츠의 이 말에는 대답하지 않았다. 그리고는 갑자기 묘한 말을 했다.

"실은 지금 이 오쵸보 님의 공격에 진땀을 빼고 있던 중이오. 코에츠 님, 이 슈리를 위해 힘을 빌려주시오."

"그러면, 이분과의 사이에 무슨 일이……?"

"예, 곤경에 빠져 있는 중이오."

그러면서 하루나가는 가만히 사방을 둘러보았다. 열어젖힌 문 밖 정원에 철쭉꽃 몇 그루가 피어 있을 뿐 그 어디에도 사람의 그림자라고는 없었다.

깨닫고 보니 하루나가의 얼굴은 몹시 창백했다.

"세상의 소문은 노인도 들어 알고 있을 것이오. 폭주暴走하고 있소, 모든 것이. 더구나 그 폭주의 장본인은 글쎄 내 아우들이오. 하루후사도 도켄도 나를 후려갈기는 채찍이 되고 말았소."

"그것이…… 무슨 말씀입니까?"

"아니, 나도 이제는 물러설 수 없는 입장…… 이런 사실을 알고 오고쇼가 이 오쵸보 님을 통해 말을 전해왔소."

"오고쇼가……?"

"그렇소. 설령 전쟁이 불가피하여 성이 함락되는 한이 있더라도 주군, 생모님, 센히메 님 세 분에게만은 절대로 위해를 가하지 말라는 내 명을 말입니다……"

"그, 그 말을 이분을 통해서……?"

하루나가는 크게 고개를 끄덕이고 다시 주위를 둘러보았다.

"그런데 그 대답을 오고쇼에게 전할 방법이 없소. 그래서 공격을 당하고 있는 중이오."

그 말을 듣고 코에츠가 정신을 차려보니 젊은 오쵸보의 손에는 단검이 쥐어져 있었다.

5

두뇌회전이 빠르기로는 남에게 뒤지지 않는 코에츠였으나, 오노 하루나가의 말을 정확하게 이해하기까지는 상당한 시간이 걸렸다.

이에야스가 어째서, 어떻게 하여 오쵸보에게 그런 명령을 전하도록 한 것일까?

오쵸보는 하루나가의 대답 여하에 따라서는 상대를 찌르거나 아니면 자결할 결심인 모양이었다. 낯빛도 눈빛도 예사롭지 않았고, 전신에서 무럭무럭 살기가 피어오르고 있었다. 아니, 그보다 하루나가 자신이 그 살기를 두려워하지 않는 것 같은 점이 오히려 큰 의문이었다.

코에츠는 불가사의한 이 양자의 대립을 비교하는 동안 이윽고 하나의 맥락을 발견했다.

"아, 그렇습니까. 그러면 내가 그 회답을 니죠 성에 가지고 가면 되겠군요."

"맡아주겠소, 코에츠 님?"

하루나가는 의외일 정도로 부드러운 미소를 보였다. 안도했음이 틀림없다. 오쵸보 쪽으로 무릎을 돌리고—

"오쵸보 님, 들으신 대로요. 혼아미 코에츠 님이 회답을 전하겠다고 하니 이의는 없겠지요?"

그래도 상대는 긴장을 풀려 하지 않았다.

하루나가는 이를 무시하고 다시 코에츠에게로 향했다.

"오고쇼는 나의 처사를 못마땅하게 생각하는 것이 틀림없소."

"슈리 님의 처사라니요?"

"내가 천하를 어지럽게 만들 생각이 없다는 사실을 오고쇼는 잘 알고 있을 터입니다…… 그렇지 않다면 세키가하라 때 나를 제일 먼저 오사카로 보내지 않았을 것이오."

"으음."

"그런데 나는 그러한 오고쇼의 신뢰를 저버리지 않을 수 없게 됐소. 나의 기량이 부족한 탓……"

코에츠는 두 눈을 부릅뜨면서 자기도 모르게 귀에 손을 가져다댔다. 오노 하루나가로부터 그런 자기비판의 말을 들으리라고는 생각지도 못했기 때문이다.

"코에츠 님, 그래서 이 슈리도 무척 고민했소. 칸토의 체면도 세우고 도요토미 가문의 안녕과 면목도 지키겠다…… 실은 지금 쿄토에 있는 로죠와 아오키 카즈시게로부터 마지막 의견이 왔소."

"로죠라면 저 쿄고쿠京極 집안의……?"

"그렇소. 주군을 모시고 즉시 야마토의 코리야마로 가라는 거예요. 그러면 오고쇼가 책임을 지고 이삼 년 안에 오사카로 돌아올 수 있도록 하겠다. 오사카 성을 훌륭히 수리하고 맞이하겠다……고."

"그 말을 슈리 님은 믿으십니까?"

"코에츠 님…… 나는 믿소. 나는 오고쇼를 잘 안다고 생각하오. 그러나 이미 때가 늦었소!"

"늦었다니요?"

"그 코리야마는 이미 불을 질러 전쟁터로 만들어놓았소. 다름 아닌 내 아우들의 지시로."

하루나가는 다시 한 번 자조적인 빛을 띠었다.

"그 대신 오고쇼의 부탁대로 세 분이 절대로 이곳에서 돌아가시게 하지는 않겠소. 세 분을 구출하고 이 슈리만은 오고쇼와의 의리를 다할 각오…… 아니 그 결심을 오고쇼에게 전해주기 바라오."

6

혼아미 코에츠는 숨을 죽였다.

하루나가의 말처럼 야마토의 코리야마가 전쟁터가 되고 말았다면 모든 것이 끝장이다. 비록 히데요리 모자가 오사카 성에서 물러가기를 승낙한다 해도 갈 곳이 없다.

'『법화경法華經』에 없는 것은 아니다……'

근본에 '참'과 어긋난 점이 있으면 지엽적인 혼란은 구제할 길 없는 비극으로 빠지게 된다.

'상인들이 먼저 간파했구나……'

하루나가의 말에서 한 가지 이해할 수 없는 점이 있었다. 다름이 아니라, 이제 와서 오고쇼에 대한 의리를 다하겠다……니 도대체 그 말은 무엇을 의미하는 것일까……?

"잘 알겠습니다."

코에츠는 여전히 쏘는 듯한 시선을 떼지 않았다.

"직접 오고쇼를 만나지 못하더라도 쇼시다이에게는 세 분을 구하시겠다는 점을 분명히 승낙……하셨다고 말하겠습니다."

"부탁하오, 코에츠 님."

"그런데 한 가지 더…… 슈리 님은 세 분을 구하신 뒤 오고쇼에 대한 의리를 다하겠다고 하셨지요?"

"분명히 그런 말을 했소."

"의리를 다하신다는 것은 슈리 님 자신은 성과 더불어 운명을 같이 하시겠다는……?"

하루나가는 긴장한 표정으로 고개를 저었다.

"이 슈리가 죽는다…… 그 단순한 처사만으로 어찌 오고쇼 님께 의리를 다한다 하겠소?"

"그러면……?"

"평화로운 세상을 방해하는 자들을 모두 저승으로 데려가겠소."

그러면서 하루나가는 다시 조용히 주위를 돌아보았다.

"아! 그런 뜻으로……"

"잘 알겠지만, 성안에는 천주교도의 질투도 있고 내 아우들의 충성도 있소. 아니, 그보다 평화로운 세상에서는 갈 곳이 없는 떠돌이무사들의 불평이 가장 큰 방해겠지요. 그런 자들을 모두 이 오노 슈리가 짊어지고 가겠소."

코에츠는 다시 한 번 나직이 신음하고, 가라앉은 슈리의 얼굴로부터 얼른 시선을 돌렸다.

'거짓말이 아니다!'

말을 마쳤을 때 하루나가의 낯빛은 흙빛으로 변해 있었다. 사색死色이라기보다 그것은 결사의 낯빛이라고 해야 할 터. 똑바로 바라보기 어려운 얼굴이었다.

'반 년 전에 이런 각오를 했다면……'

그러나 그렇게 할 수 없는 데 인간의 비애가 있다고나 할까.

혼아미 코에츠는 더 이상 물어볼 것이 없었다. 전쟁에 약간의 변화는 있더라도 하루나가의 말대로 될 것이다. 그리고 그때 비로소 평화가 뿌리내리기 시작할 것이다.

"그러면 나와 인연이 깊은 이 성도 끝장이 나겠군요."

"걱정 마시오, 오고쇼와 쇼군이 다시 성을 세우실 테니까."

"슈리 님, 돌이켜보면 이 코에츠도 오랫동안 은혜를 입었으니, 마침 여기까지 온 기회에 생모님께 한마디 인사를 드릴 수 없을까요?"

"아니, 생모님께?"

"예. 물론 작별……은 아니지요. 그러나 이 성에서의 대면은 마지막. 타이코 님의 성에서 우다이진 생모님을 다시 한 번 뵙고 싶습니다."

7

코에츠답지 않은 감상적인 말이었다.

이에야스는 세 사람을 죽이지 말라고 했고, 하루나가는 맹세코 구하

46

겠다고 하고 있다…… 그런데도 코에츠는 다시 한 번 자기 눈으로 타이코가 그리게 한 호화로운 그림 앞에서 요도 부인을 직접 만나고 싶었다.

"생모님은 말이오……"

하루나가도 그러한 코에츠의 심정을 이해한 듯 말문을 열더니, 고개를 갸웃하고 생각하다가 흘끗 오쵸보를 바라보았다. 그때 이미 교부쿄 부인으로 불리고 있는 오쵸보는 단검을 손에서 놓고 살기가 가신 모습으로 앉아 있었다.

"그 일은 단념하는 편이 좋을거요."

"뵐 수 있는 기회가 없을까요?"

하루나가는 그녀를 보면서 탄식했다.

"사람이란 경우에 따라 악귀가 될 수도 있는 것. 아니, 그보다 지금의 이 모든 결과는 슈리의 죄. 이 슈리가 그만 생모님을 증오의 악귀로 만들고 말았소."

"증오의 악귀로?"

"그렇소. 어리석은 슈리의 눈에 비쳤을 무렵의 오고쇼는 하나에서 열까지 모두 가증스러운 분…… 아니, 오고쇼만이 아니오. 사랑하는 자기 딸을 출가시켜 우리를 안심케 하고 실은 멸망시킬 기회를 노려온 쇼군의 마님도 악귀 같은 어머니…… 이러한 슈리의 선입관이 지금은 그대로 생모님의 모습이 되고 말았소. 만나고 싶어하는 심정은 알겠으나 만나지 않는 편이 좋을 것이오."

코에츠는 당황하며 그 자리에 두 손을 짚었다.

"알겠습니다."

"이해하셨소?"

"예. 사나이들까지 기로에서 방황하고 있는 이 세상, 그렇게 되셨다고 해서 절대로 생모님을 경멸하지는 않겠습니다. 과연 지금은 뵙지 않는 게 예의라고 생각됩니다."

"코에츠 님."

"예."

"아니, 이제 아무 말도 하지 않겠소. 코에츠 님은 수고를 했을 뿐이니까. 본 그대로를 오고쇼에게 말씀 드려주시오."

"잘 알겠습니다."

"그런데, 부인께서 혹시 작은 마님에 대해 하실 말씀은?"

그 말을 듣고 오쵸보는 고개를 들었다.

"쿄토에 있는 로죠들을 속히 돌려보내주었으면 해요."

쥐어짜듯이 말했다.

"생모님은 주군이 일부러 멀리하셨던 이세伊勢의 여자를 다시 불러모시게 하고, 센히메 님은 귀여운 조카라고 언제나 곁에 있게 하십니다. 이대로 가면 병이 나시고 말 거예요…… 로죠들을 속히 돌려보내주셨으면 싶어요."

코에츠는 깜짝 놀라 하루나가를 바라보았다.

이번에는 하루나가가 시선을 비켰다.

일부러 멀리했던 이세의 여자란 쿠니마츠國松를 낳은 여자임이 틀림없었다. 코에츠가 아는 바에 따르면, 그 쿠니마츠의 생모는 이세의 토호인 나리타 카즈시게成田和重라는 무사의 딸로 오요네およね라는 이름의 여자였다……

요도 부인이 시녀의 하녀였던 그 여자 오요네를 일부러 불러들였다는 것은 센히메를 히데요리에게 가까이하지 못하게 하려는 계획이 분명했다.

'으음…… 이제야 알겠다…… 요도 부인은 센히메를 자기 곁에 붙들어놓고 감시하면서 괴롭히고 있다……'

코에츠는 그만 소름이 끼쳤다.

8

코에츠는 1각(2시간) 가량 있다가 다시 경비가 엄중한 방책을 지나 오사카 성 밖으로 나왔다. 나오기는 했으나 당장에는 그 자리에서 움직일 수 없었다.

반 년 전까지만 해도 물이 가득 찼던 해자가 마구 파헤쳐진 채 바싹 말라 있었다. 그 너머 하늘을 향해 우뚝 솟은 오사카 성루城樓는 여전히 사방을 위압하고 있었다. 그러나 이미 만인이 우러러보던 장중한 위엄은 찾아볼 수 없었다.

코에츠가 보기에 타이코는 그 출발부터 이미 잘못되어 있었다. 근본을 바르게 하지 않으면, 이렇듯 그 뒤 뻗어나는 곁가지가 깨끗함을 유지하기는 어렵다.

오사카 성의 명물 텐슈카쿠天守閣°를 돌아보면서 코에츠는 새삼 몸을 부르르 떨었다.

'불행한 이모가 불행한 조카딸을 자기 곁에 불러다놓고 증오의 눈을 빛내고 있다. 미워하는 사람도 불쌍하지만, 미움을 받는 쪽 역시 가엾지 않은가……'

하루나가는 그 가여운 미망의 세계에서 방황하는 자를 악귀라고 했다. 그리고 요도 부인을 그런 악귀로 만든 것은 자기라고 술회했다. 그 말에 코에츠는 완전히 마음이 풀렸다. 그렇지만 지금 새삼스럽게 성을 우러러보니 『법화경』을 신봉하는 자로서 그 마음 또한 달콤한 감상에 지나지 않았다.

증오란 무엇일까?

그 뿌리를 어딘가에서 끊지 않으면 증오는 다시 새로운 증오를 불러 일으켜 한없는 대립의 지옥을 만들어갈 뿐이 아닌가.

'하루나가는 정직한 거짓말을 했다……'

코에츠는 땅에 침을 탁 뱉고는 걷기 시작했다.

'오고쇼에게 의리를 다하기 위해 평화에 방해되는 자들을 모두 거느리고 저승으로 간다……'

이 큰 거짓말쟁이라니!

결국 하루나가는 이에야스가 무서웠던 것. 무서워하면서도 미숙한 야심과 대립의식을 버리지 못하고, 드디어 자기 자신을 꼼짝도 못할 궁지에 몰아넣어버렸다.

'이런 처지에 몰린 하루나가를 가엾다……고 이 코에츠는 생각하지 않는다.'

코에츠는 그날 밤을 요도야에서 묵고, 이튿날 아침 쿄토로 갈 배편을 찾았다. 그러나 쉽게 구할 수가 없었다. 아니, 배뿐만이 아니라, 거의 사람들의 그림자조차 찾아보기 어려웠다.

'이대로 전쟁이 벌어지면 증오는 점점 더 깊이 뿌리내린다. 전쟁을 중지시킬 방법이 있어야만 한다!'

코에츠는 저녁 무렵에야 겨우 말을 구해 육로로 쿄토를 향해 출발했다. 그런데 육로에는 전운戰雲이 한층 더 짙었다. 길을 가는 도중 이곳에서 제지당하고 저곳에서 검문을 당하면서 토바鳥羽에 도착하는 데 이틀이나 걸렸다.

코에츠가 겨우 쿄토에 당도했을 때 쿄토와 그 주변은 이미 발을 들여놓을 곳조차 없이 군사들로 꽉 차 있었다.

히데타다는 21일 후시미에 도착했다. 그리고는 그 이튿날 니죠 성에 들어가 이에야스와 마지막 상의를 끝냈다. 바로 그 22일에 코에츠도 쿄토에 왔던 것. 그러므로 무리가 아니다.

다테 마사무네伊達政宗, 쿠로다 나가마사黑田長政, 카토 요시아키加藤嘉明, 마에다 토시츠네前田利常, 우에스기 카게카츠上杉景勝, 이케다 토시타카池田利隆 등의 대군 외에 쿄고쿠 타카토모京極高知, 쿄고쿠 타다타카京極忠高, 아리마 토요우지有馬豊氏, 호리 타다마사堀忠政 등도 속속 들어왔다.

이러한 군대들 사이를 누비면서 코에츠는 눈을 번뜩이며 니죠 성으로 걸음을 재촉했다.

'전쟁을 중지시킬 방법은 반드시 있다……'

코에츠는 직접 이에야스를 만나 그 말을 하고 싶었다. 그래서 마음이 바빴고, 가슴이 두근거리기까지 했다……

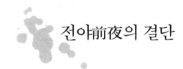

전야前夜의 결단

1

그날 니죠 성은 쇼군 히데타다를 맞아 몹시 부산스러웠다. 히데타다는 혼다 마사노부本多正信와 도이 토시카츠土井利勝를 거느리고 이에야스를 대면하고 즉시 군사회의를 청했다.

이에야스로서도 더 이상 반대할 아무런 이유도 없었다. 18일 니죠 성으로 들어와 수집한 정보는 한결같이 전쟁은 불가피하다는 비보일 뿐. 이러한 상황 속에 이에야스도 태도를 바꾸지 않을 수 없었다. 정치가로서가 아니라, 세번째로 다시 일본 제일의 전략과 전술을 가진 전쟁터의 장군으로 되돌아가야 했다.

"기다렸다. 우선 첫번째 군사회의를 열도록 하자. 이 자리에 한 사람더, 코즈케노스케上野介를 부르는 편이 좋겠어. 코즈케노스케를 합쳐서 다섯 사람. 다른 사람은 가까이 오지 못하게 하여라. 주변 감시는 야규 마타에몬에게 명하도록."

이에야스의 명령에 따라 도이 토시카츠가 혼다 마사즈미本多正純를 불러오고, 마사즈미는 곧 다른 사람들을 물러가게 했다.

마침 이럴 때 혼아미 코에츠는 니죠 성에 도착했다. 그는 쿄토 도착을 알리러 온 다이묘大名°들과, 문안하러 오는 조정 사람들의 응대에 여념이 없는 쇼시다이 이타쿠라 카츠시게를 만났다……

물론 중요한 밀담을 나누는 중이어서 이에야스를 만날 수는 없었다. 겨우 카츠시게에게 싸울 생각이 없다는 오노 하루나가의 뜻을 전했을 뿐. 코에츠가 이에야스를 만날 수 있었다 해도 사태는 이미 어떻게 움직일 수 있는 상태가 아니었다.

다른 사람들이 물러간 뒤 이에야스는 마치 사람이 달라진 것처럼 왕성한 기력을 보이면서 쇼군에게 말했다.

"이러한 경우, 쇼군이 가장 유념해야 할 일은 대의명분, 쇼군도 이 점을 명심하고 있겠지?"

"물론입니다. 오사카 성에 모여 있는 반도叛徒의 정벌, 세이이타이 쇼군征夷大將軍°으로서 마땅히 평정해야 할 일입니다."

"으음, 토시카츠도 그렇게 생각하는가?"

"쇼군 님의 말씀이 옳습니다. 만일 이 일을 게을리 한다면 소임을 다 하지 못하는 것이 됩니다. 조속히 진압하여 백성들을 전화의 고통에서 구출해야 합니다."

"사도佐渡는 어떤가?"

이에야스는 주름 잡힌 눈을 감고 깨어 있는지 잠을 자는지 구별하기 어려운 혼다 마사노부에게 말을 걸었다.

"예……?"

마사노부는 깜짝 놀랐다는 듯이 눈을 떴다.

"그러나 한 가지 걱정이 있습니다."

"말해보라. 무엇이 걱정인가?"

"진압 도중, 만에 하나라도 조정에서 명령을 내리는 경우입니다."

"으음."

"그럴 경우 순순히 받아들일 것인가…… 제가 짐작하건대 이번 전쟁은 궁지에 몰린 쥐들의 반항이라 상당히 완강할 것이다. 그러므로 조정에 중재를 요청한다…… 중재해주기를 바란다고 여겨 움직이려는 공경公卿들이 제법 있을 것 같습니다. 전투 전에 이 점도 충분히 고려해야 하리라 생각합니다."

이에야스는 문득 입가에 웃음을 떠올렸다. 자기 마음에 드는 의견이었기 때문이다.

"과연 그런 면도 일단 생각해야겠지. 쇼군은 어떻게 생각하나? 이미 그런 절차도 밟아놓았나?"

히데타다는 이에야스의 말이 끝나기가 무섭게 입을 열었다.

"그 점에 대해서 아버님께 청할 일이 있습니다!"

보기 드물게 흥분한 목소리였다.

2

"허어, 그 점에 대해서 청할 일……이 있다고?"

이에야스는 다시 미소를 띠고 상체를 쭉 폈다.

"좋아, 들어보기로 하자."

"이번 전쟁, 히데타다는 조정의 간섭을 거절할 생각입니다."

"으음."

"그 첫째 이유는, 정치에 관한 모든 일을 칸토에 일임한 지금, 가령 자기들이 고전하게 되었다고 하여 조정에 매달려 화의를 꾀한다는 것은 책임회피, 씻지 못할 치욕이라 생각하기 때문입니다."

"이치는 분명히 그렇군."

"둘째, 이번에야말로 모반의 뿌리를 뽑아 세상 구석구석까지 철저하게 평화가 미치도록 할 각오입니다. 그렇게 하지 않고 칼을 거둔다면 다시 화근이 남게 됩니다. 히데타다는 이번 전쟁을 제 평생의 마지막 전쟁으로 만들고 싶습니다."

"그 역시 쇼군으로서는 당연한 각오겠지. 아니, 나도 그 점에 대해서는 같은 의견이야. 이제 난세는 종말을 고해도 좋을 시기야."

"그러므로 아버님께서는 하루 이틀 안에 공경들을 초청하시어 비록 도요토미 가문 쪽에서 황실의 중재를 원한다 하더라도 위와 같은 형편이라 뜻을 받들지 못하겠다는 취지를 먼저 말씀해주셨으면…… 하는 것이 저의 청입니다."

이에야스는 크게 고개를 끄덕였다. 그러고 나서 문득 외로운 생각이 들었다. 마사노부와 히데타다는 이미 이 점에 대해 완전히 합의를 본 모양이었다.

'교묘하게 걸려들었구나……'

히데타다의 강경한 의견은 당연하다 해도, 다짐을 받을 때까지 기꺼이 듣고 있는 자기가 이젠 늙었구나 하는 생각이 들었다.

"알았다. 공경들은 도요토미 가문에서 부탁하지 않아도 자기들 자신이 전쟁을 싫어하기 때문에 충의를 세우려고 우리들에게 간섭하고 나설지도 모르는 일…… 그러나 그런 일이 없도록 내가 분명히 못을 박아두겠다."

이에야스는 침통하게 말했다.

"자, 이제 대의명분은 분명해졌어. 다음은 전쟁의 순서와 일시…… 우선 쇼군부터 의견을 말하도록."

히데타다는 공손히 절을 하고 나서 이번에도 물 흐르듯 대답했다.

"이십육일에는 칸토에서 동원한 마지막 군사가 도착합니다. 그때를 기다렸다가 즉시 오사카 성을 포위하고, 이달 중에 승부를 결정지을 각오로 공격할 생각입니다."

이번에는 이에야스도 웃지 않았다. 희미하게 고개를 저은 것은 늙었기 때문만은 아니었다.

마사노부는 주름 잡힌 눈꺼풀을 올려 이에야스의 그런 모습을 흘끗 바라보고는 말했다.

"죄송합니다마는, 제가 드릴 말씀이 있습니다."

"무슨 말인가? 좋아 말해보게."

"전쟁에는 역시 아직까지는 쇼군 님보다 오고쇼 님…… 개전의 시기만은 오고쇼 님의 지시를 받는 것이 최선책이라고 생각합니다마는…… 어떨까요?"

이에야스는 마사노부의 참견에 다시 쓴웃음을 지었다.

'이 늙은이가 나를 추켜세우고 부려먹을 작정이구나.'

3

"미처 깨닫지 못했군. 과연 사도의 말이 옳아."

쇼군이 얼른 마사노부의 말을 받았다.

"이십육일에 칸토의 군사가 모두 도착한다는 말씀만 드렸어야 했어. 이에 대한 지시를 내려주십시오."

"사도."

이에야스는 쓸쓸한 표정인 채로 불쑥 말했다.

"그대는 쇼군과 손발이 아주 잘 맞는군."

"죄송합니다."

"죄송할 것은 없어. 그래야만 나도 안심하고 지휘권을 물려줄 수 있으니까. 그런데, 이달 안으로 결말을 내겠다……는 생각은 성급해. 사도도 말했듯이 이번의 적은 자기 일생이 그대로 배수진이 되고 만 궁지에 몰린 쥐. 그러므로 성급하게 달려들면 오히려 물릴 우려가 있어. 완전히 준비를 끝낸 뒤 잠시 인마를 쉬게 할 만한 침착성이 필요하다고 생각하는데 어떤가?"

히데타다는 대답하지 않았다. 대답은 하지 않았으나, 그렇게 되면 상경한 군사들의 마음이 해이해지리라 생각하고 있는 듯.

사실 쇼군의 생각은 결코 무리하지 않았다. 오랜 행군 끝에 쿄토에 온 군사들에게 휴식을 주면, 장수들은 모르지만 병졸이나 일꾼들이 도시가 지닌 유혹에 말려들어 뜻밖의 실수를 한 예는 무수히 많다.

"말씀 드리겠습니다."

이번에는 도이 토시카츠였다.

"성을 포위할 때까지는 숨을 돌리게 해선 안 됩니다…… 그렇지 않으면 오히려 피로해질 경우도 있다고 생각합니다."

"바로 그 점이야."

이에야스는 말했다.

"저쪽에도 사나다, 고토 등 전투에 능한 자가 있어. 우선 성을 포위한다……고 보아 그 허점을 찌를지도 몰라."

"……"

"소문에 불과하지만, 전군이 도착하면 이에야스도 쇼군도 즉시 니죠 성과 후시미 성에서 나올 것이 틀림없다, 출진하면 즉시 니죠 성과 후시미 성을 습격하여 방화하고 궁전을 포위해 기세를 올린다, 그러면 두 사람 모두 급히 쿄토로 돌아갈 테니 그때 협공한다……고 주장하는 자도 있는 거야. 그렇게 되면 궁정을 움직여 무슨 말을 해올지도 모르는 일…… 그런 우려가 있으니, 우리는 느긋하게 상대방의 예봉을 빗나가게 해야 하는 거야."

"허어……"

"적은 초조하여 성밖으로 나올지도 몰라. 야전野戰이 벌어지면 행군에 익숙해진 군사와 성안에 있으면서 훈련을 게을리 한 군사들의 체력은 현저하게 차이가 날 거야. 이 문제 역시 군사가 모두 도착한 후에 결정한다…… 이것이 좋다고 보는데, 사도 생각은 어떤가?"

그러면서 이에야스는 아직 이 니죠 성에 머물고 있는 아오키 카즈시게와 로죠들을 생각했다.

'가능하면 그들에게 다시 한 번……'

더구나 이 때문에 싸울 기회를 잃을 우려는 전혀 없다. 사기를 고무시키는 수단이라면 달리 얼마든지 있다…… 이런 생각과 함께 가볍게 후회하는 마음이 들기도 했다.

'이런 태도가 노인의 어리석음인지도 모른다……'

4

이에야스의 질문을 받고 이번에는 혼다 마사노부도 당장에는 대답하지 않았다.

고개를 갸웃하고 잠시 생각하다가—

"만류하지는 않겠습니다."

뜻밖의 대답을 했다.

"뭐, 뭐라고 했나?"

이에야스는 당황하여 손을 귀로 가져갔다.

"나는 모두 도착한 후에 결정해도 늦지 않다……고 말했어."

혼다 마사노부는 가만히 고개를 좌우로 흔들었다.

"저는 오고쇼 님의 마음을 일흔이 넘어서야 겨우 알게 되었습니다. 오고쇼 님은 타이코에 대한 신의를 생각하고 계십니다."

순간 이에야스는 눈을 크게 뜨고 숨을 죽였다. 그렇지 않다고 반박할 말이 전혀 없었다. 정확하게 핵심을 찔렸다.

마사노부는 히데타다 쪽으로 무릎을 약간 돌렸다.

"오고쇼 님은 다시 한 번 성의를 다해 우다이진 모자에게 생각을 바꿀 것을 촉구하고 싶으십니다. 저는 오랫동안 모셨으면서도 이제야 겨우 깨닫게 되었습니다. 오고쇼 님의 적은 늘 상대방이면서도 상대방이 아니라 자신의 마음속에 있는 신의와 불신에 대한 반성…… 지금은 오고쇼 님의 뜻에 따르는 것이 좋겠습니다. 오고쇼 님으로서는 실로 뜻밖의 전쟁, 다시 한 번 성의를 다하신 후, 저의 얕은 지혜에 맡기도록 청하시면 어떻겠습니까?"

"뭐, 다시 한 번 성의를 다한 후 그대의 얕은 지혜에……?"

히데타다로서는 마사노부의 진의를 잘 알 수 없었다.

"예."

마사노부는 힘있게 대답했다.

"오고쇼 님이 바라시지 않는 줄 알면서도 그들을 치지 않으면 천하가 안정되지 않는다고 굳이 전쟁을 일으킨 것은 모두 이 사도의 얕은 지혜 때문이었습니다. 이 사도도 실은 어떻게 하면 전쟁이 일어나지 않을지 잘 알고 있었습니다. 잘 알고 있으면서도 그 수단을 강구하지 않고, 상대가 하는 대로 내버려두었습니다. 오고쇼 님은 이 세상에서 보기 드문 분…… 어느 세상에서나 찾아볼 수 있는 분이 아니다, 그러므로 평범한 자는 평범한 자답게 한 단계 낮은 곳에서 옳고 그름을 가려야 한다, 그렇게 하지 않으면 평범한 자들의 선례나 교훈이 될 수 없다…… 이렇게 생각하고……"

그때 이에야스가 손을 들어서 마사노부의 말을 가로막았다.

"그만, 사도!"

"예."

"……그런가, 잘 알았어. 마사노부 그대는 그런 점까지 생각하고 쇼군을 모셔왔는가?"

"부끄럽습니다."

"좋아. 그렇게까지 생각했다는 것을 안 이상 나도 내 고집만 내세울 수는 없지. 사실 나는 미련이 있었어…… 그러나 이제는 어쩔 수 없게 되었어. 모두 모이면 공격하기로 하세."

"……안 될 말씀입니다."

마사노부는 묵직하게 대꾸했다.

"그러면 쇼군이 불효를 하시게 됩니다. 다시 한 번 오고쇼 님의 참뜻을 오사카에 전하고 나서 개전을 결심해야 합니다…… 그렇지 않으면 이 전쟁은 단순한 모략이 되고 맙니다."

강한 어조로 말했다. 이에야스는 눈을 감고 생각에 잠겼다.

5

이에야스는 마사노부의 반박을 받고 내심으로는 무어라 말할 수 없이 만족스러웠다.

'마사노부 녀석, 나 대신 비난을 뒤집어쓰려고 한다.'

후세 사람들 중에는 이 전쟁을 가리켜, 이에야스가 무자비하게 타이코의 아들을 공격했다……고 평하는 자가 나타날지도 모른다. 이에야스도 마음 한구석에서는 그러한 점을 두려워하고 있었다. 마사노부는 그 점을 꿰뚫어보고 자신의 '죄'로 돌리려 하고 있었다.

'나는 훌륭한 가신을 두었어……'

군사회의에서 감상은 금물이었으나 저도 모르게 눈시울이 뜨거워지려고 했다.

"으음, 그러면 내 생각대로 하란 말이지…… 쇼군도 여기에 이의가 없는가?"

"예. 어찌 이의가 있겠습니까."

"그래, 그럼 좋아. 코즈케 님, 다음은 진지의 배치문제를 상의해야겠군. 지도를 가져오도록."

이에야스는 마사노부와 쇼군에게 부끄러운 생각이 들어 그 자리에서는 센히메에 대한 말을 꺼낼 수 없었다. 그때까지도 이에야스는 하루후사와 도켄의 군사가 성급하게도 코리야마에 난입하여 마을을 불태우기 시작한 것을 모르고 있었다.

혼다 마사즈미가 펼쳐놓은 지도 위에 이마를 가까이 대고 한참 동안 협의를 계속했다.

야전이 벌어지리라고 보아 당연히 키슈 어귀와 나라奈良 방면이 전쟁터가 되었을 경우의 문제를 협의했다. 사카이가 불바다가 되지 않도록 하는 방책도 여러모로 강구됐다. 특히 논의가 집중된 문제는 함락 후 오사카를 어떤 형태의 도시로 부흥시키느냐에 대해서였다.

사카이 항구를 문호로 삼아 세계와 연결하고, 수십만 인구로써 쿄토를 떠받치고 살아가는 도시. 그것은 타이코의 성읍이라는 생각에서 한 걸음 더 나가 천하에 물자를 조달하는 큰 시장, 유통의 도시 성격을 지니게 해야 한다……는 내용이었다. 이는 훗날 도시의 회계를 맡게 된 책임자들의 의견과 일치했다.

그러면 부흥을 위한 성주 대리에는 누가 적임일까?

이에야스는 손자 마츠다이라 타다아키松平忠明가 좋다고 하고, 히데타다는 동생 타다테루忠輝를 추천했다.

"타다테루는 적임자가 아니야."

이에야스가 이렇게 말한 것은 타다테루가 전에 오사카 성을 탐낸 일이 있었기 때문이다. 그때까지는 아직 부흥을 위한 성주 대리는 생각하면서도 영주永住시킬 성주는 생각지도 않았다.

이에야스가 문득 내뱉은 이 '타다테루는 적임자'가 아니라는 한마디
가 훗날 커다란 파란을 낳게 되지만……

밀담이라는 형식으로 이날의 군사회의는 2각(4시간) 이상이나 계속
되었다.

히데타다가 후시미 성으로 돌아간 뒤 이에야스는 즉시 마사즈미에
게 오사카의 로죠들과 아오키 카즈시게를 자기 거실로 불러오게 했다.
히데타다와 마사노부의 찬성을 얻어, 오사카 성에 파견할 마지막 사자
에게 로죠들을 데려가도록 하기 위해서였다.

마지막 사자는 두 사람으로 결정됐다. 한 사람은 히데타다의 사자로
서 타카키 마사츠구高木正次, 또 한 사람은 이에야스의 사자로서 오구
리 타다마사.

어떻게 될 것인가 불안했던 로죠들은 오랜만에 이에야스 앞에 불려
나왔지만 모두 얼굴에 핏기가 없었다. 쿄고쿠 집안의 죠코인은 그렇지
않았으나, 오사카에서 온 오쿠라 부인과 니이 부인은 이미 죽음을 각오
하고 있는 듯한 얼굴이었다.

6

이에야스는 로죠들을 보는 순간 눈물이 나올 것 같았다.

'이 얼마나 가련한 모습들인가……'

"죠코인."

이에야스는 그 중에서 가장 풀이 죽지 않은 쿄고쿠 집안의 미망인에
게 시선을 옮겼다.

"보다시피 십중팔구는 전쟁이 불가피하게 됐어. 그러나 아직 나는
희망을 버리지는 않고 있어. 다행히 그대들과 카즈시게가 이 성에 남아

있어. 그래서 그대들을 돌려보내기로 했는데, 다시 한 번 우다이진이나 생모님에게 이에야스의 사자로서 화의를 권할 생각은 없나?"

"있습니다!"

쵸코인은 대답했다.

"전쟁이 벌어지면 제 아들도 오고쇼 님 편이 되어 우다이진과 싸우지 않으면 안 됩니다."

그때 아오키 카즈시게가 무릎걸음으로 다가앉으면서 쵸코인의 말을 가로막았다.

"쵸코인 님, 말씀을 삼가시오. 이 카즈시게는 다시 오사카로 돌아갈 수 없어요."

"아니, 어째서인가요?"

"카타기리 이치노카미片桐市正 님의 선례가 생각나기 때문이오. 전쟁을 바라는 것은 오고쇼나 쇼군이 아니라 오사카 쪽이었다…… 그런 생각을 하게 된 자를 그냥 용서할 리가 없지요. 아무리 의견을 말씀 드려도 이미 소용없다고 생각하기 때문이오."

"그럼, 여기 남도록 하세요. 여자들끼리 다시 한 번……"

쵸코인이 성급하게 말했다. 이에야스가 손을 들어 막았다.

"카즈시게."

"예."

"그러면 그대는 이미 내 말을 전할 의사가 없다는 말인가?"

"예. 저쪽에는 그 말을 들을 귀를 가진 자가 없습니다. 그렇지 않다면 우라쿠사이 님 부자가 성에서 나왔을 리가 없습니다…… 아니, 그 이전에 카타기리 이치노카미 부자도 그러했다……는 사실을 비로소 깨달았습니다."

이에야스는 가볍게 콧소리를 냈다.

카즈시게는 사자로 가면 살해당한다…… 이렇게 생각하고 그러한 자기의 두려움을 상대가 깨닫지 않을까 겁을 먹고 있는 것 같았다.

"그런가, 그렇다면 카즈시게는 남아 있도록 하게. 그러나 나는 아직 단념하지 않았어. 로죠들은 오사카에 가겠지?"

"예…… 예."

오쿠라 부인이 먼저 대답했다.

"생모님에게 돌아가겠습니다."

"그럼, 죠코인이 말하는 대로 내 생각을 다시 한 번 히데요리 님 모자에게 전하러 가겠다는 말이지?"

"예."

"좋아. 그렇다면 모두들 내 말을 마음에 새기고 가도록. 성안에 있는 무장…… 이는 어디까지나 성안의 무장들이지 우다이진이나 생모님은 아니야. 그 성안의 무장이 다시 군사를 모아 서약을 어겼기 때문에 우리 부자는 할 수 없이 출병했다. 전에 말한 대로 우다이진이 코리야마로 옮기고 떠돌이무사들을 추방하면 사오 년…… 천하가 다시 조용해지는 대로 길어야 칠 년…… 이내에 우리가 오사카 성의 해자, 성곽들을 수리하여 책임지고 우다이진을 오사카로 복귀시키겠다…… 내가 죽더라도 쇼군이 약속을 이행할 것이야. 알겠나?"

이에야스는 어린아이를 타이르듯 다짐했다.

7

오쿠라 부인의 창백한 얼굴에 핏기가 돌았다.

'이에야스가 우리를 돌려보낸다……'

이 말이 우선 희망의 등불이 된 모양이었다.

죠코인은 그 이상 가슴이 뛰는 듯 몸을 앞으로 내밀었다.

"저어…… 그렇다면, 성안의 무장들이 다시 군사를 모아 서약을 어 겼기 때문에……?"

"그래."

이에야스는 진지하게 고개를 끄덕였다.

"우리 부자는 할 수 없이 출진했어…… 알겠지? 세이이타이쇼군이 란 국내외에 소요가 일어나면 진압할 의무가 있어. 비록 천만 적군이 밀어닥친다 해도 맹세코 이를 정벌한다…… 그러므로 이번에도 적은 우다이진이나 생모님이 아니다……고 전하도록 해. 생모님이나 우다 이진이 진정한 적이었다……고 하면 정상을 참작할 수 없어. 비록 내 아들, 내 아내라 해도 단연코 응징해야 하는 게 도리…… 알겠나? 그런 책임을 생각하기 때문에 일흔네 살이나 된 이 이에야스까지도 이렇듯 전쟁터에서 죽을 각오를 하고 나온 것이야."

"예…… 그래서 부득이 출진하셨기 때문에 히데요리 님이 떠돌이무 사들을 내보내고 야마토의 코리야마로 옮겨 근신하신다면……"

"그래! 아무리 오래 걸려도 칠 년이야…… 그 칠 년 이내에 이 나라 는 확고하게 평화의 뿌리가 내리게 된다…… 전쟁이 일어나지 않도록 달리 방법을 강구해놓았어. 따라서 그동안의 인내를 각오한다면 나는 죽더라도 반드시 우다이진이 오사카 성에 돌아올 수 있도록 쇼군에게 단단히 유언하겠어. 쇼군은 성실한 사람이어서 아비인 내가 부탁하는 한 이를 어길 불효자가 아니야."

말하는 동안 이에야스는 자기 자신이 불쌍해져 목이 메이고 눈물이 앞을 가렸다.

"나는 평생을 말이지, 그대들과 같은 여자가 전쟁터에서 남편이나 아들을 잃지 않는 태평한 세상을 만들겠다……는 일념으로 살아온 사 람이야. 알고 있겠지만…… 지금도 할머니와 어머니의 얼굴…… 아니, 아내의 슬픈 얼굴까지 잊으려 해도 잊지 못하고 있는 이상한 사람이야.

평화가 뿌리를 내리면 어찌 해자 같은 것에 구애를 받겠나. 해자를 훌륭하게 수리하여 물이 가득 넘치도록 채워주겠어. 이런 점을 잘 설명해주었으면 해…… 서신은 그대들과 동행하는 사자에게 주어 보낼 테니 이 이에야스의 참뜻을 잘 전해주기 바라겠어."

깨닫고 보니 로죠들은 약속이나 한 듯이 소매로 눈을 가린 채 흐느끼고 있었다.

'이 자리에서는 내 뜻이 통한다……'

이렇게 생각하면서 이에야스는 우습게도 눈물이 뚝뚝 떨어졌다.

'전쟁이라는 엄청난 비극에 비한다면 인간의 조그만 인내쯤은 아무 것도 아니다……'

그런데도 인간은 그런 비교를 곧 잊어버리고는 고집을 부리게 된다. 이러한 어리석음과 인연을 끊도록 진지한 노력을 기울이지 않으면 인생이란 영원히 지옥의 다른 이름이 될 수밖에 없다.

"잘 알았습니다. 오고쇼 님의 뜻을 그대로 주군과 생모님께 전하겠습니다."

오쿠라 부인이 흐느끼면서 이렇게 말했다. 니이 부인은 아무 말도 못 하고 소리내어 울기 시작했다.

8

오사카로 가는 마지막 사자로서 로죠 일행이 니죠 성을 떠난 것은 24일 아침이었다.

혼다 마사즈미로부터 그 보고를 받았을 때 이에야스는 문안하러 온 토도 타카토라藤堂高虎와 이야기를 나누고 있었다. 타카토라는 무슨 생각이 들었는지 —

"언제나 그렇지만…… 오고쇼 님의 깊으신 배려에는 그저 감탄할 따름입니다."

진심으로 칭찬했다.

"오사카에는 병력이 많기는 하나 영지를 가진 다이묘는 없습니다. 따라서 전쟁은 장기화될수록 유리합니다. 우리 쪽 승리는 확실합니다…… 조급히 공격했다가 실패하는 일이라도 생기면 안 된다……고 생각은 했으나, 지금 로죠들에게 일익을 담당하게 하는 방법이 있다는 데는 전혀 생각이 미치지 않았습니다. 정말 감탄했습니다."

이에야스는 불쾌한 표정으로 타카토라를 나무랐다.

"그대의 눈에는 이것도 전략으로 보이는가?"

"예. 보통사람으로서는 생각지도 못할 일…… 이번 일로 상대는 다시 비틀거리겠지요. 주전론자들은 점점 더 분개할 것이어서 어쩌면 저쪽에서 먼저 출격할지도 모릅니다. 그렇게 된다면 천만다행…… 우리의 승리는 의심할 여지가 없습니다."

곁에 있던 마사즈미는——

'아, 그렇구나.'

새삼스럽게 생각했다. 그러나 이에야스는 시선을 돌리며 탄식했다.

이에야스 자신도 로죠들의 설득이 효과를 거두리라고는 생각지 않았다. 그러나 마사노부나 타카토라 정도는 자기 마음을 알아주리라 생각했다. 아니, 실제로 마사노부는 이에야스의 집념을 꿰뚫어보고 자신이 비난을 뒤집어쓰려고 했다.

'이에 비해 타카토라는……'

그런 생각을 하다가, 실은 마사노부도 타카토라도 오십보백보의 심경이 아닐까…… 하는 의문에 부딪쳤다. 이에야스는 이미 노쇠했다. 그러므로 가능한 한 위로해주는 것이 인정…… 이런 생각에서 덮어놓고 칭찬하고 있는지도 모른다.

"그런가…… 그대는 이 이에야스를 그처럼 뛰어난 전략가라고 생각하는가?"

"예. 고금을 통해 독보적인 존재. 그 깊으신 생각은 그야말로 비길데가 없다고 생각합니다."

"나는 말일세."

이에야스는 다시 한숨을 쉬었다.

"한낱 늙은이에 지나지 않아. 다만 너무 많은 전투를 했기 때문에 전투에 대해 약간은 알고 있다……고 여겨지는 늙은이일 뿐이야."

"황송합니다. 그 말씀 깊이 명심하겠습니다."

타카토라는 진지한 표정으로 더욱더 감탄하는 표정이 되었다.

"실로 한없이 넓고 깊으신 인격, 따라서 작전 또한 보통사람으로서는 헤아릴 수 없는 면이 있습니다."

이에야스는 불쾌한 표정으로 입을 다물었다.

'속인 것이 아니다. 내 본심이다. 그녀들은 이해해주었지……'

이에야스는 로죠들이 이 니죠 성 다다미疊° 위에 흘린 눈물이, 실은 이 세상에서 가장 티 없이 깨끗하고 아름다운 것이었다고 생각되며, 그리운 생각이 들었다.

'나도 늙어서 여자들처럼 되었는지 모른다……'

9

로죠들이 오사카로 떠났다는 사실을 안 히데타다로부터 다시 니죠 성으로 사자가 왔다. 이번에는 도이 토시카츠와 혼다 시게노부本多重信 두 사람이었다.

"이제 오고쇼 님께서 부서를 정해주셨으면 하고, 쇼군 님의 복안을 가지고 왔습니다."

토시카츠는 이미 로죠들의 설득 따위에는 아무런 기대도 걸고 있지 않았다. 예정대로 26일 전군이 집결할 것이므로 늦어도 28일에는 부자가 함께 출진했으면 한다는 의향이었다.

이에야스도 내심이야 어떻든 이제 와서는 그 제안에 반대할 이유가 없었다.

"알겠네. 그런데 쇼군의 복안은?"

"예. 키슈 방면의 선봉은 아사노 님, 야마토 방면의 선봉은 다테 님으로 하고, 본진을 쿄토 가도에서 코야高野 가도를 따라 진군시키면 어떻겠는가 하는 복안이십니다."

이렇게 말하면서 혼다 시게노부에게 부서와 인명을 써넣은 배치도를 꺼내 이에야스 앞에 펼치도록 했다. 이에야스는 천천히 돋보기를 걸치고 배치도를 들여다보았다.

이에야스가 생각하기에도 이미 전쟁을 막을 가능성은 거의 없었다. 로죠들은 성안으로 들어갈 수 있겠지만, 사자들은 그대로 쫓겨날 확률이 높다. 그렇다면 로죠들이 오사카 성에 이르렀을 때를 개전의 시기로 보고 그 준비를 해야만 했다.

"그러니까 야마토에서 나라로 돌아, 코리야마로부터 고개를 넘을 선봉으로는 다테를 내세우자는 것인가?"

"예. 다테 부자에게는 경험이 많은 카타쿠라 시게츠나片倉重綱가 있습니다. 그리고 병력도 일만이나 되므로 그를 선봉으로 삼고 그 뒤를 무라카미 요시아키라村上義明, 미조구치 노부카츠溝口宣勝 등의 에치고越後 군을 거느린 카즈사上總(마츠다이라 타다테루松平忠輝) 님을 따르게 하면 철벽 같은 배치……라고 생각하시는 듯합니다."

그 말을 듣고 이에야스는 얼른 고개를 저었다.

"내 의견은 달라."

"예……?"

"그렇게 중요한 장소는 후다이譜代°가 아니면 안 돼. 야마토 방면의 선봉은 미즈노 카츠나리水野勝成가 좋아. 카츠나리에게 정선한 야마토 군을 거느리게 하고 진군시킨다…… 그렇게 하는 편이 오히려 더 강하고 손실도 덜 입을 것이야."

이렇게 말하고 이에야스는 안경 너머로 토시카츠를 노려보았다.

"아군이 패하여 나라의 거리가 불바다가 된다면 후세에까지 웃음거리가 된다. 나라의 사원과 신사를 불사르고 흥한 자는 하나도 없어."

토시카츠는 약간 불만인 모양이었다. 늙은 이에야스가 마침내 전쟁터에까지 불심佛心을 끌어들이려 한다……고 생각한 것이 틀림없다.

"황송하오나, 그 점은 쇼군께서도 일단 생각해보신 듯합니다."

"카츠나리를 선봉으로 삼는 것 말인가?"

"예. 그런데 카츠나리가 사양했습니다. 신분이 낮은 저로서는 까다로운 야마토 군을 지휘할 수 없다. 아니, 만에 하나라도 명령에 복종하지 않아 싸움이 불리해지면 면목이 없다……고 굳이 사양했습니다."

"아니, 굳이 사양했다고……?"

갑자기 이에야스의 안색이 변했다.

"카츠나리를 이리 불러라. 그런 무기력한 자가 어떻게 전투를 하겠느냐? 즉시 불러와라."

토시카츠가 흠칫 몸을 사릴 정도로 격렬하고 강한 어조였다.

10

토시카츠는 당황하여 곧 미즈노 카츠나리를 부르러 보냈다. 그동안에 이에야스는 붓을 들고 자기 앞에 놓인 종이에 일일이 장수의 이름을 써내려갔다.

　호리 나오요리堀直寄, 쿠와야마 나오하루桑山直晴

　혼다 토시나가本多利長, 쿠와야마 카즈나오桑山一直

　마츠쿠라 시게마사松倉重正, 니와 우지노부丹羽氏信

　오쿠타 타다츠구奧田忠次, 진보 스케시게神保相茂

　벳쇼 마고지로別所孫次郎, 아키야마 우콘秋山右近

　토도 요시모치藤堂嘉以, 야마오카 카게모치山岡景以

　타가 츠네나가多賀常長, 무라코시 산쥬로村越三十郎

　카이쇼 마사후사甲斐庄正房

　이에야스는 여기까지 쓰고는 토시카츠에게 보였다.

　"이렇게 하면 병력은 모두 얼마나 될까?"

　"예…… 약 오천오백 정도입니다."

　"그럼 됐어. 이 사람들에게 지휘를 맡기면 충분히 선봉에 나설 수 있을 거야."

　이때 미즈노 카츠나리가 긴장한 표정으로 들어왔다.

　"그대는 미즈노 가문의 혈통을 잊지 않았겠지?"

　"예."

　"나의 어머니 쪽 혈통이야. 생각도 깊고 무용에서도 결코 다른 가문에 뒤지지 않아."

　"예…… 예."

　"여기 적은 부대에 그대의 군사를 합치면 육천은 될 것이야. 그대는 이들을 거느리고 야마토 방면의 선봉을 맡도록."

　"황송하오나……"

　카츠나리는 이미 히데타다에게 사퇴한 뒤여서 땀을 뻘뻘 흘리면서 말했다.

　"선봉은 무인이 된 자로서 명예로운 일입니다. 그렇기는 합니다마는 이 카츠나리에게는 지나치게 짐이 무겁습니다. 절대로 두려워서는 아닙니다. 지난해 야마토의 장수들은 토도 님의 명령에도 복종하지 않았을 정도…… 봉록도 미미한 제가 장수들을 잘 지휘할 수 없게 되면…… 그야말로 큰일입니다."

"카츠나리, 여기 써놓은 장수들을 잘 보아라. 그대에게 호리와 니와를 딸리게 했어. 이런데도 그대는 내가 생각이 있어 명하는 선봉을 맡지 못하겠다는 말이냐?"

"아니, 절대로 그런 것은……"

"그렇다면 맡도록 해라. 그리고 힘껏 활동하는 거야, 알겠느냐? 선봉은 그대에게 명한다. 제이대는 혼다 타다마사, 제삼대는 마츠다이라 타다아키가 지휘한다. 다테 군은 제사대, 제오대는 마츠다이라 타다테루. 내 명을 거역하면 용서치 않겠다."

꾸짖듯이 말하고 나서 약간 목소리를 낮추었다.

"카츠나리."

"예."

"그대는 우선 여기에 적힌 자들을 불러, 그 가운데 명령에 불복하는 자가 있다고 보이면 그 자리에서 서너 명을 베도록 하라. 내가 허락하겠다. 이에야스의 엄명이다. 전쟁에는 이런 결단이 있어야 하는 거야. 잊지 않도록 하라."

듣고 있던 도이 토시카츠는 몸을 떨었다.

이에야스는 아마도 자기 가슴속에서 착잡하게 소용돌이치는 인정의 망설임을 끊어버리려고 이런 말을 했는지도 모른다. 그러나 이 역시 전쟁터라는 광란의 장소에 임한 자가 넘지 않으면 안 될 악업惡業의 울타리였다.

'아직도 늦지 않으셨다……'

토시카츠가 안도의 숨을 내쉬었을 때였다. 이에야스는 카츠나리에게 다시 덧붙였다.

"카츠나리, 농민들을 죽이지 마라. 그리고 나라의 사원과 신사도 불
태워서는 안 된다."

11

"그 점이라면 깊이 명심하고 있습니다."

카츠나리는 이미 거절할 수 없다고 생각했다. 그러나저러나 불복하
는 자가 있거든 몇몇 사람을 처단하라니 이 얼마나 노인답지 않은 격렬
함이란 말인가.

'오고쇼가 그런 마음을 가졌다면……'

카츠나리는 분발했다. 분발하면 눈빛까지 날카로워진다. 이에야스
는 안도의 숨을 내쉬고 다시 덧붙였다.

"제이대 역시 후다이야. 혼다 타다마사에게 지휘를 맡길 것이니 그
들에게 뒤지는 싸움을 하면 안 돼."

입으로는 여전히 엄하게 말하면서도 이에야스의 가슴속에는 착잡한
감정이 소용돌이치고 있었다.

이 제1대, 제2대를 나라에서 코리야마로 보내 코야 가도를 거슬러 오
사카로 들어가게 한다…… 이는 만약 히데요리 모자가 성을 나와 야마
토로 향한다면 그들을 도중에 맞이하겠다는 미련이 아직 남아 있었기
때문이다.

이 경우 토자마外樣° 다이묘를 선봉에 세우면 무조건 격전을 벌여 히
데요리 모자는 전쟁터에서 목숨을 잃게 되기 쉽다. 아니, 이에야스는
자신의 내부에 아직 이러한 미련이 남아 있다는 사실을 숨기기 위해서
라도 선봉은 후다이여야만 했다.

제3대는 마츠다이라 타다아키…… 이 배치에도 그와 같은 준비가 되어 있었다. 그러나 이러한 내막은 물론 토시카츠도 마사즈미도 모르는 일이었다.

'그러나저러나 오사카를 상대로 싸우려는 내가 그 오사카의 후예와 미망인을 가장 사랑하고 있을 줄이야……'

이에야스는 미즈노 카츠나리를 물러가게 한 후 이번에는 카와치河內 어귀로 나갈 부대의 순서를 정하기 시작했다. 이 경우에는 히데타다의 복안과 이에야스의 생각이 거의 같았다.

오른쪽 선봉은 토도 타카토라의 5,000.

왼쪽 선봉은 이이 나오타카의 2,200.

제1대의 오른쪽은 오가사와라 히데마사小笠原秀政, 센고쿠 타다마사仙石忠政, 스와 타다즈미諏訪忠澄, 호시나 마사미츠保科正光, 후지타 시게노부藤田重信, 니와 나가시게丹羽長重의 군사를 사카키바라 야스카츠榊原康勝에게 지휘하게 한다. 총 병력 6,300.

제1대 왼쪽은 마츠다이라 타다요시松平忠良, 마츠다이라 노부요시松平信吉, 마키노 타다나리牧野忠成, 마츠다이라 나리시게松平成重의 군사를 사카이 이에츠구酒井家次에게 지휘하게 한다. 총 병력 3,200.

제2대의 오른쪽은 혼다 타다토모本多忠朝에게 지휘를 명하고, 왼쪽은 마츠다이라 야스나가松平康長가 지휘한다. 그리고 제3대의 오른쪽은 에치젠越前의 마츠다이라 타다나오松平忠直*가 1만 3,400의 군사로 담당하고, 왼쪽에는 마에다 토시츠네의 군사 1만 5,000을 배치하기로 했다. 다테 마사무네가 야마토 방면의 제4대로 배치되었듯 카와치 방면에도 토자마인 마에다 토시츠네는 가장 후방에 배치되었다.

이를 사람들은 토자마 다이묘의 배반을 두려워한 배치라고 생각할지도 모르나 사실은 그 반대였다. 앞으로 후다이 장수들이 바쿠후 정치를 담당해야 할 때가 온다. 그때를 위해 전쟁터에서도 그들이 진두에서 싸웠다는 자신감을 갖게 해둘 필요가 있었다. 곧 남 위에 서는 자로서의 노고를 몸에 익히게 하려는 이에야스 식 단련법이었다.

본진은 사카이 타다요酒井忠世, 도이 토시카츠, 혼다 마사즈미 세 명의 측근에게 지휘를 맡기고, 히데타다는 2만, 이에야스는 1만 5,500의 하타모토를 거느리고 전쟁터에 임하기로 했다.

후군은 말할 나위 없이 나루세 마사나리成瀬正成와 타케고시 마사노부의 호위를 받는 도쿠가와 요시나오, 그리고 안도 나오츠구安藤直次와 미즈노 시게나카水野重仲의 호위를 받는 도쿠가와 요리노부德川賴宣 두 소년으로서, 74세의 이에야스로부터 14세의 요리노부까지 일가족이 모두 전쟁터에 나가 책임을 지는 총동원 태세였다.

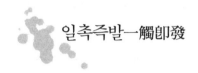

일촉즉발一觸卽發

1

전쟁이 불가피하다는 분위기는 오사카 성에서 세력의 비중을 크게 바꾸고 말았다.

화평을 모색하는 동안에는 오다 우라쿠사이나 오노 하루나가 등의 발언권이 강했다. 그러나 하루나가 자신의 우유부단으로 우라쿠사이가 사라지고부터 그의 존재는 희미해지고 말았다.

처음부터 강경하게 주전론을 폈던 하루나가의 동생 하루후사가 표면에 우뚝 솟아올랐다. 언제 어떠한 경우에도 전쟁은 사리분별이 아니라 힘의 주장이기 때문일 터. 더구나 전투 분위기가 조성되면 상식론자의 목소리는 지워지고, 젊고 용감한 옥쇄론玉碎論을 주장하는 자들의 세계가 된다.

오사카 성의 경우도 이와 같은 경로를 밟았다. 젊은이들의 옥쇄론에는 인간의 감정에 호소하는 이상한 '비장미'가 깔려 있어, 그것이 사람들을 도취하게 만들고는 했다.

"슈리 님과는 이야기가 통하지 않아."

"옳은 말이야. 이 지경에 이르러 사자라니 말도 안 되는 소리. 아오키 카즈시게도 그 늙은 너구리에게 넘어가 돌아오지 않을 거야. 그렇게 생각하지 않나?"

"로죠들을 파견한 것도 수상해. 오쿠라 부인은 슈리 님 형제의 어머니가 아닌가. 그 어머니를 일부러 인질로 보낸 꼴이 되었어. 아무래도 이해할 수 없어."

이런 소문이 돌기 시작하면서 하루후사와 도켄은 형인 하루나가에게 대들었다.

"형님은 아직도 그 교활한 오고쇼의 소매에 매달리려 한단 말이오? 이제 와서 어쩌자고 어머님을 적의 수중에 넘긴다는 말입니까? 형님은 어머님과 주군을 팔면서까지 일신상의 안일을 꾀할 생각이오?"

이때 벌써 그들은 히데요리 모자를 받들고 성을 베개삼아 전사하는 것이 최상의 정의이며 선이고 미라고 단정하고 있었다. 그리고 모든 교섭과 절충은 추한 욕망에서 생긴 연장자들의 추한 몸부림에 지나지 않는다……고 분명하게 믿고 있었다.

하루나가도 그만 안색을 바꾸고 동생들을 꾸짖었다.

"건방지다, 하루후사. 전쟁을 하는 것만이 충성이고 효도는 아니야. 이 형에게도 생각이 있어. 오고쇼는 절대로 어머님을 인질로 잡거나 살해할 사람이 아니다. 쓸데없는 소문에 혹하지 마라."

이 작은 소요는 그대로 끝난 듯이 보였다. 그런데 얼마 후 하루나가는 성안 본성과 둘째 성 사이의 복도에서 자객의 습격을 받았다.

밤이 깊어 요도 부인의 침소에서 돌아오는 길이었다. 희미한 등불 뒤에서 검은 그림자가 뛰어나와 갑자기 하루나가의 왼쪽 어깨를 칼로 베었다. 하루나가의 비명소리에 괴한은 그대로 새처럼 몸을 날려서 정원 건너편으로 사라졌다.

4월 9일 한밤중에 일어난 일로, 어머니 오쿠라 부인이 나고야 성에서 요시나오의 혼례를 도우며 이에야스가 도착하기를 기다리고 있을 때였다. 상처는 다행히 급소를 벗어나 대단치 않았으나, 소문은 곧 온 성안에 퍼졌다.

"아무래도 하루후사의 부하가 하수인인 것 같아."

"하루후사는 형을 그대로 두고는 싸울 수 없다……는 말을 자주 하고 있었다고 해."

"아니, 그렇지 않아. 가벼운 상처를 주는 것만으로 슈리 님의 결심을 촉구하려 했던 거야……"

이러한 소문 속에서 더욱 하루후사의 전의戰意를 굳힌 것은 코후甲府의 떠돌이무사 오바타 카게노리小幡景憲의 실종이었다……

2

오노 하루후사는 오바타 카게노리가 오사카 쪽 떠돌이무사 모집에 응모해왔을 때, 처음에는 누구보다도 그를 엄하게 경계했던 사람 중의 하나였다.

"그자는 믿을 수 없다. 적의 첩자가 틀림없다."

그러나 그 카게노리를 여러모로 시험하는 동안에 이번에는 누구보다 더 신임하게 되었다. 사나다 유키무라 외에 군사軍師가 더 필요했기 때문이었을까, 유키무라를 견제할 작정이었을까……?

이 오바타 카게노리가 하루후사가 싸울 결심을 말한 뒤, 구실을 대고 사카이의 민가에 묵다가 드디어 자취를 감추고 말았다. 생각하기에 따라 카게노리는 이에야스의 밀령을 받고 오사카 성에 들어와 하루후사를 조종하면서 칸토 군의 도착을 기다렸다……고 볼 수도 있었다.

'당했구나! 역시 놈은 칸토의 첩자였어!'

아닌 게 아니라 그 후 카게노리의 모습을 후시미 성에서 보았다는 자까지 나오는 형편이었다.

하루후사는 격분하여 그를 위해 자기 저택 안에 세워주었던 집을 파괴하고, 그 후부터는 회의석상에서도 형을 제쳐두고 개전을 서두르는 주역이 되었다.

"하루라도 늦으면 그만큼 그 늙은 너구리가 몰래 활동할 기회를 준다! 서둘러야 해."

하루후사는 이 전쟁의 승패는 별로 문제시하지 않았다.

'패하면 주군과 함께 죽으면 된다!'

그리고 자기 주변 사람들을 설득할 때는——

"그토록 생명이 아깝다는 말인가?"

정면으로 힐책했다. 그런 하루후사를 대할 때 젊은이들은 열을 올리고 연장자는 입을 다물었다.

형 하루나가 자객의 습격을 받은 후부터 하루후사의 그런 경향은 한층 더 심해졌다. 그와 함께 하루후사, 도켄 형제와 히데요리의 측근인 키무라 시게나리가 오사카의 옛 신하들을 휘어잡게 되었다.

키무라 시게나리는 하루후사 이상으로 강력한 주전론자였다.

하루후사에게는 이번 전쟁에 이길지도 모른다……는 도박과도 비슷한 기분이 있었다. 그러나 시게나리의 경우에는 그런 느낌을 전혀 느끼게 하지 않았다. 다만, 결백 그 자체로 보였다.

시게나리는 결혼했다. 같은 도요토미 가문의 중신 마노 분고노카미 요리카네眞野豊後守賴包의 딸을 맞이했는데, 그 결혼이 이미 죽음의 준비 같다는 소문이었다.

절대로 시게나리는 경거망동하는 부류의 젊은이가 아니었다. 사나다 유키무라와 교우하며 이 전쟁이 불가피한 이유를 깨닫고, 히데요리의 말 앞에 시체를 바침으로써 타이코에게 할복명령을 받은 아버지 히타치노스케 시게코레常陸介重玆의 오명을 씻으려 한다는 소문이었다.

이 소문은 누구의 눈에도 자못 사실처럼 비쳤다. 히데요리의 시녀들과 요도 부인을 모시는 여자들은 모두 그를——

"쵸슈長州 님."

존칭으로 불렀다. 그 쵸슈 님이 사랑에 빠져 아내를 얻었다……고 생각하는 자는 없는 듯했다.

"놀라운 분이야. 혈통을 남기려고 결혼하셨어. 그야말로 쵸슈 님의 씨라면 여자로서 행복해. 누구라도 기꺼이 받을 거야."

이런 말을 주고받는 시녀들까지 있는 가운데 시게나리 또한 의연한 자세로 히데요리에게 싸우도록 권하고 있었다……

3

키무라 시게나리의 마음을 가장 크게 지배하는 것은 역시 아버지 히타치노스케의 죽음이었다. 히타치노스케 시게코레는 칸파쿠關白° 히데츠구秀次를 모시면서 히데츠구에게 모반을 권했다는 혐의를 받아 히데요시秀吉로부터 할복을 명령받고 자결했다.

'아버지는 그런 분이 아니다!'

소년시절부터 가졌던 아버지에 대한 관심이 몰락의 길을 걷고 있는 도요토미 가문의 주인 히데요리를 모시는 동안에 알 수 없는 고집으로 자랐는지도 모른다.

'이 아들을 보아라. 이런 아들의 아버지가 어찌 도요토미 가문에 모반을 꾀했겠는가.'

히데요시에 대한 항의가 히데요리를 위해 죽음을 결심케 한다는 사실은 모순인 듯하나 모순이 아니다. 인간이란 이러한 지知와 정情 사이를 왕복하고, 또한 숙명적인 인연을 끊을 수 없는 이상한 생물이다. 키무라 시게나리도 처음에는 카타기리 카츠모토片桐且元의 분별을 이해했고, 이시카와 사다마사石川貞政의 생각을 인정했다. 굳이 그의 삶의 태도를 분류한다면 카타기리, 오다, 이시카와 일파에 속하는 인간이라고 해도 좋을지 모른다.

그런데 언제부터인지 오노 하루후사와 나란히 주전론자의 앞장을 서게 되었다. 그것은 히데요리가 처한 입장에 대한 동정과, 또 하나 자기 자신도 알 수 없는 숙명적인 인연 때문이었다.

사나다 유키무라는 이에야스가 아무리 발버둥쳐도 이 세상에서 전쟁은 사라지지 않는다……는 생각을 가지고 있었다. 시게나리는 그러한 유키무라에게 접근하여 젊음과 고집으로 그 생각을 이어받았다. 어쩌면 히데요리에게는 새로운 세상을 이끌어갈 만한 기량이 없다……고 보아 약자에 대해 헌신하려는 생각이었는지도 모른다. 그렇다고 하더라도 이는 나름대로 훌륭한 일.

카츠모토가 저버리고 사다마사가 저버리고 죠신이 저버리고 우라쿠 사이도 저버렸다.

'이러한 히데요리를 키무라 히타치노스케 시게코레의 아들만은 저버리지 않았다……'

저버리지 않았을 뿐만 아니라 함께 짧은 생애의 막을 내렸다…… 이 행위는 결코 추하지도 않고 불충도 아니었다.

"무인의 긍지는 깨끗한 데 있습니다. 칸토 군을 상대하여 당당히 싸우다가 죽는다면 도요토미 가문의 이름은 후대에까지 계속 꽃필 것입니다."

젊음은 젊음에 대해 민감하게 반응한다. 그러나 이러한 요인만이 히데요리가 새삼 이에야스를 의심하게 만든 것도 아니었으며, 증오를 더하게 한 것도 아니었다.

히데요리 또한 히데요리 나름의 시각을 지니고 있었다. 그는 시게나리나 하루나가의 각오를 접하는 동안——

'이제는 도저히 어쩌지 못하게 되었다.'

현실의 다급함을 깨달았다.

그 역시 죠신에게 버림받고 우라쿠사이 부자에게 버림받은 외로움을 뼈저리게 느끼고 있었다. 아니, 그보다 더욱 그를 절망에 빠뜨린 것은 떠돌이무사들의 전의戰意였다.

'그들은 절대로 나를 이에야스의 손에 넘겨주지 않는다……'

그렇다면 이미 자신의 운명은 결정된 것. 오사카 성은 자기를 위한 성이 아니라, 자기를 가두는 감옥이었다.

'이 감옥에서 나가는 길은 죽음밖에 없다……'

히데요리의 슬픈 상념의 소용돌이 속에 로죠들이 사자와 함께 니죠 성에서 돌아왔다……

4

키무라 시게나리가 침착하게 로죠들을 히데요리 앞으로 안내해왔을 때 칸토의 사자는 같이 있지 않았다.

"니죠 성에서 로죠들을 모시고 온 자들이 주군을 뵙겠다고 했으나 쫓아보냈습니다."

시게나리가 이렇게 말했을 때 옆에 있던 오노 하루후사는——

"죽여 없애 피의 제물로 삼았으면 좋았을 텐데……"

분한 듯이 갑옷자락을 치면서 혀를 찼다.

"아니, 도리에 어긋나는 일. 내심이야 어떻든 인질을 모시고 온 자들을 벤다면 주군의 덕성에 흠이 갑니다."

이 몇 마디 대화를 마지막으로 연락은 완전히 두절되고 말았다.

로죠들 중에 쿄고쿠 집안의 죠코인은 없었다. 그러나 그것조차 이 자리에서는 화제에 오르지 않았다.

죠코인은 격분한 떠돌이무사들이 성안으로 들여보내지 않았다. 그래서 오쿠라 부인과 쇼에이니에게 이에야스의 말을 전하도록 간곡히 부탁하고 쿄고쿠 타다타카에게 돌아가고 말았다.

"어쨌든 잘 돌아왔어. 어떠하던가, 이에야스는 아직 성에서 공격해 나올 기색이 안 보이던가?"

무장을 한 것은 하루후사 한 사람뿐, 히데요리는 아직 평복차림이었다. 오후의 성안은 숨이 막힐 정도로 후텁지근하여, 온몸이 땀에 젖은 오쿠라 부인과 쇼에이니는 히데요리가 질문하는 의미조차 잘 알아듣지 못했다.

니이 부인이 앞으로 나갔다.

"예. 그 점에 대해서는…… 이십팔일에 성을 나오실 것이라고…… 병사들이 수군거리고 있었습니다."

"뭐, 이십팔일에?"

말한 것은 하루후사였다. 로죠들로서는 그것이 어떤 의미를 가진 반문이었는지 알 리 없었다.

"틀림없이 이십팔일인가?"

"예, 처음에는 이십육일로 예정했으나 이십팔일로 연기한다고…… 그렇지요, 오쿠라 부인?"

니이 부인은 오쿠라 부인에게 말을 넘겼다.

오쿠라 부인은 당황해 무릎걸음으로 다가앉으며 ─

"니이 부인의 말대로…… 이십팔일로 미뤘습니다. 그 까닭은……"

말하다 말고 주위를 돌아보았다.

"모……모두 물러가도록 해주십시오."

"안 됩니다!"

하루후사가 소리질렀다.

"어머님은 그 늙은 너구리에게 홀려서 돌아오셨군요. 사람들을 물러가게 할 필요도 없습니다. 주군은 이미 칸토와 결전할 결심을 굳히셨습니다. 모두 결사적인 전투를 각오하고 있는 지금, 군신 사이를 이간시키는 듯한 말씀을 해도 된다고 생각하십니까?"

키무라 시게나리는 단정하게 앉은 채 한마디도 입을 열지 않고, 히데요리가 오히려 난처한 표정으로 눈을 깜박였다.

"오쿠라, 사람들을 내보내지 않아도 이 자리에는 나가토와 그대의 아들뿐. 이십육일의 예정이 왜 이십팔일로 연기되었는지 말하시오."

"말씀 드리겠습니다."

이번에는 쇼에이니가 외치듯이 말했다.

"이십육일 예정을 이십팔일로 연기할 테니 그동안에 주군은 야마토의 코리야마로 옮기시게…… 하라는 오고쇼 님의 말씀이셨습니다."

순간 좌중은 터질 듯한 긴장에 휩싸였다.

5

"그런가, 그런 말을 하던가?"

히데요리는 시게나리와 하루후사의 날카로운 시선을 느끼면서 다시 물었다.

"오쿠라, 틀림없나?"

"……예."

오쿠라 부인은 결심한 듯 말을 이었다.

"성안 무장들이 서약을 어기고 다시 군사를 모았기 때문에 세이이타이쇼군의 직책상 우리 부자는 할 수 없이 출진했다. 그러므로 주군이 코리야마로 옮겨가시면 떠돌이무사들은 우리가 추방하겠다…… 그리고 칠 년 이내에 성을 깨끗이 수리하여 반드시 주군을 오사카 성으로 맞이할 테니 지금은 조용히 코리야마로 옮기시라고……"

순간 갑자기 하루후사는 배를 잡고 웃기 시작했다.

"와하하하…… 그 늙은 너구리가 아직도 칠 년을 더 살 생각이로군. 이거 웃지 않을 수 없어."

"잠깐."

오쿠라 부인이 낯빛을 바꾸고 하루후사를 나무랐다.

"오고쇼는 비록 자기가 죽더라도 쇼군에게 유언을 남겨 반드시 약속을 지키겠다고……"

"부인, 이제 알겠습니다."

이번에는 시게나리가 가로막았다.

"과연 오고쇼, 최후의 최후까지 다짐을 하는군요. 그 집념은 훌륭하지만 이제 와서 그런 어린아이 속임수 같은 말을 한다고 해서 주군의 뜻이 움직이지는 않습니다. 생모님이 걱정하고 계시니 아무튼 무사히 돌아오신 인사를 드리는 게 좋겠습니다."

"그, 그렇군."

히데요리도 찬성했다.

"출진을 이십팔일로 연기하지 않을 수 없는 사정이 생겼다. 그래서 그대들을 최후의 함정에 빠뜨리려 했겠지. 나는 이제 어린아이가 아니야. 이번에야말로 이에야스의 콧대를 꺾어줄 것이니, 그대들은 우선 무사히 돌아온 모습을 어머님께 보여드리도록."

"주군……"

오쿠라 부인이 다시 무어라 말하려 했다. 그때 하루후사는 혀를 차며 자리에서 일어났다.

"출진을 앞두고 중요한 상의를 하고 있는 중입니다. 어머님은 그만 나가십시오."

"그러나……"

"참 답답하군요! 코리야마라면 이 하루후사가 보낸 자들이 이미 불을 질러 훨훨 타고 있습니다. 아무리 늙은 너구리에게 홀리셨다고 해도 설마 어머님까지 주군을 야마토의 불탄 벌판으로 내쫓으실 마음은 없겠지요. 코리야마뿐만이 아닙니다. 나라도 불타고 있을지 몰라요…… 자아, 어서 일어나십시오."

"그럼, 코리야마는……"

"불탄 벌판으로 내몰고 교묘하게 속여서 이 성을 뺏으려는 속셈이지요. 그러나 마음대로 되지는 않을 거예요. 이번에야말로 보기 좋게 혼을 내줄 테니까요."

하루후사는 어머니의 손을 잡고 강제로 끌어당겼다. 이것으로 오사카 성과 니죠 성을 연결하는 줄은 완전히 끊어지고 말았다.

로죠들이 사라지자 뒤이어 와타나베 쿠라노스케渡邊內藏助와 아카시 모리시게明石守重, 키무라 무네요시木村宗喜 세 사람이 들어왔다. 그들은 모두 단단히 무장하고 있었다.

"무척 덥습니다. 이런 무더위에 불을 지르는 임무를 맡다니……"

키무라 무네요시는 히데요리에게 절을 하고 쑥쓸히 웃으면서 이마의 땀을 닦았다.

6

키무라 무네요시는 후루타 오리베노쇼古田織部正의 중신이다. 하루후사가 그를 일부러 히데요리 앞에 부른 것은 말할 나위도 없이 이 명령이 히데요리 자신에게서 나온 것처럼 보이기 위해서였다.

"무네요시, 수고스럽지만 즉시 쿄토에 잠입해야겠어."

하루후사는 가슴을 펴고 키무라 무네요시 쪽을 보았다.

"나 개인의 의사가 아니야. 주군이 여기 계시니 잘 알 수 있을 테지. 드디어 사태는 절박해졌어."

"잘 알고 있습니다."

키무라 무네요시는 다시 한 번 히데요리에게 고개를 숙이고 하루후사에게 대답했다.

"자세한 일은 저의 주인과 잘 상의했으니 안심하십시오."

"잘 부탁하네. 우리는 오바타 카게노리와 우라쿠사이 부자의 배반으로 우지에서 세타로 진군할 기회를 놓치고 칸토 쪽은 뜻대로 쿄토에 집결하고 말았어. 이렇게 된 이상 수단은 오직 하나뿐. 우선 야마토의 코리야마에서 나라까지 불을 질러 그 방면으로 이에야스 부자의 눈을 돌린 다음, 그 틈을 노려 쿄토를 불태워야 하는 거야."

"그 점도 충분히……"

"그러면 칸토 군이 나뉘어 이에야스가 당황하며 쿄토로 돌아오겠지. 그 혼란을 틈타 키슈의 아사노 군을 격파하는 거야. 말하자면 쿄토의 방화는 코리야마 공격과 함께 칸토 군을 분단시켜 우리의 승리를 굳히는 중요한 실마리가 되는 것일세. 차질이 생기지 않도록 무네요시, 잘 부탁하네."

"예, 반드시 성공하겠습니다."

키무라 무네요시가 자신만만하게 고개를 끄덕였다. 하루후사는 다시 히데요리 쪽으로 돌아앉았다.

"이렇게 말하는 이상 주군께서도 한 말씀 하십시오."

히데요리는 상기된 얼굴로 온몸이 굳어진 채 듣고 있었다. 어쩌면 하루후사가 주동이 되어 책정한 개전의 순서를 비로소 자세히 알게 되었기 때문인지도 모른다.

"그렇군!"

히데요리는 흥분한 소리로 말했다.

"이번 전쟁에는 아버님이 쌓으신 이 성을 내 무덤으로 삼을 각오로 임하고 있다. 필요하다면 후시미 성을 불사르고, 니죠 성까지 태워도 좋다. 나라나 사카이도 예외가 아니야. 모두 아버님 손으로 이루어진 것과 다름없는 성과 도시…… 승리하면 재건, 패하면 우리와 함께 깨끗이 사라지는 것이 좋아. 유감 없이 활약하기 바란다."

"예."

무네요시가 머리를 조아렸다. 하루후사는 즉시 그를 재촉했다.

"이제 됐어. 늙은 너구리가 일부러 출진을 이틀 동안 연기해주었어. 그 이틀을 잘 활용해야 돼. 자, 급히 쿄토로 잠입하도록……"

"알겠습니다. 그럼, 이만 물러가겠습니다."

무네요시는 모두에게 인사를 한 후—

"아아, 덥다, 더워……"

다시 과장된 몸짓으로 땀을 닦으면서 물러갔다. 그 뒷모습을 바라보다가 하루후사도 큰 소리로 웃으면서 일어났다.

"우리도 출진해야 하오. 사카이에 불길이 오르면 그것을 신호로."

7

오사카 성에 있는 요도 부인의 전각도 빠른 걸음으로 다가온 계절 탓으로 몹시 더웠다. 갑자기 닥친 더위는 인간의 이성을 흐리게 하는 불쾌감을 부채질하게 된다.

요도 부인은 가슴에서 하복부로 흐르는 땀에 짜증을 내면서 오노 하루나가의 어깨를 싸맨 하얀 헝겊으로 시선을 보냈다.

"이상한 일이야. 그대를 암살하려 한 것이 하루후사였다니…… 그대는 부끄럽지 않나요."

요도 부인은 그날도 센히메를 불러놓고 내보내려 하지 않았다.

"성안의 분위기가 이처럼 험악하기 때문에 나도 센히메를 가까이 두고 있는 거야…… 만에 하나라도 센히메의 생명을 노리는 발칙한 자가 나타나면 큰일이니까."

흘끗 센히메를 바라보고 다시 하루나가 쪽으로 향했다.

"혈육을 나눈 아우가 형의 목숨을 노린다…… 그리고 주군도 나도 적으로 알고 미워하는 오고쇼가, 그대가 변을 당했다는 사실을 알고 일부러 문안을 한다…… 도대체 어떻게 된 일일까."

하루나가는 열어놓은 문 밖으로 정원 쪽에 시선을 던진 채 파랗게 질린 얼굴로 아무런 대답도 하지 않았다.

"내 사자가 니죠 성의 인질이 된 것은 할 수 없는 일이라고 하더라도, 그대가 파견한 아오키 카즈시게까지 돌아오지 않다니…… 어찌 된 일인가요?"

"……"

"그대에게 문병하는 사자가 올 수 있는 오사카라면 카즈시게가 못 돌아올 리는 없을 텐데…… 그대는 무엇 때문에 하루후사의 습격을 받았다고 생각하나요?"

"……"

"대답할 필요가 없단 말인가요? 그대는 이미 내 가신이 아니다……는 말인가요? 소문에 따르면 하루후사는 형과 오타마於玉를 놓고 사랑을 다투게 된 것이 원인……이라고 하더군요."

"……"

"주군의 가문이 흥망의 기로에 선 이 중요한 시기에 성을 맡았던 자가 동생에게 습격을 당한다…… 명예로운 일이군요, 장한 일이에요."

그래도 하루나가는 꿀 먹은 벙어리였다.

이제 요도 부인은 하루나가가 아니면 센히메에게, 센히메가 아니면 하루나가에게 이러한 불평도 푸념도 아닌 잔소리를 늘어놓지 않으면 견디지 못하는 여자가 되고 말았다.

그 이유는 하루나가도 잘 알고 있었다. 그런 거센 기질인 그녀가 잔뜩 믿고 있던 이에야스에게 배반당한 것을 알고는 고질병이 도져 비뚤어지게 되었다.

오늘뿐이 아니었다. 이에야스가 나고야의 혼례를 핑계삼아 쿄토로 출진한 사실을 알았을 때부터 그녀의 인생은 더욱 캄캄해졌다.

"나는 무엇 때문에 태어났을까……?"

자기가 원해서 아사이 나가마사淺井長政의 딸로 태어나지는 않았다. 그런 인연으로 육친인 외숙부와 타이코에 의해 아버지가 살해당했다. 아니 친아버지만이 아니라 양부 시바타 카츠이에柴田勝家도, 또 친어머니 오이치ぉ市 부인도 타이코 때문에 목숨을 잃었다.

"나는 그 이중 삼중의 원수인 타이코의 사랑을 받고, 타이코의 자식을 낳아 오늘날 이와 같은 고통을 당하고 있다."

그 모두 부모나 조상의 영혼이 저주하는 탓이다…… 그러한 망집이 요도 부인을 괴롭히는 것 같았다……

8

'어쩌면 정말 저주……일지도 모른다.'

하루나가도 이런 생각을 할 때가 있었다.

요도 부인은 하루나가와 센히메에게 번갈아 푸념을 늘어놓고는 곧 잘 성안의 진언당眞言堂에 가서 기도를 드리고는 했다. 그리고 등잔의 불꽃과 향의 연기가 한들거리는 가운데 종종 환상을 보았다.

"앗, 어머님! 용서하십시오…… 용서해주십시오……"

눈에 보이지 않는 무언가에 검은 머리채라도 잡힌 듯이 자세를 어지럽히고 미친 듯이 허우적거릴 때가 있었다.

그뿐만이 아니었다.

조부 아사이 히사마사淺井久政의 유령이 나타나 잠을 잘 수 없으니 곁에 와 있어달라…… 밤중에 이런 호출을 받은 때도 있었다.

"할아버지의 유령이 나를 저주하고 있어요. 오에요阿江與는 아무 원한도 없는 도쿠가와 가문에 시집갔으니 그 자식과 함께 지켜주겠다. 그러나 너는 우리 가문 원수의 자식을 낳았다…… 저주할 것이다, 저주하고 말고……"

싸늘한 새벽녘의 휑한 침소에서 그런 술회를 듣고 있노라면, 희미한 공간 가득히 숙연宿緣과 악연의 온갖 요괴들이 가득 들어차 있는 것 같아 하루나가까지도 오싹 소름이 끼쳤다.

그리고 나서는 어김없이—

"나는 무엇 때문에 이 세상에 태어났을까……"

몸부림치며 울고는 했다.

이에 대해서만은 하루나가도 대답할 수 없었다. 하루나가 자신이 똑같은 회의에 빠져 있었기 때문이다.

'태어난 목적이 분명하면 삶의 태도를 결정할 수도 있겠지만……'

이 답답한 현실이 무명無明의 세계임은 알고 있었으나, 그 무명을 깨뜨릴 지혜를 가지고 있지 못했다.

'결국 나도 생모님도 무명에서 태어나 죽어가는 불쌍한 생물……'

그러한 공감이 오늘도 하루나가로 하여금 요도 부인의 짓궂은 악담과 야유를 참게 했다.

하루나가만이 아니었다. 센히메도 어쩌면 똑같은 체념에 빠져 있는지 모른다. 그러나 센히메 뒤에 꼼짝도 않고 눈을 빛내며 앉아 있는 오쵸보만은 다른 세상의 인간처럼 보였다. 그녀는 의심할 줄 모르는 이상한 바위 위에 앉아 있었다. 그것은 신앙과도 같은 도쿠가와 가문에 대한 신뢰 때문인지도 몰랐다.

"슈리는 내게 대답할 입이 없는 모양이군요."

하루나가의 침묵이 계속되고 요도 부인의 시선이 얼어붙은 듯이 앉아 있는 센히메에게로 옮겨졌을 때였다.

"생모님께 아룁니다. 오쿠라 부인 일행이 돌아왔습니다."

숨을 몰아쉬며 우쿄右京 부인이 달려왔다.

"뭣이, 로죠들이 돌아왔어?"

"예. 지금 주군에게 인사를 마치고 이리 오고 있습니다."

"슈리, 이게 어찌 된 일일까요?"

요도 부인은 당황하며 하루나가에게 묻고, 그 시선을 곧 다시 우쿄 부인에게로 돌렸다.

"쵸코인도 함께인가?"

"아니, 쵸코인 님은 안 보입니다."

"뭐? 안 보여?"

묻는 것과 일어서는 것은 동시의 일이었다.

"내가 주군의 거실로 가야겠어…… 우쿄, 따라오도록."

9

창백한 얼굴로 자리에서 일어나 거실을 나가려던 요도 부인은 히데요리의 방까지 가지 않아도 되었다.

오쿠라 부인 일행이 바로 복도 저쪽에 나타났다.

"오쿠라도 쇼에이니도 수고가 많았어. 어서 이리로."

요도 부인은 큰 소리로 말하고 돌아와 거친 숨을 가라앉히면서 이부자리를 걷어차듯이 하고 앉았다.

로죠들은 요도 부인의 재촉을 받고 서둘러 들어왔다. 무엇보다 오노 하루나가를 깜짝 놀라게 한 것은 어머니의 창백한 얼굴이었다. 쇼에이니의 표정도 피로해 보였으나, 그래도 아직 생기는 남아 있었다. 그러나 오쿠라 부인은 시체의 얼굴을 연상시켰다.

'무슨 일이 있었구나……'

생각했을 때 오쿠라 부인은 요도 부인 앞에 두 손을 짚고 경기에 들린 듯한 소리로 울기 시작했다. 쇼에이니도 니이 부인도 오쿠라 부인을 따라 고개를 들지 못했다.

"왜 우느냐? 무사히 돌아와 기뻐 우는 눈물이라면 나중에라도 좋아. 죠코인은 어떻게 된 거야? 이에야스는 그대들을 죽이려 했겠지?"

퍼붓듯이 묻는 말에 오쿠라 부인은 더욱 큰 소리로 울었다.

"울지 마라, 오쿠라!"

요도 부인은 사방침을 두드렸다.

"그대들은 나의 사자, 아직 보고도 하지 않았어."

"용서하십시오!"

갑자기 오쿠라 부인이 말했다.

"아무 말씀도 드릴 것이 없어졌습니다. 용서해주십시오."

"무슨 말이냐, 할말이 없다니?"

"아들 녀석이…… 못된 아들 녀석이…… 이미 불을 질러 태워버렸습니다…… 따라서…… 어떻게 할 방법이 없습니다. 용서해주십시오."

"아니, 무슨 소리를 하는 게야? 어디에 불을 질렀다는 말인가? 침착하게 말해, 오쿠라."

요도 부인은 몸을 흔들며 꾸짖고 얼른 쇼에이니를 보았다.

"그대에게 묻겠어. 오쿠라가 왜 이러는 거야? 구박을 당해 미치기라도 했나?"

"예…… 아니, 그것은……"

"말씀 드리겠습니다."

니이 부인이 견디다못해 입을 열었다.

"오쿠라 님이 불태웠다고 한 것은 야마토의 코리야마 성을 가리키는 것이라 생각합니다."

"츠츠이筒井 성이 불탔다고 해서 오쿠라가 왜……?"

말하다 말고 요도 부인은 갑자기 입을 다물었다. 짐작이 간 모양이었다. 이에야스도 히데요리에게 권했고, 우라쿠도 야유조로 가끔 코리야마로의 영지이전을 입에 올리곤 했다.

"그런가, 그 일 때문인가……?"

잦아드는 듯한 쓸쓸한 대꾸였다.

"예, 그 때문입니다. 죠코인 님이 부디 주군을 모시고 코리야마로 옮겨 때가 이르기를 기다리시라고 당부했습니다. 영지이전을 위해 코리야마에는 오고쇼의 부하들이 이미 그리로 갔다고…… 그런 중요한 성을 하루후사 님이 불사르고 말았다…… 오쿠라 부인은 자결하여 사죄하지 않으면 안 된다고……"

오노 하루나가는 시선을 돌리고 비로소 가만히 고개를 끄덕였다.

10

하루나가는 사정을 알 수 있었다. 그러나 요도 부인은 그 정도의 설명으로는 이해할 수 없다……고 생각했을 때였다.

"그 이상 말할 것 없어."

요도 부인이 뜻밖에 조용한 소리로 말을 막았다.

"그런가…… 이제 알았어…… 이제 됐으니 오쿠라, 고개를 들라."

"예…… 예."

"자결은 용서치 않는다."

엄하게 말했다.

"코리야마의 성을 불사르게 한 것은 나였어."

하루나가는 깜짝 놀랐다.

자결하겠다는 어머니를 위로하기 위해서라고는 하나 너무나 큰 거 짓말이었다. 하루나가의 제지도 듣지 않고 막내동생 도켄과, 그 성을 불사르지 않으면 '배수진'을 칠 수 없다……고 무리하게 군사를 보낸 것은 바로 그의 동생 하루후사였다. 아마 히데요리도 사후에 승낙을 강 요당했을 것이다.

'그런데도 자기가 명했다고…… 생모님은 무슨 생각을 하고 있는 것 일까……?'

"그렇구나…… 그랬구나……"

요도 부인이 다시 되풀이했다.

"그럼, 죠코인은 니죠 성에서 곧장 쿄고쿠로 돌아갔겠군?"

"예."

"그것으로 됐어, 이제 만사는 결정됐어."

"만사……라고 하시면?"

사태가 뒤바뀌었다. 겨우 눈물을 거둔 오쿠라 부인이 질문했다.

하루나가는 묘하게 따돌려진 듯한, 뒤죽박죽이 된 기분으로 새삼 두 사람을 바라보았다.

"나는 똑똑히 기억하고 있어. 오다니 성小谷城이 함락될 때의 일도,

키타노쇼北の庄에서 도망치던 때도……"

요도 부인은 마치 사람이 달라진 것처럼 부드러운 목소리로 먼 곳을 바라보듯이 하며 말했다.

'무슨 일이 일어나려고 하는 것일까?'

하루나가는 불안해졌다. 감정의 기복이 심한 상대인 만큼 그 뒤의 변화는 무섭다.

"센히메도 잘 들어라. 오다니 때도 키타노쇼 때도 우리 세 자매는 서로 격려했어…… 그런데 어느 틈에 두 사람과 거리가 벌어져 나는 오에요와 죠코인에게 수고를 끼치고 있어……"

요도 부인은 자기 자신의 영혼에게 이야기하는 어조로 말하고 가만히 옷소매를 눈언저리로 가져갔다.

하루나가는 숨을 죽였다.

'이분에게 이런 여자다운 면이……'

바로 조금 전까지만 해도 오로지 잔소리를 하는 것만이 사는 보람처럼 보였는데……

"어째서 동생들에게 거추장스러운 존재가 되어야만 했을까…… 그 생각을 하면 얼마나 미안한지 몰라. 아니, 죠코인이나 오에요만이 아니야. 오쿠라에게도 쇼에이니에게도 아에바饗庭에게도, 또 니이와 우쿄에게도…… 용서해다오."

"무슨 황송한 말씀을! 그런 말씀은 거두십시오. 제 자식들이 어리석은 탓으로……"

"그렇지 않아."

요도 부인은 부드럽게 오쿠라 부인의 말을 가로막았다. 그리고 다시 그녀답지 않은 말을 했다.

"내가 어쩌다가 이렇게 동생들보다 뒤떨어지게 되었을까…… 문득 깨달았어. 나는 너무 방자했어…… 이 세상에 있을 까닭이 없는 것만

추구하면서 늘 여러 사람을 울려왔어."

이번에는 센히메까지 고개를 돌려 깜짝 놀란 얼굴로 요도 부인을 바라보기 시작했다.

11

하루나가는 눈도 깜빡이지 못하고 마른침을 삼켰다.

'어쩌면 이렇게도 이상하게 되었을까……?'

아직까지 이처럼 시녀들을 다정하게 위로하는 요도 부인을 본 일이 없었다. 그런 만큼 경악과 불안도 예사롭지 않았다.

'설마 실성한 것은……?'

문득 이런 생각을 했을 때 요도 부인이 다시 말을 이었다.

"용서해다오, 그대들에게 무리한 말밖에 하지 않은 나를…… 나는 신도 부처도, 도리도 의리도 모두 나를 따르게 마련이라고 오만한 생각을 가졌던 거야…… 그리고 뜻대로 되지 않는다 하여 노하고 원망하고, 꾸짖고 울고…… 그동안에도 죠코인이나 오에요는 자기가 갈 길을 찾아서 한발 한발 차분히 걸어갔어……"

"생모님!"

참다못해 하루나가가 불렀다.

"그럭저럭 시각이 되었습니다. 저녁상을 명하시면……"

"그렇군, 준비시켜주세요. 오랜만에 오쿠라도 쇼에이니도 니이도, 그대도 다 같이……"

요도 부인은 순순히 고개를 끄덕였다.

"깨달았을 때는 동생들이 이 언니의 손을 이끌어주고 있었어. 오다니나 키타노쇼가 함락될 때와는 반대로…… 그런데…… 그 죠코인도 매달리려는 내 손을 뿌리치고 가고 말았어…… 용서해다오, 모두 내가 잘못이었어."

하루나가는 고개를 돌리고 곁에 있는 우쿄 부인에게 저녁상을 준비하라고 눈짓을 했다.

'그렇구나, 그랬었구나……'

비로소 요도 부인의 고독과 수심이 가슴에 스며들었다.

'생모님도 이제는 전쟁……이라는 것을 깨달았다.'

아니, 그 이상…… 여성의 날카로운 직감으로 어쩌면 죽을 때까지도 예견하고 있는지 모른다.

하루나가는 급히 일어났다.

"참, 경호하는 오쿠하라 토요마사에게 전할 말을 잊고 있었군."

허겁지겁 복도로 나왔다가 다시 걸음을 멈추고 불안한 듯 뒤를 돌아보았다.

'죽을 때를 예견한 인간은 그 직전에 이상하게도 선량해진다고 하지 않는가……'

하루나가가 강하게 고개를 흔들며 복도에서 정원으로 한 발 내려섰을 때였다. 무더운 공기를 뒤흔드는 듯한 소라고둥소리가 성의 정문 부근에서 울려왔다.

드디어 하루후사가 직접 사카이에서 키시와다岸和田를 공격할 군사를 이끌고 출동하는 모양이었다. 밤이 되기를 기다렸다가 나가는 것을 보니, 아마도 아직 타다 남은 사카이 거리에 불을 지를 생각임이 틀림없었다.

"어쩔 수 없다."

하루나가는 중얼거렸다. 그 말은 동생 하루후사를 제지하기 어렵다는 의미만이 아니었다. 아니, 그 이상으로 전쟁이냐 태평이냐…… 복잡하기 짝이 없는, 착잡하게 얽힌 현실을 도저히 풀 수 없다는 절망의 뜻이 담긴 혼잣말이었다.

정원에 내려와 보니 후루타 오리베노쇼가 헌납한 츠키야마築山 건너편 등롱 곁에서 오쿠하라 신쥬로 토요마사 역시 그 소라고둥소리를 듣고 있었다. 하루나가는 성큼성큼 그쪽으로 걸어갔다. 그러나 바로 말을 걸지는 않았다.

주위는 차차 어두워지고, 하늘의 별이 하나둘씩 싸늘하고 희미한 빛을 내기 시작했다……

또다시 소라고둥이 무거운 여운을 남기면서 울렸다.

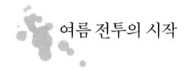

여름 전투의 시작

1

오사카의 여름 전투는 오노 하루후사의 군사 2,000여 명이 쿠라가리 토게暗り峠를 넘어 코리야마에 불을 질렀을 때부터 시작되었다. 그 날짜는 4월 26일로 기록되어 있으나, 이때 벌써 코리야마 동북쪽 촌락은 완전히 소실되어, 그대로 두면 나라 일대도 초토화될지 모르는 위기를 맞고 있었다.

고죠 성五條城 성주이자 바쿠후의 지방관이기도 한 마츠쿠라 분고노카미 시게마사松倉豊後守重正는 오쿠타 타다츠구와 함께 이를 맞아 토벌하기 위해 코쿠부國分 너머로 철수했다. 야마토는 이미 전쟁터가 되고 말았다.

오노 하루후사를 이렇듯 강경한 주전론자로 만든 이유는 몇 가지가 있었다.

형 하루나가의 태도가 애매했던 것도 그 이유의 하나였다. 그러나 직접적인 동기는 그가 차차 신뢰하게 된 코슈甲州의 떠돌이무사 오바타 카게노리가 실은 군사軍師가 아니라, 쇼시다이 이타쿠라 카츠시게와 짜고 잠입한 칸토의 첩자였다는 사실을 알게 된 데 있었다.

하루후사는 카게노리를 완전히 신뢰하여 작전회의 때는 언제나 카게노리의 의견을 지지하며 사나다 유키무라에게 대항했다. 그리고 결국에는 카게노리에게 심취하여 그를 위해 자기 저택 안에 일부러 그의 거처까지 신축해주었다.

그 오바타 카게노리가 사카이의 형편을 알아본다고 성을 나간 이후 잠적하고 말았다. 그 뒤 하루후사의 입장은 아주 묘하게 되었다.

"형편없는 멍청이……"

그런 험담을 듣지 않기 위해 그는 어쩔 수 없이 강경한 주전론자가 되지 않을 수 없었다……

하루후사가 카게노리에게 배신당한 마음의 상처는 컸다.

'남을 믿어서는 안 된다!'

아직 젊은 탓이기도 했다. 인간에 대한 불신은 드디어 그를 극단적 허무주의에 빠지게 했다. 이에야스나 히데타다만이 아니라 친형 하루나가나 어머니 오쿠라 부인마저도 믿으려 하지 않았다. 물론 히데요리도 믿지 않았다. 다만 히데요리를 선동하고 그를 앞세우지 않으면 싸울 수 없기 때문에 추대하고 있는 데 지나지 않았다.

이러한 하루후사가 형이나 어머니의 마음에 히데요리를 코리야마로 옮기고 싶다……는 생각이 어느 정도 있다는 사실을 알았다. 그런 이상 그곳을 불태워 그 꿈을 끊어버리려 한 계획은 당연히 뒤따를 수밖에 없었다. 이렇게 그가 내보낸 군사에 의한 코리야마와 나라 방면의 교란이 여름 전투의 발화점이 되었다.

이어 하루후사가 노린 것은 와카야마和歌山 군에 대한 협공이었다.

와카야마의 아사노 나가아키라淺野長晟는 젊어서 죽은 요시나가의 동생이었다. 도요토미 가문과는 끊을 수 없는 관계를 가진 이 아사노 가문의 주인이 형 하루나가나 히데요리의 초청에는 응하지 않고 여동생을 나고야의 요시나오에게 출가시켜 이에야스에게 교태를 부리는 사실이 용서할 수 없을 정도로 불결하게 보였다.

"어디 두고 보자. 뼈저리게 깨닫도록 해줄 테다."

하루후사는 직접 나가아키라에 대한 설득을 포기하고, 그 대신 영지 안과 요시노吉野, 쿠마노熊野 등의 토착무사들을 선동하여 각지에서 봉기하게 하는 수단을 강구했다.

이들 각 지역의 토착무사들은 까닭도 모른 채 두려운 횃불을 들었다. 이에 호응, 하루후사는 동생 도켄과 더불어 사카이를 불태우고 키시와다에 진출해 도요토미 가문을 배신하고 이에야스에게 간 코이데小出 가문의 주인 요시히데吉英를 무찔러 이 방면을 확보하려 했다.

이러한 정세 아래에서 이타쿠라 카츠시게가 아사노 군에게 급히 출동하도록 재촉한 것은 4월 28일, 바로 그날 사카이 거리는 붉은 연꽃과도 같은 화염에 싸여 있었다.

2

4월 28일 불타는 사카이에서 칸토 쪽 수군水軍 무카이 타다카츠, 쿠키 모리타카 등이 오노 하루나가, 마키시마 겐바槇島玄蕃 등과 맹렬한 전투를 벌였다. 그뿐 아니라, 쿄토에서도 위기일발의 큰 사건이 일어나 백성들의 동요는 예사롭지 않았다.

"오사카 쪽에서 쿄토를 불태워버리기 위해 수많은 밀정들이 잠입해 들었다."

그런 소문으로 혼란이 극심한 가운데 이타쿠라 카츠시게가ㅡ

"안심하라. 방화 주모자 이하 전원, 쇼시다이가 체포했다."

이런 발표를 했다.

28일로 예정했던 이에야스의 출진은 5월 3일로 연기되었다.

방화 주모자 등은 즉시 백성들 앞에 끌려나와 수많은 사람들로부터 저주를 받으면서 형장으로 향했다.

주모자는 물론 오노 하루후사에게 호응하여 쿄토에 잠입했던 후루타 가문의 중신 키무라 무네요시였고, 쇼시다이에 의해 체포된 30여 명은 모두 그의 부하들이었다.

그 무렵에는 벌써 야마토 코리야마의 성주 츠츠이 마사츠구筒井正次가 성을 버리고 달아난 뒤여서, 오사카 군은 나라로 쇄도하고 있었다. 만약 그날의 무운이 도요토미 쪽 편을 들었다면, 불탄 것은 사카이만이 아니었을 터. 나라와 쿄토 같은 일본의 역사적인 도시는 모두 불길 속에 그 모습이 사라졌을 것이다.

실로 아슬아슬하게 국토 수난의 위기를 넘긴 날이었다. 물론 이러한 위기를 예측했기 때문에 이타쿠라 카츠시게가 아사노 군의 출진을 재촉했지만……

미즈노 카츠나리를 장수로 하는 야마토 방면의 제1진도 나라 방면으로 급히 진격하고 있었다. 그러나 그들이 도착하기 전에 나라가 불탈 위험이 있었다. 그럴 경우 아사노 군을 와카야마에서 출동시켜 사카이로 보내 이 방면으로 오노 하루후사의 눈을 돌린 후 그들 앞을 가로막을 수밖에 없다……고 카츠시게는 생각했다.

"쿄토와 나라는 어떤 일이 있더라도 불타게 해서는 안 된다."

이에야스의 엄명이었다.

이 엄명이 없었더라면 '의義'를 자처하는 오사카 군은 도요토미 가문과 고도古都의 비중을 생각할 여유가 없는 폭도로서 후세에까지 악명을 남겼을 터.

아사노 나가아키라는 이러한 위기일발의 상황에서 백성들의 폭동을 염려하며 5,000의 군사를 이끌고 출진했다. 이는 오노 하루후사 쪽에서 볼 때, 나라 방면은 어찌 되었건 이 키슈 방면에서만은 보기 좋게 나가아키라가 덫에 걸려들었다……고 할 수 있었다. 이렇게 아사노 군을 유인해놓고, 그 틈에 폭도로 바뀐 백성들로 하여금 와카야마 성을 습격하게 하여 협공하는 것이 그들의 작전이었다……

아사노 군의 선두가 사노佐野에 도착한 것은 아홉 점 반(오후 1시)으로, 그때 나가아키라의 본진은 그 후방인 카시이가와樫井川가 바라다보이는 신다치信達에 도착해 있었다.

이 신다치는 오노 하루나가의 옛 영지였다. 하루나가의 노신 키타무라 키다유北村喜太夫와 오노 야고에몬大野彌五右衞門이 봉기하려고 오사카 군의 도착을 기다리고 있던, 그야말로 행동을 일으키기 직전이었다. 이를 탐지한 아사노 군은 즉시 키다유를 체포하고, 저항하는 야고에몬을 죽임으로써 드디어 양군의 전투는 시작되었다.

3

이때의 오사카 군은 일설에 따르면 4만이라고 하기도 하고, 어떤 곳에서는 2만이라고 기록되어 있기도 했다. 4만은 좀 과장되었겠지만, 아사노의 5,000 군사에 비해 4, 5배 이상이었음은 추측할 수 있다.

오사카 쪽의 총대장은 물론 오노 하루후사, 그 밑에 도켄 하루타네道犬治胤, 코리 슈메郡主馬, 오카베 다이가쿠岡部大學, 반 단에몬塙團右衞門, 탄노와 로쿠로베에淡輪六郎兵衛, 미슈쿠 칸베에御宿勘兵衛, 요네다 켄모츠米田堅物 등 뛰어난 사무라이다이쇼侍大將°가 모여 있었다.

반 단에몬은 오사카에 모인 떠돌이무사 중에서도 고토 마타베에와 더불어 용맹으로 이름을 떨친 무장으로, 이전에는 카토 요시아키를 섬겼다. 그러다가 세키가하라 전투 때 앞질러 나갔다가 꾸중을 듣고는 분개하여 떠나온 사람이었다. 미슈쿠 칸베에 마사토모御宿勘兵衛正友는 에치젠의 타다나오를 섬기다가 역시 주군과 충돌하여 떠나온 인물이었다. 지금도 그는 전쟁에 이기면 에치젠을 자기가 차지하겠다고 호언하고 있었다.

오노 도켄과 코리 슈메는 원래 도요토미 가문의 가신이었고, 오카베 다이가쿠 노리츠나岡部大學則綱, 요네다 켄모츠 모두 만만치 않은 무장으로, 2만 대군 가운데 거의 대부분이 전쟁이 벌어진다는 사실을 알고 모인 떠돌이무사들이었다. 그들의 방화와 방화를 한 뒤의 약탈은 잔인할 만큼 철저했다. 그래서 사카이 사람들은 공포에 떨면서 오사카 군에 대한 증오를 불태웠다.

사카이의 방화를 지휘한 것은 하루후사의 동생 도켄이었다. 이 때문에 도켄은 뒷날 사카이 사람들에게 비참하게 살해당했다.

이렇듯 난폭하기 짝이 없는 부대가 28일에는 사카이에서 키시와다, 카이즈카貝塚 근처까지 밀고 나갔다. 만일 정면에서 충돌한다면 아사노 군으로서는 승산이 없었다.

총대장 오노 하루후사는 반 단에몬과 오카베 다이가쿠를 선봉으로 삼아 일제히 키시와다의 코이데 요시히데를 격파하고 키슈 가도로 진격할 예정이었다. 그러나 코이데 요시히데는 원군으로 온 카나모리 요시시게金森可重와 더불어 동군東軍의 명령을 지켜 농성하면서 공격해 나오지 않았다.

하루후사는 동생 도켄을 키시와다 성 공격을 위해 남겨두고 자신은 곧장 카이즈카에서 사노를 향해 진군했다.

한편 사노에 도착한 아사노 군의 선봉은 2진과 3진이 카시이, 신다치에 도착하는 것을 확인하고 후진과 연락을 취하기로 했다.

선진의 대장은 아사노 사에몬노스케淺野左衛門佐, 아사노 우콘淺野右近, 카메다 오스미龜田大隅 세 사람이었는데, 그들이 함께 늦은 점심을 먹고 있을 때 오자키尾崎 마을의 큐에몬九右衛門이라는 농사꾼이 달려와 오노 하루후사 군이 가까이 왔다고 알렸다.

"아룁니다! 오노 슈메노스케 하루후사大野主馬亮治房 님이 이만이 넘는 대군을 거느리고 이리 오고 있습니다. 벌써 선두는 카이즈카에 당도했을지도 모릅니다."

아직까지 아사노 군은 적의 동향을 파악하지 못하고 있었다.

"큰일났다. 즉시 척후를 내보내도록 하겠다."

명령을 받고 나갔던 척후가 얼마 후에 돌아와 보고했다.

"적은 이미 카이즈카에 도착했습니다."

"병력은 얼마나 되더냐?"

"오노 하루후사, 반 나오유키塙直之, 오카베 노리츠나, 미슈쿠 마사토모, 요네다 켄모츠 등의 군사로 이만이라고 합니다."

"뭐, 이만……?"

아사노 사에몬노스케가 얼른 말했다.

"이만이든 삼만이든 오합지졸일 뿐이야. 즉시 무찌르고 전진하기로 한다."

그 말에 카메다 오스미가 단호하게 반대했다.

4

전쟁에는 기세라는 것이 따르게 마련. 아군의 선봉은 2,000도 되지 않았지만, 여기까지 와서 후퇴한다면 사기에 관계된다. 아사노 사에몬노스케는 이런 생각으로 당장 무찌르자고 했다.

카메다 오스미의 생각은 그와 반대였다.

"오합지졸이라 해도 무찌르기 어려운 경우가 있소. 그것은 자기네 군사가 수적으로 적을 압도하여 우세할 경우와 사기가 올랐을 때. 듣자하니 적은 이만에 가까운 대군이오. 더구나 사카이에서 키시와다 일대를 모조리 불태우고 진군해오고 있소. 이처럼 기세가 올랐을 때 가볍게 움직이면 안 됩니다."

"그렇다고, 모처럼 사기가 올라 있는 아군에게 퇴각을 명하자는 말이오? 그건 안 되오."

"퇴각이 아니오. 대군과 맞부딪쳤으니 이를 격파하기 위해 적당한 지점까지 물러나, 적을 유인하자는 말이오."

"나는 그렇게 생각하지 않소. 그렇게 한다면 역시 적을 두려워하는 것이 되오."

"아닙니다. 이곳에 머물면서 수비하는 게 좋다……는 전투라면 이대로 버티어도 좋소. 그러나 이 사노는 지형적으로 적당한 곳이 아닙니다. 그러므로 얼른 야스마츠安松, 나가타키長瀧 부근으로 후퇴하여 적의 기세가 쇠했을 무렵 이를 격파하고 오사카에 접근한다…… 이렇게 하는 것이 전략상 유리하오."

두 사람 모두 기세가 등등하여 좀처럼 의견이 일치되지 않았다. 아사노 우콘이 중재에 나서서, 두 사람의 의견을 그대로 본진의 아사노 나가아키라에게 고하여 결재를 받기로 했다.

나가아키라는 영지에서 봉기한 폭도들의 움직임을 우려하고 있던 때여서 아주 신중했다.

"과연 사노에서 적을 맞이하는 것은 지리상으로 적당치 않다. 우콘과 오스미는 야스마츠, 나가타키 부근으로 물러나고, 사에몬노스케는 카시이가와 앞까지 후퇴하여 강을 사이에 두고 적을 기다리도록."

나가아키라가 이런 결정을 내린 이상 따를 수밖에 없었다.

아사노 군은 일단 손안에 넣었던 사노를 버리고 그날 저녁 무렵부터 군사를 철수하기 시작했다.

진격해올 때는 파랗게 개었던 여름 하늘에 차차 구름이 밀려들고 있었다. 그러더니 한밤이 지나고부터 비가 내리기 시작했다.

"원 이런, 이럴 줄 알았더라면 땀흘리며 서두를 것 없었는데."

"글쎄 말이야. 비를 맞아가며 한밤중에 일부러 후퇴한다…… 마치 처음부터 전쟁에 지는 연습을 하고 있는 것 같군."

"그러나 오고쇼 님의 마음에는 들지도 몰라. 전진만 알고 후퇴를 모른다면 화가 이 몸에 미친다……고 하셨다니까."

"아니야. 그건 승리만 알고 패배를 모르니까 하는 말이야! 전쟁에 지는 것을 알게 되면 큰일이야."

결국 비 오는 밤의 진지이동은 아침까지 이어졌다. 다행히 새벽녘에는 비가 그치고 그 대신 안개가 짙게 끼어 나가타키에는 아사노 우콘, 야스마츠에는 카메다 오스미, 후퇴에 가장 불평이 많았던 아사노 사에몬노스케는 훨씬 후방인 카시이가와 앞까지 물러나 누구에게도 발견되지 않게 다시 포진을 끝냈다.

한편 오사카 군은 기세를 올리며 카이즈카에 이르러—

"배가 고파서는 싸움을 못한다. 징발을 하자, 징발을."

오합지졸의 본성을 드러내며 저녁 무렵부터 일제히 배를 채우기 시작했다.

5

백성들이 가장 두려워하는 것은 이 오사카 군의 '징발'이었다.

오사카 군들은 이미 세상으로부터 용납을 받지 못하고, 불평에 찬 인생의 터전을 전투에서 찾으려고 모여든 전국인戰國人이었다. 그러므로 전쟁터에서의 이 '징발'이 유일한 즐거움이었다. 이에야스는 꼭 필요한 것을 징발할 때는 반드시 그 대금을 지불하도록 엄명을 내리고 있었다. 오사카에서도 물론 그런 명령은 내렸을 테지만 전혀 실천되지 않았다.

"자, 어서 나가서 먹을 것을 모아오너라."

이런 경우 반드시 편승해 날뛰는 무뢰한이 나타나게 된다.

"식량이라면 제가 모아다드리지요."

이때도 카이즈카 간센 寺願寺의 보쿠 한사이ㅏ牛齋라는 엉터리 승려가 선두에 나서서 군량수집을 도왔다. 어젯밤 오사카 성을 나온 이후 꼬박 하루 동안 강행군을 계속한 뒤였다. 사람과 말 모두 극도의 배고픔과 피로에 시달리고 있었다.

"쌀만으로는 부족하다. 보리를 섞은 주먹밥을 분배하라."

보쿠 한사이는 기세가 등등하여 농부와 상인에게 강제로 쌀, 보리를 뺏으러 돌아다니다가 얼마 후 어디서 입수했는지 엄청난 양의 술을 진중에 가져왔다.

"머리를 잘 굴리는 중이로군. 술까지 찾아내다니."

"눈치가 빠르군. 더 있을 테니 모두 가져와라."

이런 경우 술이 어떤 작용을 하는지에 대해서는 새삼스럽게 말할 필요도 없다.

그렇지 않아도 무법자들로 구성된 오합지졸이었다. 그들은 앞을 다투어 술을 빼앗듯이 마셔댔다. 그리고는 일어서지 못하는 자, 날이 밝아오는데도 아직 술잔을 기울이고 있는 자도 있었다.

"어이가 없군. 날이 밝았는데도……"

오늘의 선봉은 반 단에몬, 다음은 오카베 다이가쿠의 순이었다.

오카베 다이가쿠가 일어나 보니 거의 모두가 농부들을 몰아낸 빈집에서 곯아떨어져 있었다. 다이가쿠는 혀를 차며 일어나 있는 자기 병사들을 데리고 먼저 출발했다.

오카베 다이가쿠와 반 단에몬은 아주 사이가 나빴다. 그것도 별로 큰 일 때문이 아니었다. 겨울 전투 때 선봉을 다투었던 것이 원인, 실로 전국인다운 고집에서였다.

반 단에몬이 비가 내린 뒤의 아침 안개 속에서 눈을 떴을 때, 그때 이미 다이가쿠는 자기 군사 일부를 챙겨 먼저 떠난 후였다.

반 단에몬은 안장을 두들기며 분개했다.

"분하다. 또다시 양해도 구하지 않고 마음대로 출격했구나. 어서 뒤쫓아라."

키슈 가도의 안내자로 같이 온 탄노와 로쿠로베에 시게마사淡輪六郎兵衛重政를 앞세우고 오카베 군을 뒤쫓았다. 그들이 오카베 군을 만난 것은 어젯밤 아사노 군이 물러난 사노에서 조금 더 나간 아리도시蟻通 し 북쪽이었다. 그곳에서 오카베 군은 잠시 휴식하고 있었다.

"오카베, 공을 다투는 데도 때가 있는 법이야. 오늘 전투의 선봉대장은 이 단에몬이야. 그런데도 마음대로 앞질러 나가다니 네놈은 군법을 어디서 배웠느냐! 만일 이 일이 원인이 되어 아군이 불리해진다면 네놈의 쓰레기통 같은 배를 한두 번 찌른다고 해결될 문제가 아니야. 이 개같은 놈아."

단에몬은 불처럼 노해 다이가쿠에게 욕을 퍼부었다.

6

전국인의 욕설은 일종의 애교였다. 아니, 때로는 그 욕설은 용맹을 떨치게 하는 자극제가 되기도 했다.

반 단에몬의 더러운 욕설을 듣고는 오카베 다이가쿠도 그냥 있을 수 없었다.

"홍, 네놈의 배야말로 쓰레기통이다. 마시지도 못하는 술에 취해 시각도 모르는 것이 선봉대장의 마음가짐이란 말이냐? 어리석게 전투를 벌여 배가 찢기면 거기서 나오는 건 탁주뿐일 것이야."

"으음, 그냥 두면 아가리를 다물지 않겠구나. 본때를 보여주마."

"오, 바라던 바다. 누가 강한지 겨루어보자."

"잘 지껄였다. 그 큰소리 잊지 마라."

단에몬은 독기를 품은 말을 토해내고 곧 키슈 가도의 안내자를 큰 소리로 불렀다.

"야마구치 헤이나이山口兵内, 헤이키치兵吉 형제, 이리 나오너라."

"예, 여기 대령했습니다."

"우리는 오늘 중으로 와카야마까지 진격한다. 적도 지금쯤은 나와 있을 것이야. 즉시 정찰을 나가라."

"알겠습니다."

이렇게 두 사람을 먼저 내보내고 단에몬은 선두에 섰다. 물론 오카베 다이가쿠도 바싹 그 뒤를 따라 진군했다. 그들이 아리도시로 접어들 무렵 정찰 나갔던 헤이나이, 헤이키치 형제가 되돌아왔다.

"드디어 나왔느냐?"

단에몬은 등자를 힘껏 밟고 서서 큰 소리로 물었다.

"예. 군사들은 아직 안 보입니다마는 전방에서 총성이 들렸습니다."

"못난 놈, 그게 바로 적이야. 좋아, 단숨에 공격하라!"

그대로 달려나가려 했다. 탄노와 로쿠로베에가 깜짝 놀라 말 머리를 돌리고 다가왔다.

"이 부근은 아직 제가 안내하는 구역, 서두르면 위험합니다."

"뭐, 뭣이! 그대는 여기서 정지하자는 말인가?"

"예. 여기서부터 카시이까지 오 리 가량은 군데군데 언덕이 있고 제방이 있어 복병을 배치하기에 적절한 지형입니다. 백 명 정도의 기마병으로 진격하는 것은 위험천만. 카이즈카에서 후진이 도착할 때까지 기다려야 한다고 생각합니다."

"닥쳐!"

단에몬은 다시 안장을 두드리며 소리쳤다.

"복병이 두려워서야 어찌 선봉이 될 수 있겠느냐. 무찌르고 전진할 뿐이다."

"안 됩니다. 최소한 카이즈카에 사자를 보내 후진의 출발을 독촉하고 나서 공격하도록 하십시오."

"조심도 좋으나…… 오카베 놈이 먼저 나가려 노리고 있어."

이렇게 말하기는 했으나 탄노와 시게마사의 말에도 일리가 있었다. 단에몬은 근시 한 사람을 카이즈카에 있는 하루후사 본진에 보냈다.

"자, 이제 됐어. 이로써 오늘은 반 단에몬이 얼마나 무서운가를 보여주겠다. 모두 내 뒤를 따르라."

말하기가 무섭게 말에 채찍을 가했다.

단에몬의 하타사시모노旗差し物°는 자신만만하게 '반 단에몬 후지와라노 나오유키塙團右衛門藤原直之'라고 자기 이름만을 크게 쓴 것…… 이를 안개가 갠 남풍에 휘날리며 곧바로 아리도시를 향해 돌진했다.

탄노와 로쿠로베에는 책임을 느끼고 재빨리 단에몬을 앞질렀다.

구름 사이로 푸른 하늘이 점점이 보이기 시작했다.

7

반 단에몬의 척후로 나갔던 야마구치 헤이나이, 헤이키치 형제가 처음 들은 총성은 아사노 군의 선봉 카메다 오스미노카미龜田大隅守가 쏘게 한 것이었다.

카메다 오스미노카미는 나가아키라의 명에 따라 전날 밤에 야스마츠까지 진지를 철수하고, 그곳에서 거꾸로 아리도시 방면으로 향할 태세를 갖추고 아침을 맞았다. 일단 진격했던 길을 되돌아와 다시 야스마츠에서 자신의 일대를 이끌고 정찰에 나선 것이었다. 이렇게 세 번이나 지형을 조사할 수 있어 그는 지리를 속속들이 알 수 있었다.

이쪽 병력이 적었기 때문에 카메다 오스미노카미는 행동이 신중했다. 그런 그가 자기 눈으로 반 단에몬이 내보낸 척후 야마구치 형제의 모습을 보았다.

"좋아, 적의 척후에게 총성을 한 방 들려주어라. 전혀 쓰러뜨릴 필요는 없다."

야마구치 형제는 오스미가 예상했던 대로 총성을 듣고는 급히 보고하기 위해 돌아갔다.

"더욱 재미있게 되는군. 적은 가까이 왔다. 군사들을 매복시켜라. 접근할 때까지 쏘면 안 된다."

오스미 자신은 그 자리에 매복했다. 그리고 이어서 1진, 2진도 총구를 진로로 향하게 하여 좌우 제방과 돌담 그늘에 매복시켰다.

얼마 되지 않아 전방에 반 단에몬의 하타사시모노가 보였다. 병력은 그다지 많지 않았다. 고작 120명이나, 130명 정도가 한 떼가 되어 곧장 달려오고 있었다.

적 선봉 반 단에몬 군을 아주 가까이 유인해놓고 오스미는 아리도시 길목의 돌담 위에서 총부리를 겨누게 했다.

총포대의 병력은 50명 —

"쏴라!"

"타타탕."

총포대는 일제히 불을 뿜었다.

불의의 기습을 당하고 반 단에몬의 전열에서는 30명 가까운 인원이 일제히 말에서 떨어졌다. 반 단에몬은 말을 세우고 사방을 노려보고 있었다.

"지금이다! 즉시 총포대는 삼진 위치로 가라."

기다리는 쪽과 그 반대쪽의 차이가 생겼다.

정지하면 오히려 위험했다. 단에몬은 다시 말에 채찍을 가해 질풍처럼 빠져나갔다. 물론 살아남은 자들도 그 뒤를 따랐다.

그와 함께 제2진의 총성이 울렸다. 이번에는 단에몬 군의 전열에서 10여 명이 말에서 곤두박질쳤다. 전열이 넓어졌기 때문에 조준이 다소 부정확했다. 그 사이에 카메다 군의 제1진은 2진의 후방 사오 정丁 되는 곳으로 물러나 다음 총탄의 장전을 끝낸 후였다.

두 번이나 총포 세례를 받은 단에몬 일대는 더욱 사나워졌다.

"더 이상 복병은 없다. 그동안에 빠져나가라."

이때 가도 왼편에 펼쳐져 있는 강기슭을 향해 돌진하고 있는 오카베 일대가 보였다.

"단에몬에게 뒤져서는 안 된다. 진격하라! 진격하여 강가에서 앞질러야 한다."

오카베 일대가 그대로 돌진하여 진군할 경우 나가타키에 진을 친 아사노 우콘의 진지와 마주친다.

우콘은 총포를 쏘지 않았다. 오카베 군이 소수임에 착안한 그는 포위하여 칼과 창의 먹이로 삼을 생각이었다.

적을 가까이 끌어들여놓고 아사노 군은 함성을 질렀다. 오카베 다이가쿠 군은 아사노 우콘에게 꼼짝도 못하고 포위되었다.

이때 카메다 오스미의 세번째 탄환이 ——

"탕탕탕."

단에몬 일대를 향해 발사되었다. 단에몬은 이미 카시이 거리에 들어와 있었다……

8

반 단에몬 쪽에서는 성공적으로 적중돌파를 한 셈, 그러나 아사노 군으로서는 그들을 보기 좋게 야스마츠에서 카시이로 유인해들였다.

"이때다! 공격하라."

쏘고는 물러가고 물러섰다가는 다시 쏘던 카메다 오스미는 반 단에몬 일대가 카시이에 들어서는 순간 공세로 나왔다. 카시이에는 이미 나가아키라 본진에서 우에다 몬도노쇼上田主水正 일대가 도착해 있었다. 우에다 군과 카메다 군이 양쪽에서 협공해오자 반 단에몬의 돌풍적인 진격도 멈추고 말았다.

"나는 반 단에몬의 부하에 이 사람이 있다고 알려진 사카다 쇼지로坂田正二郎, 일 대 일로 승부를 겨루자."

난전이 벌어지면 아직도 옛날 버릇이 되살아난다. 소리 높이 자기 이름을 대고, 단에몬에게 덤비려는 우에다 몬도노쇼의 창끝을 향해 한 무사가 역시 창을 꼬나들고 달려나왔다.

"졸개가 나타났군. 좋아, 상대로는 부족하지만 우에다 몬도노쇼임을 알고 덤비는 이상 그 뜻이 가상하여 상대해주겠다. 자, 오너라."

"뭐, 우에다 몬도노쇼……? 들어보지도 못한 이름이구나. 좋다, 이 어르신이 지옥으로 보내주마."

이런 경우에도 대뜸 욕설을 퍼부음으로써 그들은 자신들이 얼마나 낡은 센고쿠戰國 시대의 무사인가를 말해주었다. 더구나 두 사람이 서로 창을 휘두르는 동안 몬도노쇼의 창이 손잡이 부근에서 뚝 부러졌다. 순간 서로 무기로 싸우기가 귀찮았는지 격투를 하자고, 말을 가까이 대고 맞붙은 채 털썩 땅에 떨어졌다.

실로 유유해 보이는 모습, 그러나 결코 그렇지만은 않았다. 두 사람이 엎치락뒤치락하는 동안 자기 상전을 죽게 하지 않으려고 양쪽 부하들이 덤벼들어 순식간에 맹수들과 같은 격투로 변하고 말았다.

이처럼 카시이에서 난전이 벌어지고 있는 동안, 강기슭으로 진군하던 오카베 군, 대장 오카베 다이가쿠가 부상을 입고는 무너져가고 있었다. 그들은 나가타키에 대기하고 있는 우콘 일대를 미처 깨닫지 못했다. 공을 다투는 상대인 반 단에몬에게 너무 과민했던 탓이다.

"와아!"

함성과 함께 아사노 우콘의 군사들이 창을 꼬나든 채 머리를 숙이고 돌진해오는 순간 깜짝 놀랐다. 이러한 불의의 조우전遭遇戰에서는 순간적인 머뭇거림이 돌이킬 수 없는 '기세'의 차이를 드러낸다.

단에몬에게 지지 않으려고 기세를 올리다가 정면에 있는 적의 복병을 깨닫지 못한 것은 오카베 다이가쿠의 불찰이었다. 자기 이름을 밝힐 틈도 거드름을 떨 사이도 없었다. 쌍방이 한 번 격돌하고 지나쳤을 때 벌써 대장 오카베 다이가쿠는 두 곳이나 상처를 입었다.

불의의 습격을 당한데다가 대장이 상처를 입었으므로 우왕좌왕……오카베 군이 왔던 길로 황급히 후퇴하기 시작했을 때, 카시이의 난투장에서 두 번에 걸친 승리의 외침소리가 들렸다.

"카메다 오스미, 탄노와 로쿠로베에 시게마사의 목을 베었다."

"반 단에몬의 부하 사카다 쇼지로를 요코제키가 죽였다."

요코제키 신자부로橫關新三郎는 우에다 몬도노쇼의 코쇼였다.

9

해가 무섭게 내리쬐기 시작했다.

길이 바싹 말라 바다에서 불어오는 바람이 이따금 격투를 벌이고 있는 사람들을 연기 같은 먼지로 감쌌다. 그 앞의 바다는 눈이 서늘할 정도로 푸르렀으나 그런 것은 아무의 눈에도 띄지 않았다.

반 단에몬은 때때로 말 위에서 거리 쪽을 돌아보았다. 이제 와서 뇌리에 떠오르는 것은 카메다 오스미노카미에게 죽은 탄노와 시게마사의 충고였다.

'출발을 독촉하는 사자를 보냈는데, 후진의 하루후사는 아직 도착하지 않았나……?'

그러나 보이는 것은 여기저기서 적에게 포위되어 있는 아군의 모습뿐, 후군이 나타날 기색은 보이지 않았다.

'당했구나. 일단 후퇴할 수밖에 없다.'

아군은 거의 쓰러지고 20명도 안 되었다. 이를 갈면서 말을 되돌리려고 할 때 날카로운 화살소리가 들렸다.

"아……"

순간 단에몬은 고삐를 당겨 말을 세웠다. 그 화살이 자기 옆구리를 노려 쏜 것임을 그는 오랜 전투의 경험을 통해 직감했다.

말은 크게 울부짖으며 앞발을 번쩍 들고 일어섰다. 그와 동시에 단에몬의 왼쪽 허벅지에 화살이 꽂혔다. 활촉에서 기러기 날개 모양의 깃을 없앤 날카로운 화살이어서, 갑옷을 꿰뚫고 허벅지 깊이 파고들었다.

단에몬은 공중제비를 하고 안장에서 떨어졌다. 아사노 가문 최고의 궁수 타코 스케자에몬多胡助左衛門이 쏜 강궁이었다.

"반 단에몬, 내가 상대하겠다!"

떨어지는 순간 창을 휘두르며 달려드는 자를 단에몬은 간신히 피하고 손으로 창자루를 잡았다.

상대가 당황하며 창을 당겼기 때문에 그 반동으로 단에몬은 일어났다. 일어나는 것과 동시에 칼을 옆으로 휘둘렀다.

"으악!"

반응이 있고, 상대가 주춤하는 사이에 단에몬은 말고삐를 잡았다.

허벅지에 화살을 맞고 말에서 떨어졌다가 다시 말에 오를 때까지……
그것은 사람의 행동이라고는 할 수 없는 날랜 동작이었다.

다시 말에 오른 단에몬은 해변 쪽 적의 세력이 약하다고 파악하는 순간 지체하지 않고 말 머리를 돌렸다. 그때였다.

"반 단에몬, 카메다 오스미가 상대하겠다."

적장이다…… 생각하는 순간—

"싫다!"

단에몬은 대꾸했다.

"나는 일단 후퇴한다. 상대는 나중에 하겠다."

이 또한 전투에 익숙하지 않으면 예사로 할 수 있는 말도 생각도 아니었다. 카메다 곁에는 30기騎 가량, 자기 곁에는 7, 8기. 이런 상태에서는 싸워봐야 승산이 없다는 순간적인 계산이었다.

거리로 약간 물러났을 때 단에몬은 다시 불리한 상대와 마주쳤다.

"거기 있는 것은 적의 선봉대장 반 단에몬. 나는 너를 기다리고 있던 우에다 몬도노쇼다. 자, 일 대 일로 승부를 내자."

조금 전에 그의 부하 사카다 쇼지로와 맞붙어 싸우던 난폭한 사나이, 이제 섣불리 물러나기도 힘든 형편이 되었다.

우에다 몬도노쇼는 세키가하라 때 이시다 미츠나리의 가신으로 이름을 떨쳤고, 지금은 아사노 나가아키라를 섬기고 있다. 말하자면 반 단에몬과 같은 센고쿠 시대의 호걸 중 한 사람이었다.

10

상대에 따라서는 그대로 물러날 생각인 반 단에몬, 그러나 우에다 몬도노쇼가 퇴로를 차단했으므로 어쩔 도리가 없었다. 만약 자신이 조금 전과 마찬가지로 그대로 도주한다면 상대방은 차마 들을 수 없는 욕설을 퍼붓고 조롱할 터.

"반 단에몬이란 놈이 우에다 몬도노쇼가 두려워 저렇게 도망치고 있다. 저 꼴을 보아라."

앞으로 일어날 일을 너무나도 빤히 내다보고 있는 만큼 단에몬은 오기로라도 그 자리에 멈추지 않을 수 없었다.

"흥, 세키가하라에서 죽지도 못한 우에다 몬도노쇼로군."

"그렇다. 그 후 일단 머리를 깎고 소키치 뉴도宗吉入道라는 이름으로 중이 되었으나, 적중에 단에몬이 있다는 말을 듣고 다시 옛날의 몬도노쇼로 돌아왔다. 도망가지 마라, 단에몬."

"죽지도 못한 놈이 함부로 지껄이는군. 그렇게까지 목숨이 필요치 않다면…… 그렇다, 칼싸움은 귀찮다. 맨손으로 싸우자."

"바로 내가 바라던 바다. 덤벼라!"

이러한 전투태세는 총포만이 아니라, 대포가 위력을 발휘하기 시작한 시대의 감각이 아니었다.

두 사람은 말을 가까이 대고 ─

"아무도 거들지 마라."

두 손을 벌리고 말 위에서 맞붙었다. 맞붙으면 당연히 땅에 떨어지게 마련이다.

떨어져서 두세 번 뒹구는 동안에 단에몬의 오른팔이 몬도노쇼의 목에 닿았다. 아마도 몬도노쇼는 반 단에몬이 자랑하는 부하 사카다 쇼지로와의 격투로 상당히 지쳐 있었던 듯.

"아, 몬도노쇼가 위험하다. 그를 구해라……"

아사노 군에서 4, 5명이 달려나와 단에몬에게 창을 들이댔다.

단에몬은 왼팔로 상대의 목을 안은 채 벌떡 일어났다. 그때 이미 오른손에는 칼을 빼어들고 있었다.

"피라미 같은 놈들, 덤빌 테냐!"

몬도노쇼를 질질 끌면서 가까이 오는 자를 후려치며 거리 어귀로 걸어갔다.

"기다려라!"

몬도노쇼의 코쇼 요코제키 신자부로가 당황하며 단에몬의 뒤에서 목을 끌어안았다.

그래도 아직 단에몬은 걸음을 멈추지 않았다. 다친 왼쪽 다리의 큰 상처 때문에 절룩거리면서 목에 신자부로를, 왼팔에 몬도노쇼를 매단 채 욕설을 퍼부으며 걸었다.

"가까이 오면 아직 죽지 못한 놈의 배꼽을 도려내겠다. 배꼽 없는 몬도노쇼로 만들지 않으려면 가까이 오지 마라."

단에몬은 이렇게 거리 어귀로 걸어나가는 동안 지원군이 도착할 것으로 생각했는지도 모른다.

단에몬의 이러한 다급한 계산도 몇 걸음 걸었을 때 무너지고 말았다. 젊은 요코제키 신자부로가 단에몬의 상처입은 왼발이 허공에 떴을 때를 기다려 갑자기 뒤로 쓰러뜨렸다.

"건방진 애송이 놈."

그때부터 2, 3초 동안은 무서운 고함소리가 뒤섞인 말 그대로 맹견의 싸움, 그것이었다.

이윽고 정신을 차렸을 때는 신자부로가 엉덩방아를 찧은 단에몬의 콧등에 미친 듯이 주먹을 휘두르고 있었다. 단에몬의 눈과 입은 순식간에 부어올라 피를 뿜었다.

그 순간 일어선 몬도노쇼의 칼이 한 번 번뜩였다.

"으악!"

소름끼치는 소리를 마지막으로 반 단에몬의 목은 햇빛이 내리쬐는 땅에 떨어졌다. 그와 함께 승리를 외쳐 사방에 고하는 몬도노쇼의 목쉰

외침이 있었다.

"이 우에다 몬도노쇼가, 적의 선봉대장 반 단에몬 후지와라노 나오유키의 목을 쳤다!"

11

오노 하루후사는 반 단에몬이 분전하고 있는 동안 끝내 오지 않았다. 아니, 오지 않았다기보다도 그때 하루후사는 아직 카이즈카의 간센 사에서 출발하지도 않았다.

보쿠 한사이가 아침부터 술을 권하는 바람에 하루후사는 기분이 좋아 계속 잔을 기울이고 있었다. 물론 술에 빠진 것은 아니었다. 그 나름대로 속셈이 있어서였다.

"적의 선봉은 벌써 카시이에 도착했을 터, 우리도 출발할 시각이라고 생각합니다."

이렇게 단에몬의 진군요청이 있었기 때문에 측근이 재촉했다. 그러나 하루후사는 웃으면서 잔을 거듭하고 있었다.

"염려 마라. 내게도 생각이 있다. 오늘의 대전對戰은 과분할 정도로 이기게 될 전투야. 조금 더 기다려보자."

하루후사가 이런 말을 한 것은 키타무라 키다유, 오노 야고에몬 등 가신 두 사람을 와카야마에 잠입시켜놓았기 때문이다.

키타무라 키다유, 오노 야고에몬 두 사람은 아사노 나가아키라가 와카야마 성을 출발할 때를 기다렸다가 즉시 반란의 무리를 규합하여 빈 성을 단숨에 빼앗고 보고하기로 되어 있었다.

선봉 반 단에몬이 적과 마주쳤다는 것은 바로 와카야마가 비어 쉽게 수중에 들어오게 되었다는 말이기도 했다. 그러면 전투는 이제부터라고 하루후사는 판단했다……

"오래지 않아 반드시 좋은 소식이 들어올 것이야. 그때 출발해도 충분히 시간을 맞출 수 있는 전투. 그대들도 미리 승전을 축하하는 셈으로 마시도록 하라."

총대장인 하루후사가 아침 술을 마실 정도. 절 주위에 집결해 있는 떠돌이무사들이 마시지 않을 리 없었다. 이미 그 무렵에는 어젯밤의 취기가 되살아나 모두들 몽롱한 상태였다.

하루후사가 믿고 있는 키타무라 키다유와 오노 야고에몬 두 사람은 와카야마 성에 들어가기는커녕 신다치에서 아사노 군에게 잡혀 목이 달아났다.

하루후사는 이 사실을 전혀 모르고 있었다. 오카베, 반 단에몬 등 양군이 전멸했다는 보고가 들어왔을 때도—

"그래, 드디어 보고가 왔구나. 이리로 들라고 해라."

의기양양해 있었다.

"보고 드립니다."

"오오, 수고가 많았다. 키타무라, 오노 두 사람으로부터겠지. 와카야마 성을 손에 넣었느냐?"

"아니, 그렇지 않습니다. 선봉이 카시이에서 전투를 벌이다가 대장을 비롯하여 전원이 전사했습니다."

"뭐, 뭣이! 단에몬과 다이가쿠가……?"

하루후사는 술잔을 내던지고 벌떡 일어났다.

"모두 나를 따르라!"

선두에 서서 카시이로 말을 달렸다. 그러나 그때는 이미 모든 것이 끝난 뒤였다.

길가에 너저분하게 흩어져 있는 것은 아군의 시체뿐…… 더구나 아사노 군은 와카야마 성 폭동을 우려하여 군사를 한 명도 남기지 않고 철수해버린 뒤였다. 아니, 그보다 더 하루후사를 혼란에 빠뜨린 것은 그를 뒤따라 속속 도착하는 만취한 떠돌이무사들의 추태였다.

"이래 가지고는 적을 추격하지도 못한다."

하루후사도 그만 아연실색했다. 앞으로 나갈 수 없을 뿐 아니라, 배후는 모두 불태워버렸다. 섣불리 진을 쳤다가는 굶게 된다.

하루후사는 이를 갈면서 오사카 성으로 철수했다.

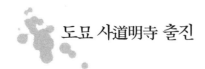

도묘 사道明寺 출진

1

카시이에서 첨병尖兵들이 전멸한 전과는 오사카 총대장 하루후사를 적잖이 당황하게 만들었다.

'그럴 리가 없는데……'

이에야스의 하타모토라면 또 모르지만 아사노 군에게 패하리라고는 생각지도 않았다.

와카야마 성 배후에서 폭동을 선동하는 계획을 비롯하여 키타무라 키다유, 오노 야고에몬의 잠행에 이르기까지 가능한 모든 수단을 빠짐없이 강구하여 실천했다. 무엇보다 반 단에몬의 전사를 모르고 술잔을 기울이고 있었던 하루후사 스스로가 그 자신감의 증거였다.

그런데 단에몬도 오카베 다이가쿠도 전멸했다. 반대로 아사노 군은 거의 손해를 입지 않고 와카야마로 철수했다. 하루후사는 더 이상 독단적으로는 행동할 용기가 없어졌다.

하루후사는 오사카 성으로 철수하는 동시에 즉시 형 하루나가에게 청하여 작전회의를 열었다.

그때 벌써 칸토 군의 주력은 미즈노 카츠나리의 제1진, 혼다 타다마사의 제2진, 마츠다이라 타다아키의 제3진, 다테 마사무네의 제4진, 마츠다이라 타다테루의 제5진 등이 속속 야마토 가도로 진출했다는 정보가 들어왔다.

오사카 성에서는 그런 정보를 입수했으면서도 본성 회의실에 모인 장수들의 태도는 뜻밖에도 침착해 보였다.

4월 30일 정오가 지났을 때.

히데요리도 당연히 참석해야 했다. 그러나 오노 하루나가는 무슨 생각을 했는지 —

"작전회의 결과는 내가 보고할 것이니, 여러분은 각자 마음에 있는 의견을 피력하시오."

이렇게 말하면서 히데요리를 동석시키지 않았다. 동생 하루후사의 실패보고를 받고 두려워하는 모습을 보이는 것은 사기에 관계된다고 생각했기 때문인지도 모른다. 성안에서 자객으로부터 습격을 당하고 부상당했을 때부터 하루나가의 얼굴빛은 밝지 못했다.

맨 먼저 들어온 것은 사나다 유키무라와 고토 마타베에 모토츠구後藤又兵衛基次. 이어서 모리 카츠나가와 후쿠시마 마사모리福島正守(마사노리正則의 동생), 와타나베 쿠라노스케, 오타니 요시히사大谷吉久, 스스키다 카네스케薄田兼相의 순이었다.

모두 하루나가에게는 절을 했다. 그러나 하루나가와 나란히 앉아 있는 동생 하루후사는 거들떠보지도 않았다. 단에몬과 다이가쿠가 전사하는 것도 모르고 술을 마시고 있었다는 하루후사에게 모두 연민과 함께 경멸을 느꼈을 법하다.

고토 마타베에 옆에 앉은 아카시 모리시게가 어색한 분위기를 풀어보려고 하루후사에게 말을 걸었다.

"단에몬 님은 참으로 애석하게 됐소. 그 용맹스러움, 좀더 활약했어야 하는데 말이오……"

그 말에 옆에 있던 고토 마타베에가 코웃음을 쳤다. 왜 웃었는지 알수 없다. 단에몬 정도나 되는 호걸이 남의 동정을 받고 좋아하겠느냐는 정도의 뜻이었는지도 모른다.

하루후사가 따지고 들었다.

"고토 님, 왜 웃는 거요?"

"아니, 별로 우스워서는 아니오. 단에몬이나 되는 호걸도 지금쯤은 그 텁석부리 목이 이에야스 앞에 옮겨져 쓴웃음을 짓고 있을 거라고 생각했을 뿐이오."

"고토 님!"

"왜 그러시오?"

"귀하는 설마 단에몬은 목이 잘려 이에야스와 대면하지만, 나 같으면 살아서 대면한다…… 그런 생각에서 웃은 것은 아니겠지요?"

하루나가가 깜짝 놀라서 끼여들었다.

"무슨 말을 하는 거야? 여기는 작전회의 석상이야."

그때 하루후사는 눈을 부릅뜨고 마타베에 쪽을 향하고 있었다.

2

"나도 작전회의 석상이기 때문에 말하는 것이오. 고토 님도 지금 성안에 떠돌고 있는 소문을 아시겠지요? 귀하의 진중에 혼다 마사노부와 관계가 있는 자가 밀사로 왔다고 하는데, 사실 여부를 알고 싶소."

누가 보기에도 흥분했음을 알 수 있는 하루후사의 발언이었다. 그 발언은 그냥 흘려버릴 수 없는 내용을 담고 있었다.

모든 사람의 시선이 일제히 고토 마타베에에게 집중되었다.

"그 일 말이오?"

마타베에는 다시 희미하게 웃었다.

이미 다다미는 들어내어 출입구에 쌓여 있고 장지문도 떼어놓아, 큰 회의실은 무장한 사람들의 마음을 살벌한 전쟁터의 분위기로 바꾸어놓고 있었다.

"사실 그렇소. 나의 막사에 혼다 마사노부와 관계가 있는 요사이도楊西堂라는 승려가 왔었소."

"무엇 때문에 왔소? 풍문에 의하면 전쟁터에서 이에야스에게로 귀순해오도록 권유하러 왔다는데, 사실이오?"

"그렇소."

모토츠구는 퉁겨내듯 대답했다.

"모토츠구 정도나 되는 사람을 죽이기에는 아깝다, 승패는 귀하의 거취에 따라 결정될 터, 이제라도 뜻을 바꾸어 우리를 돕는다면 이 마사노부는 맹세코 오고쇼에게 천거하겠다고 했소."

좌중은 깜짝 놀라 서로 얼굴을 마주보았다.

모토츠구는 태연하기만 했다.

"그 뜻은 고맙게 생각하오. 그러나 지금에 와서 약자를 버리고 강자에게 붙는다는 것은 이 마타베에로서는 할 수 없는 일. 나의 거취에 따라 승패가 결정된다는 말은 실로 명예로운 권유이기는 하나 거절하겠소. 마사노부 님과 오고쇼에게 잘 말씀 드려주시오…… 이렇게 말하고 돌려보냈다는 것을 이 자리에서 보고하오."

그러면서 모토츠구는 일단 고개 숙여 절하고ㅡ

"그런데 작전회의에 관한 일인데……"

사나다 유키무라 쪽을 보았다.

유키무라는 지그시 눈을 감고 졸고 있는 듯이 움직이지 않았다.

모토츠구는 하루후사를 무시한 채 말을 이었다.

"내가 보기에 이대로 농성을 해도 해자가 없는 이상 막을 수단이 없다고 생각합니다. 그렇다고 평야로 나가 싸운다면, 노련한 이에야스의 뜻대로 되는 일…… 적의 주력이 야마토 가도로 향할 때를 노려 골짜기가 많은 곳으로 나가 그들을 기다렸다가 우선 선봉을 무찌르는 것이 상책이라고 생각되는데 어떻습니까?"

"옳은 말이오."

얼른 모리 카츠나가가 맞장구를 쳤다.

"소수 병력으로 대군을 공격하는 데는 험준한 지형을 이용하는 게 상책이오. 우선 선봉을 격파해 출구를 막으면 적은 반드시 나라에서 코리야마로 후퇴하오. 다시 나오려면 며칠 걸리니 그동안에 임기응변의 책략도 생기겠지요. 나는 고토 님 의견에 동의합니다."

"사나다 님, 어떻게 생각하시오?"

이렇게 말한 사람은 스스키다 카네스케였다. 스스키다 등 옛 신하들은 역시 유키무라에게 신뢰를 보내고 있는 듯. 하루후사는 모토츠구로부터 무시를 당하고 무릎 위의 주먹을 부들부들 떨고 있었다.

유키무라는 눈을 뜨고 펼쳐진 지도 위로 조용히 시선을 떨구었다.

와타나베 쿠라노스케가—

"어떻습니까?"

다시 유키무라에게 재촉했다. 유키무라는 군센軍扇° 끝으로 '나라'를 가리킨 채 당장에는 대답하지 않았다.

3

고토 마타베에 모토츠구는 야마토 가도로 들어선 적이 나라에서 카와치로 나오기를 기다렸다가 공격하자는 의견이었다.

그렇게 정하면 전쟁터는 카와치의 시키고리志紀郡의 도묘 사 부근이 될 터. 도묘 사는 오사카 성 남동쪽으로 50리 가량 되는 곳에 있고, 그 동쪽에 코쿠부 마을이 있다. 이곳은 도요토미 영지의 남동쪽 끝.

동쪽은 야마토와 접하여, 나라에서 사카이로 통하는 가도와 키이紀 伊에서 쿄토로 통하는 가도의 십자로로 되어 있었다.

야마토와 카와치의 접경은 이코마야마生駒山, 카츠라기야마葛城山, 콘고야마金剛山 등의 산으로 연결되는 산악지대로 모두 산을 넘어가는 길밖에 없었다. 산을 넘는 길은 좁은 통로까지 합치면 17군데였지만, 대군을 거느리고 넘을 만한 길은 세 군데밖에 없었다.

북쪽의 쿠라가리토게와 남쪽의 카메세龜瀬 고개, 세키야關野 고개 등 셋이었다. 그 중에서도 남쪽의 카메세 고개와 세키야 고개는 코쿠부 마을에서 하나가 되기 때문에 도묘 사를 이 세 길의 요충지로 생각해야 했다.

'역시, 이곳밖에는 공격할 곳이 없다.'

유키무라는 그 무렵 전투의 승패에 대해서는 절망하고 있었다. 오다 우라쿠사이 부자와 죠신이 성을 떠난 것도 그렇거니와, 오노 하루나가 와 하루후사의 암투가 기세 등등한 떠돌이무사들의 마음을 더욱 지리 멸렬하게 만들고 있었다. 그렇지 않아도 '오합지졸'이라고 조롱받는 군사가 문자 그대로 그 결함을 드러내고 말았다.

'이상한 전투가 되고 말았다……'

하루나가, 하루후사 형제가 뭉치지 못할 정도이니 히데요리의 전의 가 불탈 리 없었다. 성안에 떠도는 소문에서도 차츰 자포자기하는 풍조 가 퍼지고 있었다.

카시이에서 반 단에몬이 전사한 것도 그 하나로, 이름 있는 용사들은 벌써 은근히 죽을 곳을 찾고 있는 것 같기도 했다.

'죽을 곳을 찾는다.'

이러한 생각은 의義를 존중하고 공명을 아낀다는 훌륭한 무사의 심정에서 우러난 것…… 그러나 결국은 패전의 사상에 지나지 않는다고 유키무라는 생각하고 있었다.

'승전할 자신감에 넘치는 군사는 그런 비장한 생각 같은 것은 하지 않는다……'

유키무라는 일단 지도 위를 군센으로 더듬어보고 나서 하루후사에게로 시선을 옮겼다.

"물론 전쟁터는 이곳만이 아닙니다. 슈메主馬(하루후사) 님은 어떻게 생각하십니까? 고토 님 의견에 이의가 있다면 듣고 싶습니다."

하루후사는 뜻하지 않게 자신의 의견을 묻는 바람에 당황하여 시선을 형에게 보냈다.

"결정은 형, 형님이 하십시오."

유키무라는 천천히 끄덕였다.

"그럼, 슈리 님의 의견을."

유키무라의 말에 하루나가는 동생보다 더 당황했다. 그는 잔뜩 허공을 노려보며 전혀 다른 생각을 하고 있었다.

"그 점은…… 사나다 님, 고토 님이 동의하신다면 나도 이의가 있을 리 없지요."

와타나베 쿠라노스케가 무릎을 치며 혀를 찼다.

"아직 사에몬노스케 님은 의견을 말씀하시지 않았습니다!"

4

그때 키무라 시게나리가 들어왔다. 그가 오지 않았다면 쿠라노스케와 하루나가 사이에 말다툼이 벌어졌을지도 모른다.

"늦어서 죄송합니다. 실은 지금 생모님이 주군에게 동석하라는 분부가 계셨기 때문에……"

스스키다 카네스케가 얼른 몸을 앞으로 내밀고 지금까지의 작전회의 경과를 시게나리에게 설명했다.

시게나리는 그 말에 일일이 고개를 끄덕였다. 카네스케의 설명이 끝나는 것과 동시에 시게나리는 대답했다.

"나도 도묘 사 방면의 출전에 동의합니다."

'그 역시 이미 죽을 생각을 하고 있다……'

유키무라는 새삼스럽게 일동을 둘러보았다.

키무라 시게나리, 와타나베 쿠라노스케, 오타니 요시히사, 고토 모토츠구, 스스키다 카네스케, 나가오카 오키아키…… 모두가 이미 죽음을 각오한 얼굴이고 눈빛이었다.

이는 결코 기뻐할 일이 아니었다. 오히려 유키무라의 가슴을 스쳐지나가는 것은 한 오리의 찬바람이었다.

'고집에 살고 고집에 죽는다……'

이런 상태까지 인간을 몰아넣은 것은 도대체 무엇일까?

유키무라는 다시 시선을 하루후사에게 돌리고——

"그렇다면, 나도 이 도묘 사에서 적을 기다렸다가 이를 격파하는 데 동의합니다."

가볍게 말했다.

"형님, 그럼 결정을."

하루후사만은 아직 이 전투의 전도에 희망을 걸고 있었다.

"알겠소. 나도 이의가 없소. 이 뜻을 곧 주군께 아뢰고 재가를 받도록 하겠소. 그 전에 진영의 배치와 인원 할당 등을 결정해주시오."

하루나가의 말에 이어 다시 하루후사가 입을 열었다.

"사나다 님도 찬성하셨으니, 직접 제일진의 지휘를 맡도록 부탁하는 것이 좋겠소."

"그건 안 되오."

고토 모토츠구가 가로막았다.

"제일진은 불초 고토 마타베에가 맡을 것이오."

고토 모토츠구의 이 말은 누가 반대해도 굴하지 않겠다는 결심으로 보였다. 그러나 하루후사에게는 통하지 않았다.

"귀하가 제일진이 되어 동군을 격멸하겠다는 말이오?"

"잠자코 계시오!"

모토츠구의 분노가 폭발했다.

"승패는 시간의 운! 적이 강하면 죽을 뿐이오. 술을 퍼마시고 취해서 부하를 죽이며 뻔뻔스럽게 돌아오지는 않겠다는 말이오."

"병력을 할당합시다."

유키무라가 얼른 말했다.

"고토 님은 제일진을 양보하지 않을 것 같소. 나는 제이진을 맡지요. 그런데, 고토 님이 의중에 두신 분은?"

유키무라가 깨끗이 중재를 했다. 하루후사는 다시 눈을 치켜떴으나 그만 입을 다물었다.

"제일진으로 나와 같이 나섰으면 하는 것은 스스키다 카네스케 님과 아카시 모리시게 님…… 그 밖의 사람은 적당히 인선해주시오."

이미 마타베에 모토츠구는 자기와 함께 죽을 자의 인선까지 마음에 정하고 있었다.

유키무라는 또다시 가슴을 스쳐지나는 찬바람을 느끼면서 조용히 붓통을 꺼냈다.

"적의 선봉도 분명히 정선한 용사들뿐일 것이니 우리도 용사만 선발해야 한다, 그래야만 하겠지요."

혼잣말처럼 말하고 하루나가를 바라보았다.

5

현재 오사카에서는 말할 것도 없이 오노 하루나가가 최고 책임자…… 따라서 병력의 배치에서도 그의 의견을 충분히 존중해야 했다. 그런데 하루나가는 유키무라의 질문에도 ──

"사나다 님의 복안을 듣고 싶소."

당황하며 이렇게 대답할 뿐이었다.

결코 유키무라를 절대적으로 신뢰하고 있기 때문은 아니었다. 그는 이미 싸움을 포기하고 있었다.

'아무리 생각해도 승산이 없다……'

절망 앞에서 하루나가는 무엇이 사태를 이렇게 만들었는가……? 푸념에 가까운 반성 속에 빠져들고 말았다.

'지난해 겨울의 전투도 해서는 안 될 전투였다……'

하루나가는 이렇게 생각했다.

종명鐘銘 문제가 발단이 된 오사카의 불만은 각지의 떠돌이무사를 입성시켰을 때를 정점으로 하여, 그 무력을 배경삼아 정치적인 수단을 강구했어야 했다.

'아니, 카타기리 카츠모토는 그런 필요성을 꿰뚫어보고 있었는데, 나는 깨닫지 못했다……'

자신이 깨닫지 못한 원인이 무엇이었을까 반성하는 순간 하루나가는 눈앞이 캄캄해졌다.

'나는 역시 생모님의 총애에 눈이 멀었던 모양이다.'

겨울 전투에서 양쪽의 실력 차이를 확실히 알게 되었을 때는 이미 하루나가의 힘으로는 어쩌지도 못하는 두 세력이 성안을 점령하고 있었다. 다름 아니라, 갈 곳 없는 떠돌이무사들과, 전쟁과 죽음을 앞두고 불타오른 천주교 신앙이 그것.

지금도 성안에는 포를로, 토를레스 두 신부와 수많은 천주교 신자들이 들어와 있어 이들 세력이 각 부대를 지탱하고 있었다. 그들 천주교 신자 중에는 아직도 펠리페 3세의 대함대가 구원하러 올 것이라 믿는 자들이 많았다. 이들이 떠돌이무사들이 흩어지지 않도록 하는 굴레 역할을 하고 있었다.

　　전쟁의 승패에는 원래부터 민감한 떠돌이무사들. 이 눈에 보이지 않는 굴레가 없었다면 혹시 자손의 장래를 생각하여 3분의 2까지는 성을 떠났을지 모른다.

　　'겨울 전투가 끝났을 때 오사카 성의 주인은 이미 주군이 아닌 상태가 되어버렸다.'

　　하루나가는 지금도 이 점을 통탄스럽게 생각하고 있었다.

　　'이에야스에게 넘기지 않으려다가 성을 떠돌이무사와 신부들에게 빼앗겼다……'

　　"그럼, 이렇게 배치하면 어떻습니까?"

　　깨닫고 보니 유키무라는 붓통을 놓고 종이쪽지 하나를 하루나가 앞에 내밀고 있었다.

　　하루나가는 당황하며 그것을 받았다.

　　제1진 —

　　고토 모토츠구, 스스키다 카네스케, 이노우에 토키토시井上時利, 야마카와 카타노부山川賢信, 키타가와 노부카츠北川宣勝, 야마모토 키미오山本公雄, 마키시마 시게토시槇島重利, 아카시 모리시게.

　　제2진 —

　　사나다 유키무라, 모리 카츠나가, 후쿠시마 마사모리, 와타나베 쿠라노스케, 코쿠라 유키하루小倉行春, 오타니 요시히사, 나가오카 오키아키, 미야타 토키사다宮田時定.

　　"나로서는 이의가 없소. 이대로 결정해주시오."

옆에서 하루후사가 들여다보려는 것을 하루나가는 눈짓으로 나무라고, 이를 베끼려고 기다리는 고토 모토츠구에게 건넸다.

6

하루나가에게 이의가 없었기 때문에 고토 모토츠구의 희망을 수용한 유키무라의 제안에 다른 사람의 이론이 있을 리 없었다.

"이로써 제일진의 병력은 약 육천오백 정도가 되겠지요?"

모토츠구가 말했다. 유키무라가 대답했다.

"그렇소. 제이진은 그 두 배 정도로 일만 이천 남짓…… 제일진의 상황에 따라 어느 곳으로도 전개할 수 있도록 고려했소."

모토츠구는 가슴을 두드리며 껄껄 웃었다.

"이것으로 충분! 뒤에 사나다 님이 계신다면 이 마타베에도 안심하고 죽을 수 있습니다."

"고토 님."

"예, 사나다 님."

"그 죽을 수 있다는 말이 좋지 않습니다. 고토 님 정도의 호걸에게는 처음부터 생사란 있지 않는 것, 있는 것은 오로지 승리뿐이지요."

"와하하…… 이거, 실언했습니다. 과연 이것으로 승리할 수 있겠습니다. 그렇지요, 스스키다 님?"

6척이 넘는 스스키다 카네스케는 어깨를 으쓱하고 미소를 띠면서 명단을 모리 카츠나가에게 건넸다. 모리 카츠나가는 이를 다시 후쿠시마 마사모리에게 넘기고, 마사모리는 오타니 교부大谷刑部의 아들 요시히사에게 주었다.

"이것으로 나는 아버지나 형님의 원수가 되었군."

호소카와 타다오키細川忠興의 아들 나가오카 오키아키가 이렇게 말하고 웃었을 때.

"그럼 이것을 곧 주군에게 보여드리고 오겠습니다."

키무라 시게나리가 입을 열었다.

"나가토 님, 잠깐."

유키무라가 제지했다.

"슈리 님을 통해 주군의 재가를 얻는 것이 옳다고 생각하는데 어떨까요?"

"으음, 미처 깨닫지 못했습니다. 그럼, 오노 님에게."

다시 오노 하루나가의 손에 넘어간 명단은 그의 손을 통해 히데요리에게 전해졌다.

유키무라가 굳이 하루나가에게 재가를 받도록 한 것은 이 출격에 대하여 히데요리가 어떤 반응을 보일지 알고 싶었기 때문이다.

일단 성을 나가서 싸우게 되면 돌아오지 않는 자들도 수없이 많을 터. 따라서 즉시 이별의 잔을 가지고 나와 사기를 고무시켜 출격을 격려해주었으면 했다.

그래야만 히데요리, 하루나가, 유키무라, 모토츠구로 이어지는 지휘계통도 규율이 서서 상하의 마음이 서로 통하게 될 것이었다.

그러나 하루나가는 곧 혼자 돌아왔다.

"주군도 이의가 없으시오. 군감軍監°에는 이키 토카츠를 임명하셨소. 철저히 태세를 갖추고 출진할 준비를 하시도록."

고토 마타베에가 맨 먼저 남이 들으라는 듯이 한숨을 내쉬고 흘끗 유키무라를 바라보았다.

유키무라는 일부러 시선을 다른 데로 돌렸다.

'이것으로 마타베에는 죽을 결심을……'

유키무라는 생각했다.

'무장의 의리' 라는 것은 묘한 긍지와 허영에 이어져 있었다.

이에야스가 이번의 승패는 그대 한 사람의 거취에 달려 있다고까지 칭찬한 모토츠구를 술잔도 내리지 않고 전쟁터에 보낸다…… 이렇게 되면 모토츠구는 자기를 인정해준 이에야스의 칭찬에 보답하여 개전 첫날에 전사하겠다는 심정이 될지도 모른다……

모토츠구에 이어 모리 카츠나가도 일어났다. 그 역시 어딘지 쓸쓸한 얼굴이었다.

7

전투에 능한 자와 서툰 자의 차이는 출진할 때 사기를 진작시키는 방법 여부에 달려 있다. 전국인의 인간관계에서는 특히 사기가 중요하다. 일거일동一擧一動에 생사가 달려 있는 만큼 이해관계로만 움직이는 내 몸……이라고 생각할 때는 이루 말할 수 없이 따분한 인생으로 전락하고 만다. 그래서 일부러 '의리' 라는 깃발을 마음속에 세워두고 거기에서 구원을 찾으려 한다.

지금 고토 마타베에 모토츠구를 떠받치고 있는 것은 그 한 조각의 '의리' 를 관철시키려는 인간의 '고집' 이었다.

마타베에만이 아니었다. 모리 카츠나가도 후쿠시마 마사모리나, 오타니 요시히사도 모두 그러한 의리에 뒷받침되어 가슴을 펴고 있었다. 아니, 사나다 유키무라 역시 그러했다.

이에야스는 그런 전국인의 심리를 가증스러울 정도로 잘 터득하고 있었다. 그러므로 별로 신뢰하지도 않는 자에게 시나노信濃에 10만 석 영지를 주겠다거나 고토 모토츠구에게처럼 그대 한 사람의 거취로 승패가 결정된다느니 하면서 추켜올리기도 한다.

인간이 인간을 효과적으로 이용하려 할 때는 칭찬이 제일이다……
그러나 이러한 인정의 묘미를 세상 모르는 히데요리에게 요구한다는
것은 무리였다.

이렇게 해서 야마토 방면을 공격할 부서는 결정되었고, 유키무라와
모토츠구는 즉시 출진준비에 들어갔다.

오사카에서도 사방에 첩보원과 첩자를 내보내고 있었다. 그들의 보
고를 검토한 결과 4월 28일 이후 야마토 방면의 동군 쪽 장수들은 모두
나라와 그 부근에 있으면서 후시미의 히데타다, 니죠 성의 이에야스가
출진할 때 호응할 태세를 취하고 있다는 상황을 알 수 있었다.

오사카 쪽은 30일까지 준비를 끝냈다.

먼저 고토 모토츠구의 제1진은 스스키다 하야토노쇼 카네스케薄田
隼人正兼相와 아카시 카몬노스케 모리시게明石掃部助守重를 좌우 날개
로 하여 5월 1일 성을 나왔다. 그날은 히라노에서 야영을 하며 그곳에
서 동군을 기다리기로 했다.

이어서 제2진 사나다 유키무라는 모리 부젠노카미 카츠나가毛利豊前
守勝永를 부장副將으로 삼고 성에서 나와, 텐노 사에 머물면서 적이 어
느 방향으로 나오는지 살피는 태세로 들어갔다.

오사카 쪽의 공격전 배치는 이로써 끝났다.

이에 대해 동군의 미즈노 휴가노카미 카츠나리水野日向守勝成가 지
휘하는 야마토 방면의 제1진, 혼다 미노노카미 타다마사本多美濃守忠
政가 지휘하는 제2진, 마츠다이라 시모우사노카미 타다아키松平下總守
忠明가 지휘하는 제3진, 마츠다이라 카즈사노스케 타다테루松平上總介
忠輝의 제5진 등이 나라에 집결한 것은 4월 30일이었다. 다테 마사무네
의 제4진만은 4월 30일까지 키즈木津에 있었으며, 5월 3일에야 나라에
들어갔다.

다테 군이 나라에 늦게 도착한 데 대해서는 여러 가지 이유가 있었으

나, 그 일에 대해서는 여기서 언급하지 않기로 한다. 다테 군이 늦게 도착했기 때문에 동군의 나라 출발이 5월 5일이 된 것만은 잊지 않아야 한다.

이와 같이 동군이 5월 5일 미즈노 카츠나리의 제1진부터 차례로 나라를 출발하여 카메세 고개, 세키야 고개를 통해 코쿠부로 향했다는 보고가 텐노 사에 있는 유키무라에게 전해진 것은 5월 5일 정오가 다 되어서였다.

"드디어 결전의 때가 왔소. 고토 님과 마지막 상의를 합시다."

유키무라는 바로 모리 카츠나가를 불러 조용히 말했다.

8

유키무라가 모리 카츠나가를 동반하고 히라노의 진중으로 고토 마타베에 모토츠구를 방문했을 때, 모토츠구는 막사 안에서 걸상에 앉아 수염을 손질하고 있었다.

"드디어 나온 모양이군요."

모토츠구는 가위를 놓고 도묘 사 부근 지도를 가리키며 말했다.

"나는 오늘밤에 히라노를 출발하겠소. 그리고는 후지이데라藤井寺에서 도묘 사로 가 적을 기다리겠소. 가능하다면 그대로 코쿠부로 나갈 생각이지만, 만일의 경우에는 카타야마片山에서 코야마小山 일대에 걸쳐 한 차례 싸워볼 생각이오."

그 어조가 너무 담담했기 때문에 유키무라와 카츠나가는 서로 얼굴을 마주보았다.

"고토 님."

"예, 사나다 님."

"만일……의 경우에는 즉시 연락해주시겠지요?"

"하하하…… 당치도 않습니다. 전투는 적이 어떻게 나오느냐에 달린 일. 배후에 귀하가 대기하고 계시니, 이 마타베에는 안심하고 싸울 생각입니다."

"적이 코쿠부로 진출했다……고 했을 때는 진격을 중지하고 즉시 나에게 알려주었으면 싶소. 유키무라도 처음부터 협력하여 싸우고 싶으나 카와치에 있던 적이 와카에若江, 야오八尾 방면으로 접근하고 있어서 그렇게도 할 수가 없군요."

"하하하……"

모토츠구는 다시 큰 소리로 웃었다.

"너무 염려하지 마시오. 카와치 방면의 적은 토도 타카토라와 이이 나오타카가 선봉일 것이오. 사나다 님은 그쪽에 충분히 주의를 기울여주십시오. 그런데 선봉을 맡은 아군은?"

"키무라 시게나리가 와카에에 진을 치고, 쵸소카베와 마시타 모리츠구增田盛次가 야오에 진을 칠 예정이오."

"허어, 시게나리 님이 와카에에……"

이렇게 말하는 마타베에의 얼굴이 문득 흐려졌다. 걱정하고 있다……기보다 젊은 시게나리를 아끼는 연장자의 배려였을 것이다. 나중에 생각해보니 고토 모토츠구는 이때 벌써 ──

'유키무라에게 원군은 부탁할 수 없다.'

마음속으로 결정한 모양이었다.

와카에에서 결전을 벌인다면 그 상대는 카와치 방면으로 나올 엄선된 이에야스나 히데타다의 하타모토…… 만일 사나다 군의 일부를 마타베에 쪽에 보냈다가 그쪽 원군이 없어진다면…… 전투에 익숙한 모토츠구에게 그런 배려가 떠오르지 않았을 리 없다.

"어쨌든 나는 행복한 자입니다."

모토츠구는 허리에 찼던 호리병박을 풀었다. 그리고는 유키무라 앞에 잔을 내밀었다.

"명明나라까지 뜻을 펴려 했던 타이코의 아들에게 신뢰를 받고, 에도의 두 분이 애석해하는 가운데 죽을 수 있게 되었소. 이 행복은 무사로서는 최고의 것이오. 하하하하……"

유키무라는 무언가 말하려 하는 모리 카츠나가를 눈짓으로 말리고 묵묵히 잔을 받았다.

'이미 마타베에게는 살아남을 생각이 없다.'

실은 그 사실을 확인하지 않을 수 없는 유키무라였다.

마타베에게 살아남을 생각이 있다면, 그 후의 작전도 달라질 수밖에 없다. 그러나 그런 생각이 없다면 다른 각오가 있어야 한다.

유키무라는 내민 잔을 쭉 들이켰다.

"그럼, 부디 내일은 힘껏!"

"오오, 힘껏!"

모토츠구는 밝은 표정으로 되풀이하고, 이번에는 잔을 카츠나가에게 내밀었다.

"모리 님, 태어난 보람이 있었소, 귀하도 힘껏!"

카츠나가는 다시 무언가 말하려다 말고 그 역시 웃었다.

9

결국 유키무라와 카츠나가는 고토 모토츠구에게 아무 말도 하지 못하고 텐노 사로 돌아왔다.

"오늘밤에 도묘 사에서 우리 셋이 만나 날이 밝기 전에 코쿠부를 넘어 전군, 후군 합쳐 길이 가장 좁은 데서 동군을 공격합시다."

이런 말을 하고 싶었다. 그러나 모토츠구는 혼자 도묘 사로 돌격할 생각. 아니, 그 이상의 각오가 이미 되어 있는 것 같았다. 그러한 상대에게 굳이 자기들의 도착을 기다리라는 말은 공을 다투는 일처럼 보일 수도 있었다.

"고전하게 되면 즉시 원군을 보내기로 하고, 여기서는 그냥 물러가기로 하세."

카츠나가에게 이렇게 말하고 유키무라가 히라노를 떠나 텐노 사에 도착한 것은 해시亥時(오후 10시)가 지나서였다.

한편 이별의 잔을 나누고 두 사람을 돌려보낸 뒤 마타베에 모토츠구는 그대로 벌렁 드러누워 1각(2시간) 가량 잠을 잤다. 그리고는 자시子時(오후 12시) 바로 직전에 일어났다.

기분은 상쾌했다. 마타베에 모토츠구로서는 오랜만에 아무 미련도 느끼지 않는 가벼운 기상이었다.

"모두들 일어나라. 드디어 도묘 사로 출발한다."

온몸에 넘치는 활력을 느끼면서 마타베에는 출발을 알리는 소라고둥을 불게 했다.

"다이난大楠 공이었다면 남몰래 출발하겠지만, 이 고토 마타베에는 그렇게는 하지 않는다."

준비한 횃불을 일제히 밝히도록 하여 부하 2,800명을 거느리고 당당하게 야마토 가도로 진군해나갔다. 적의 척후가 보았다면 기겁을 하고 달아났을 터. 그것으로 충분하다고 모토츠구는 생각했다.

'살겠다는 생각만 하지 않으면 홀가분한 거야……'

히데요리와 이에야스 모두에게 신임을 받고 죽는다는 만족감이 철저한 이 전국인을 불가사의한 감동으로 몰아넣었다.

'인생이란 결국 죽을 곳을 찾아다니는 여행인 것이야.'

확고하게 결론을 내린 이상, 그곳이 지옥이든 극락이든 상관없었다.

'죽음'으로 곧장 전진할 뿐.

후지이데라에 도착한 모토츠구는 잠시 휴식을 취하면서 곧 도묘 사에 척후를 내보냈다. 척후에게는 적을 만나지 않으면 그대로 나가라고 이르고, 날이 샐 무렵에는 콘다譽田를 지나 도묘 사에 도착했다.

마침내 도묘 사에서 코쿠부를 향해 진군하려 할 때 모토츠구는 내보냈던 척후의 보고를 받았다.

"적의 선봉은 이미 코쿠부에 도착했습니다. 병력은 이삼 천. 미즈노 카츠나리의 군사인 것 같습니다."

"좋아!"

모토츠구는 새벽 안개가 흐르는 모습을 바라보며 말을 탄 채로 대답했다.

"적도 우리 횃불을 보고 나왔겠지. 재미있게 됐다."

코마츠야마小松山를 점령할 목적으로 그는 즉시 이시카와石川를 건너기 위해 말을 달렸다. 계절은 이미 여름이었으나 아침 안개 속에서 반짝이는 이시카와의 물은 찼다.

"이 모두가 안성맞춤. 삼도내°를 건너서 싸울 수 있게 되었으니 말이야."

이미 모토츠구에게는 공포의 대상이 없었다. 그는 곧장 강을 건너 그대로 코마츠야마를 점령했다. 그리고는 동쪽으로 카타야마를 내려가 단숨에 동쪽 코쿠부 진영으로 돌격을 감행하려는 생각이었다.

10

벌써 사방이 훤해지기 시작했다. 산 위에 올라보니 코쿠부에 이르는 가도를 에워싸듯 칸토 군의 하타사시모노가 움직이고 있었다.

적의 하타사시모노가 움직이고 있다는 사실은 적도 이미 행동을 개시했다는 뜻, 상식을 따른다면 당연히 모토츠구는 이 코마츠야마에서 후속부대를 기다려야만 했다.

사나다 유키무라도 모리 카츠나가도 그 때문에 일부러 그를 찾아왔다. 그러나 마타베에 모토츠구는 머물 생각을 하지 않았다.

전투에 익숙한 그의 감각에 의하면, 이미 유키무라나 카츠나가를 의지할 때는 지났다. 실제로 코쿠부로 진출한 적의 움직임이 그 좋은 증거였다.

모토츠구의 직감으로는, 니죠 성과 쿄토의 방화에 실패한 키무라 무네요시의 처형을 끝낸 이에야스가 아직 쿄토에 머물러 있을 리 없었다. 오늘의 전쟁터는 이 야마토 가도만이 아닐 터. 카와치로 진격해오는 히데타다, 이에야스의 선봉들과 곳곳에서 조우전을 벌이게 될 터.

그러한 상황이라면, 사나다 군이나 모리 군이 모토츠구와 합류하여 싸우려 해도 그것은 불가능한 일이다. 싫든 좋든 오늘의 전투는 각자 운명을 하늘에 맡기고 자신의 능력에 따라 적과 조우한 곳에서 분전할 수밖에 없었다……

그러한 전투 분위기를 고토 마타베에 모토츠구는 몸으로 느낄 수 있었다. 그는 후속부대가 산꼭대기에 도달하자마자 그곳에서 함성을 지르게 했다. 어디까지나 담대한, 자신을 던진 정공법이었다. 그의 예감은 정확했다.

코마츠야마에서 고토 군이 사기에 충천해 함성을 올렸을 때, 미즈노 카츠나리가 지휘하는 칸토 진영의 오쿠타 산에몬 타다츠구奧田三右衛門忠次는 불과 6, 70명의 부하를 거느리고, 그 역시 우선 코마츠야마를 점령해 지형상 우위를 차지하려고 서둘러 산에 오르고 있었다.

"앗, 함성이 울린다!"

"벌써 누군가가 산을 점령했구나."

"적이 아니겠지. 호리나 니와 군의 일대일 것이야. 서둘러라!"

선두에 선 오쿠타 산에몬이 창을 들고 부하들을 질타했을 때 —

"와아!"

산꼭대기의 함성이 그대로 눈사태가 되어 오쿠타 산에몬의 머리 위로 쇄도해왔다.

"앗! 적이다! 적이다……"

저도 모르게 창을 꼬나들고 무릎을 세운 산에몬의 위를 마타베에를 선두로 한 그의 군사가 무서운 분류처럼 휩쓸고 지나갔다.

이것이 그날의 첫 조우전. 고토 군 1,000명 남짓이 기세를 올리며 산에서 달려내려갔을 때 오쿠타 군 60여 명은 사라지고 없었다. 뒤에 남은 시체는 여기저기에 일고여덟. 탄력이 붙은 사람의 물결이 적과 아군을 한덩어리로 만들어 산기슭 밭으로 밀어냈다.

평지에 나와 오쿠타 군은 당황하며 주군의 모습을 찾았다. 그러나 이때 벌써 오쿠타 타다츠구는 이 세상 사람이 아니었다. 그는 피문은 창끝을 하늘로 향하고, 깊숙이 배를 찔린 채 죽어 있었다. 더구나 주검을 무수한 발길에 짓밟힌 채.

모토츠구는 오쿠타 군을 일축하고 다시 산꼭대기로 돌아갔다.

밤은 완전히 밝아왔다. 산기슭 길과 논밭, 강기슭에도 살기 띤 인마의 왕래가 부산했다…… 그 모습을 내려다보며 모토츠구는 유유히 주먹밥을 먹기 시작했다.

11

동군의 미즈노 카츠나리는 이에야스가 지명하여 지휘를 맡길 정도로 호걸이었다. 그는 이날 축시丑時(오전 2시)에 후지이데라 방면의 가도에서 횃불을 발견했을 때.

"고토 마타베에로구나."

즉시 이렇게 판단하고 호리 나오요리와 니와 우지노부에게 명해 척후를 보냈다.

"역시 이 지역을 싸울 곳으로 택했군. 쇼군과 오고쇼도 그렇게 알고 카와치 가도로 나오셨어. 오늘밤 쇼군은 센츠카千塚, 오고쇼는 호시다 星田로 오신다. 드디어 내일 육일이 승패의 갈림길이 되겠군."

칸토 군으로서도 적이 나타날 곳은 이곳밖에 생각할 수 없었다. 그러므로 야마토 군이 코리야마와 나라를 평정하고 이곳으로 나올 때까지 이에야스와 히데타다는 쿄토에 머물면서 적을 유인할 계략을 생각하고 있었다.

그런 의미에서 이 도묘 사 부근에서 야오, 와카에에 이르는 전쟁터는 칸토 군의 의사대로 택한 장소라 할 수 있었다.

"이긴 것과 다름없어. 야전이라면 아군이야. 그렇다, 코마츠야마를 점령하고 적의 동향을 감시하는 게 좋겠어. 오쿠타 산에몬과 마츠쿠라 분고에게 선봉을 명하고 오너라."

전쟁터가 정해지면 그 부근 고지에 대한 점령은 당연히 쌍방이 노리는 바가 된다.

이렇게 하여 맨 먼저 코마츠야마로 향했던 오쿠타 산에몬 타다츠구는, 그 직전에 그곳을 점령하고 있던 고토 마타베에 모토츠구의 말굽에 짓밟혀 전사하고 말았다.

산정으로 돌아온 고토 군은 다시 일제히 함성을 질렀다.

"아뿔싸! 벌써 적이 산 위에 진을 치고 있었구나. 대관절 누구의 하타지루시旗印°냐?"

야마토 고죠의 성주 마츠쿠라 분고노카미 시게마사는 산 위의 군사가 고토 마타베에라고 알려졌을 때 북쪽에서 총구를 겨누고 즉각 공격

하기 시작했다. 그러나 그때 벌써 공격에 참가한 동군은 마츠쿠라 군만
은 아니었다.

"이때다. 뒤지면 웃음거리가 된다."

토도 타카히사藤堂高久의 군사에 이어 아마노 요시후루天野可古 일
대가 산의 북서쪽으로 우회하며 포위망을 좁히기 시작했다.

동군 진영에서 한 번 총성이 울릴 때마다 고토 군 중에서 쓰러지는
자가 나왔다.

"총포대를 먼저 쓰러뜨려라. 고토 군 총포대는 몇 되지 않는다."

동군의 총구가 맨 앞의 총포대인 히라오 큐자에몬平尾久左衛門 일대
를 향했을 때 서군은 이번에는 창을 꼬나들고 마츠쿠라 군을 향해 맹렬
하게 돌진해왔다.

그 세력을 당할 수 없다, 가련하게도 마츠쿠라 군은 전멸……이라
여겨졌을 때 호리 나오요리와 미즈노의 본대가 나타나 마츠쿠라 군과
교대했다.

그 무렵까지는 쌍방 병력은 비슷했다. 그러나 코마츠야마의 총성이
울렸을 때.

"벌써 시작되었다. 뒤지지 마라!"

야마토 방면의 제2진, 제3진을 앞지른 제4진 다테 마사무네 군의 선
봉 카타쿠라 시게츠나 일대가 전쟁터에 도착했다.

마침내 양군의 세력균형이 무너지기 시작했다. 아니, 여기에 다시
제3진 마츠다이라 타다아키가—

"다테 군에게 뒤지고 말았다. 적의 총 따위는 아무것도 아니다. 창으
로 찔러라."

산의 동편에서 맹렬한 돌격을 명했다.

이렇듯 칸토 군에는 속속 새 군사가 합세해왔다. 그러나 서군에는 합
세해올 후속부대가 없었다.

시각은 다섯 점 반(오전 9시). 이미 그 부근 일대는 격전장으로 돌변해 있었다.

12

고토 마타베에 모토츠구는 아수라처럼 전장을 누비면서 거의 80명에 가까운 적군을 창칼로 쓰러뜨렸다. 그러면서도 그는 적의 진퇴를 정확하게 파악하고 있었다.

'나도 제법 훌륭해졌어.'

아직껏 이처럼 냉정하게 적을 대한 일은 없었다…… 스스로에 대한 감회 속에, 그러나 자신이 처해 있는 곳은 죽음을 비껴갈 수 없는 숙명의 전쟁터였다.

미즈노 군, 다테 군, 그리고 젊은 혈기로 치닫는 마츠다이라 타다아키 군이 세 방향에서 공격해왔다. 더 이상 코마츠야마에서는 싸울 수 없었다. 아마 이곳에 달려오려고 텐노 사를 출발했을 모리 카츠나가나 아카시 모리시게, 사나다 유키무라 등도 각각 도중에서 카와치 가도에서 나온 다른 적에게 차단되었을 터.

모토츠구도 역시 이 산은 버리고 도묘 사로 물러가 조금이라도 그들을 위해 동군의 사기를 꺾어야겠다고 생각했다.

"좋아, 이제 산을 내려간다. 그러나 그 전에 일러둘 말이 있다."

마타베에 모토츠구는 구레나룻이 텁수룩한 얼굴에 감회를 담고 말 위에서 웃었다.

"잘 싸워주었다. 마타베에는 진심으로 고맙게 생각한다. 사람에게는 누구나 자기 뜻이 있게 마련. 지금까지의 활약으로 전쟁터에서의 의리는 다했다. 이제 마타베에는 단숨에 서쪽으로 달려내려갈 것이다. 죽기

싫은 자는 전열을 떠나 피하도록 하라. 알겠느냐, 사양은 마타베에에 대한 공양이 되지 않는다."

마타베에 모토츠구는 유언 같은 말을 남기고 그대로 말 머리를 돌렸다. 서쪽 산비탈을 타고 이시카와 강기슭 가까운 평지까지 곧장 말을 달렸다. 그리고 그곳에서 적을 맞아 싸우기 위해 뒤돌아보니 자기 뒤에는 아직 1,500에 가까운 군사가 뒤따르고 있었다. 인간은 용장 밑에 있게 되면 자연히 마음이 강해지는 모양이었다.

"모두 마타베에와 함께 죽겠느냐?"

그 말에 대답하듯——

"와아, 와아!"

일제히 하늘 높이 칼을 쳐들었다.

마타베에의 얼굴이 무섭게 일그러졌다.

"그렇다면 마타베에도 사양하지 않겠다. 군사를 둘로 나누어 추격하는 적에게 돌격한다."

"와아, 와아!"

"좋아, 돌격하라!"

고토 마타베에 모토츠구의 생애에서 가장 큰 만족감과 감사가 뒤섞인 이상한 전쟁체험이었다.

'죽음이란 이 얼마나 멋진 의미를 가진 것일까……!'

모토츠구는 흐뭇한 도취감을 전신에 느끼면서 바싹 뒤쫓아오는 미즈노 군 한가운데로 마구 말을 몰아넣었다.

적은 깜짝 놀라 길을 열고, 2, 3개 부대가 눈 깜짝할 사이에 추격의 발걸음을 늦추었다.

"이때다, 짓밟아라."

이러한 고토 마타베에 모토츠구의 활약상은 『아쿠타芥田 문서』에 수록된 고토 스케에몬後藤助右衛門의 서신에 이렇게 기록되어 있다.

"그 공훈은 겐페이源平° 이래 처음이라고 한다. 그야말로 일본 역사 상 그 유례가 없다고 생각한다."

당시의 전국인에게서는 찾아보지 못할 용맹이라고 했다. 아마도 고토 마타베에 모토츠구는 여한 없이 싸웠던 듯. 마타베에가 이처럼 적을 괴롭히고 있을 때 아군의 위급함을 알고 달려온 동군의 새로운 병력 니와 군이 옆에서 일제히 총격을 가하기 시작했다.

정말로 동군의 각 부대는 빈틈없이 연락을 취하고 있었다……

13

이미 정오에 가까운 시각. 머리 위의 태양은 공격하는 자나 당하는 자 모두에게 비지땀을 흘리게 했으며, 흙탕물과 같은 끝없는 피로감을 안겨주었다.

니와 군의 일제사격을 받고 메뚜기처럼 대열이 흩어진 고토 군은 바로 옆 보리밭으로 물러나 주저앉았다. 그들이 다시 보리밭에서 일어났을 때 남아 있는 자의 수는 5분의 1도 채 되지 않았다. 정신을 잃고 도망간 자들도 있을지 모른다. 그러나 대부분은 제2, 제3 사격의 제물이 되어갔다.

사격이 그쳤을 때 마타베에 모토츠구는 다시 말에 올라탔다. 이때 말을 탄 사람 중 무사한 자는 한 사람도 없었다. 문자 그대로 단기單騎였다. 바로 곁에는 지금까지 군사를 독려하던 야마다 게키山田外記와 후루사와 미츠오키古澤滿興가 흙을 움켜쥐고 죽어 있었다.

니와 군의 총포대는 상당한 인원이었던 듯, 주저앉은 채 죽어간 시체가 셀 수 없이 많았다.

"좋아, 강기슭으로 향하라!"

모토츠구가 말했다.

이 역시 본능에 가까운 육감이었다. 이대로 계속 사격을 당하기보다는 물에 뛰어들어 건너편 기슭으로 물러가는 편이 낫다. 건너편 도묘사 강기슭에는 아군의 후속부대가 도착하게 되어 있었다. 그렇게 되면 당연히 그들이 응원해주리라는 계산 아닌 계산이었다.

사실 그 무렵 스스키다 카네스케, 야마카와 카타노부, 키타가와 노부카츠, 이노우에 토키토시, 아카시 모리시게, 마키시마 시게토시, 나가오카 오키아키, 코쿠라 유키하루, 야마모토 키미오 등의 여러 부대들이 속속 도묘 사 강기슭으로 모여들고 있었다. 그러나 고토 마타베에 모토츠구의 무운은 이때 벌써 꺼져가고 있었다.

마타베에 모토츠구가 단기로 진두에 서서 말을 되돌리려 했을 때 다시 보리밭을 향해 동군의 일제사격이 가해졌다.

"으윽."

모토츠구는 말 위에서 신음했다. 그와 동시에 그의 거구가 밭이랑으로 떨어졌다.

"앗! 대장님, 정신차리십시오."

당황하며 달려온 것은 그의 군졸 카네카타 헤이자에몬金方平左衛門이었다. 말에서 떨어진 모토츠구는 벌떡 상체를 일으키고 눈을 부릅뜬 채 잔뜩 허공을 노려보고 있었다.

"무사해서 무엇보다도…… 어서 제 어깨에 기대십시오."

헤이자에몬은 모토츠구의 오른팔을 자기 어깨에 얹고 일어서려 했다. 그러나 큰 몸집의 모토츠구는 무거워 일으켜세울 수도 없었다.

"자 걸어보십시오, 함께 걸어서 그늘로……"

"하하하……"

모토츠구는 입에 흰 거품을 물고 미안하다는 듯이 웃었다.

"무리한 말은 하지 마라, 헤이자. 허리뼈가 부서졌어."

모토츠구가 오른손을 허리에서 떼고 펼쳐 보였다. 그 손바닥에는 흥건하게 피가 묻어 있었다.

"일어설 수 없어, 알겠느냐? 알았으면 목을 쳐라. 네가 치지 않으면 나는 다시 움직여야 돼."

고토 마타베에 모토츠구는 창을 들고 머리 위로 빙빙 돌렸다.

"알았습니다!"

카네카타 헤이자에몬은 눈물을 뿌리고 칼을 뽑았다.

모토츠구의 목을 쳐서 그 목을 가까운 논에 묻고 나서야 그는 겨우 강을 건너 도묘 사 강기슭으로 도망쳤다.

와카에의 나가토

1

고토 마타베에 모토츠구가 코마츠야마에서 싸우고 있을 무렵부터 그 북방 20리 되는 지점인 야오, 와카에 방면에서도 맹렬한 조우전이 벌어지고 있었다.

칸토 군도 그 전날 밤(5일) 호시다에 임시로 숙소를 정한 이에야스의 본진에서 마지막 군사회의를 열어 구체적인 작전을 세워놓았다.

카와치 방면의 선봉은 토도 군 5,000과 이이 군 3,200의 병력.

토도 타카토라는 그때 이미 오사카의 척후 한 사람을 체포한 바 있었다. 그래서 —

"드디어 결전은 내일로 임박했다."

긴박한 사태를 충분히 짐작하고 있었다. 이에야스의 지시 또한 정확하게 예상한 상황을 토대로 한 것이었다.

토도 타카토라는 회의를 마치고 센츠카로 진군한 자기 진지로 돌아왔다. 그리고는 곧바로 출동준비를 끝낸 뒤 날이 밝기를 기다렸다.

한편 이 방면의 오사카 쪽 지휘자는 쵸소카베 모리치카와 키무라 시게나리 두 사람이었다.

키무라 시게나리는 5월 2일 히데요리의 허락을 받아 이에야스 부자의 진로가 어느 곳이 될지 탐색하기 시작했다. 그러나 그때 이에야스는 아직 니죠 성에서 움직이지 않았기 때문에 그 진로를 알 수 없었다. 시게나리가 그 진로를 호시다에서 스나砂, 센츠카를 거쳐 도묘 사로 향하는 코야 가도라고 확인할 수 있었던 것은 5일 이후였다.

그때도 정보는 둘로 갈라져 있었다.

히데요리는 시게나리를 불러 ─

"이마후쿠今福부터 공격할 모양이다. 이마후쿠로 나가라."

특명을 내렸다.

히데요리의 명령이라면 어길 수 있는 시게나리가 아니었다. 그는 일단 이마후쿠로 나가 지형을 살폈다. 그러나 적의 대군이 밀려올 만한 지형이 아니었다.

'과연 야전에 능한 이에야스가 이렇게 달리기 불편한 곳으로 대군을 거느리고 올 것인가?'

이에야스는 코야 가도를 통해 도묘 사로 빠질 작정임이 틀림없다. 그렇게 단정은 했으나, 시게나리는 자기 독단으로 진로를 바꾸는 일만은 망설일 수밖에 없었다.

'어째서 주군을 이마후쿠로 나가라고 했을까?'

의아하게 여기며 주저하고 있을 때 오노 하루나가로부터 극비의 사자가 왔다.

"주군은 겁을 먹고 계시다. 자신이 직접 전선에 나가 격려하고 질타하려 하지 않으신다. 이는 사기에 관계되는 일, 바쁜 줄은 알지만 귀하가 주군을 성밖으로 모시도록 부탁한다."

이러한 내용이었다. 아니, 그뿐이었다면 시게나리도 아직 독자적인 각오는 하지 않았을지도 모른다.

그 다음에 밝힌 사자의 설명은 시게나리를 깜짝 놀라게 했다.

"주군은 자신이 성에서 나가면 떠돌이무사들에 의해 배후에서 살해될지 모른다……는 걱정을 하고 계신 모양입니다. 아니, 실은 슈메(하루후사) 님까지 만약의 경우에는 주군의 목을 베어 적에게로 달아날지도 모른다, 그런 의심을 품고 계시기 때문에 우리가 권하면 오히려 불리하다, 반드시 나가토 님께서…… 이런 말씀이었습니다."

시게나리에게 이처럼 무서운 말도 없었다.

'그렇다면 주군께서는…… 혹시 이 시게나리도 마음속으로는 의심하고 있을지 모른다.'

2

시게나리는 이미 반 나오유키는 물론이고, 사나다 유키무라나 고토 모토츠구가 무엇을 생각하고 있는지 깨닫고 있었다.

'모두 살아남을 생각이 없다!'

시게나리에게 이 사실은 감동을 수반하는, 그러나 체념에 지나지 않는다고 생각되는 안타까움이기도 했다.

'어째서 승리를 위해 혼신의 힘을 기울이려 하지 않는가……'

그 심정이 아무리 깨끗하다 해도 단념은 역시 패배와 통한다……

이렇게 생각하고 있던 만큼 하루나가의 사자가 한 말은 시게나리에게 청천벽력이 아닐 수 없었다.

'그렇다면 사나다와 고토는 이러한 주군의 마음을 꿰뚫어보고 있었던 것이 아닐까?'

만약에 그렇다면 히데요리를 위해 순사殉死한다는 구실로 그들 자신의 절개를 위해 죽으려는 마음일 뿐……

시게나리는 사자에게 알았다고 대답하고 돌려보냈다. 그뿐, 히데요리를 만나지는 않았다. 자신이 권유했다가 거절당할 경우를 생각하니 눈앞이 캄캄해왔다.

시게나리는 히데요리에게 가는 대신 성안에 있는 자기 집으로 가서 혼인한 지 얼마 안 되는 아내를 불렀다. 그리고 아내의 손으로 투구 끈을 짧게 자르게 한 뒤, 이를 베개 위에 놓고 향을 피우게 했다.

"출진 때는 이렇게 하는 거야."

아내는 마노 분고노카미의 딸로, 베개는 요도 부인을 모시고 있을 때 받은 것이었다.

아내는 파랗게 질려 조심스럽게 작은 소리로 말했다.

"아기가 생겼는지도 모르겠어요."

"그래? 반가운 소식이로군."

시게나리는 이미 죽음을 각오하고 있었다.

히데요시에게 반역을 도모했다는 의심을 받고 한없는 원한을 남긴 채 자결한 아버지, 그 아버지의 아들이 얼마나 깨끗한 충신인가를 보여주고 죽겠다는 생각을 굳힌 시게나리. 그러나 지금 시게나리 역시 아버지와 마찬가지로 마음의 동요를 자기에게서도 발견했다. 투구 끈을 짧게 자르고 향을 피운 뒤 출진하려 함은 아내에게 보이는 단호한 각오라기보다 동요할 것 같은 자기 마음에 주는 매질이었다.

'장렬하게 죽을 것이다!'

살아남지 않겠다. 살아서는 고집을 관철시킬 수 없다…… 유키무라도 마타베에나 단에몬도 모두 그런 점을 알고 있다.

"오늘은 단오절…… 창포를 꽂도록 하지."

아내에게 이별의 말을 남기고 자기 집을 나온 시게나리는 즉시 군사를 코야 가도에서 도묘 사로 출진시킬 각오를 굳혔다.

텐노 사에 있는 사나다 유키무라에게 그 뜻을 전했다. 그에 대한 유키무라의 답은 도묘 사 방면에는 유키무라 자신과 모토츠구가 나가게 되었다는 전갈이었다.

이제 와서 죽음을 결심한 사람들의 뒤를 쫓는다는 사실 자체가 겁을 내는 것 같아 시게나리는 불쾌했다.

"그렇다, 오고쇼도 쇼군도 코야 가도로 나와 도묘 사로 향할 것이 틀림없다. 나는 그 측면을 공격하겠다. 시게나리는 오고쇼나 쇼군 중 한 사람은 반드시 죽음의 반려로 삼고야 말겠다!"

시게나리는 자신의 지휘 아래 있는 야마구치 히로사다山口弘定, 나이토 나가아키內藤長秋 두 사람에게 당당하게 각오를 말했다. 그리고 6일 자시子時(오후 12시)에 야마토바시 옆으로 집결하도록 명했다.

그 시간에는 아직 병력이 모이지 않았다. 고토 모토츠구와는 반대로 횃불은 전혀 밝히지 않고, 다만 선두에 등불 하나만을 켜들게 하여 시게나리 군이 출발한 것은 축시丑時(오전 2시)가 되어서였다.

3

키무라 나가토노카미 시게나리는 일단 납득하면 말할 수 없이 인내심이 강했다. 그러나 성격 그 자체는 몹시 급해 분류와도 같이 격렬했다. 오늘밤의 행동에는 그 격렬한 면이 노골적으로 드러났다.

주군과 가신 사이의 신뢰에는 한계가 있는 것 같다…… 이렇게 생각한 것이 무의식중에 그의 감정을 날카롭게 했다. 사나다 유키무라가 그보다 먼저 도묘 사로의 출진을 결정한 것도, 고토 모토츠구가 이미 선봉으로 나간 것도 젊은 그를 초조하게 했다.

'이 시게나리가 질 수는 없다……'

야마토바시를 떠나 1각(2시간) 가까이 말을 달렸을 때였다.

"잠깐!"

시게나리는 소리를 지르고 말을 세웠다.

"지금 전방에서 총성이 들리지 않았느냐?"

옆의 어둠 속에서 ──

"분명한 총성…… 어디서 전투가 시작된 모양입니다."

이렇게 대답한 것은 노신 히라츠카 지헤에平塚治兵衛였다.

"어디서라면 모호하지 않은가. 전방에서 지금 이 시각에 총포를 쏘는 자……라면 도묘 사에 먼저 달려간 고토 군이 틀림없다."

"그렇다면, 적이 매복하여 기다리고 있었다는 말이 되는데요……"

"그래. 저 남쪽 멀리에 불빛이 보이는군. 아니, 횃불인지도 몰라. 어쨌든 알아보고 오라."

"알겠습니다."

대답하고 나서 지헤에는 다시 돌아보며 말했다.

"이제 곧 날이 밝습니다. 밝기 전에 좁은 진흙길로 지나치게 나가면 진퇴에 어려움이 있습니다. 제가 와카에로 나가 살피고 자세히 보고를 드릴 것이니 그때까지 이곳에 머무르도록 하십시오."

"염려 마라, 여기서 기다릴 테니. 어서 서둘러라."

대답은 했으나 지헤에의 모습이 사라진 뒤 ──

"남쪽 총성이 마음에 걸린다. 진군한다."

겨우 10분도 되기 전에 다시 전열을 남쪽으로 진군시켰다.

노신의 보고를 기다리고 있었다면 아마 이날의 무운은 보다 좋은 결과를 가져왔을 터. 그러나 성급한 기질을 드러낸 시게나리는 날이 밝았을 때 벌써 야오 바로 앞까지 전진해 있었다.

한편 히라츠카 지헤에는 곧장 말을 달려 와카에로 나갔다. 와카에 마을 백성들은 이때 이미 전투가 불가피하다는 사실을 깨닫고 어디론지 자취를 감추고 없었다.

'이에야스나 히데타다의 선봉이 벌써 출몰했다……'

히라츠카 지혜에는 말을 돌렸다. 칸토 군의 출몰을 보고 백성들이 자취를 감출 정도라면 측면으로부터의 기습은 이미 때가 지났다. 자칫하면 아군보다 몇 배나 더 많은 대군과 정면으로 조우전을 벌일 각오를 하지 않으면 안 된다……

그럴 경우 물론 승산이 없다. 일단 성으로 철수하자고 진언하자……
이렇게 생각하고 돌아와보니 이미 그곳에는 시게나리가 없었다.

"아뿔싸!"

히라츠카 지혜에는 사색이 되어 시게나리 뒤를 쫓았다.

4

히라츠카 지혜에는 시게나리가 갔다고 생각되는 야오 쪽을 향하여 달리기 시작했다.

이미 사방은 훤하게 밝아왔다. 그리고 전방에서 총성은 더욱 요란해지고 있었다. 그뿐 아니었다. 이번에는 확실히 방화임을 알 수 있는 민가를 태우는 흰 연기까지 아침 안개와 섞여 있었다. 때때로 함성이 들려올 것만 같은 절박한 공기였다.

논 가운데로 난 꼬불꼬불한 길은 그리 넓지 못했다. 더구나 계절로 보아 그 논에는 물이 잔뜩 고였을 모내기 전후의 상태였다.

'이 속에 발을 들여놓으면 싸움이 되지 않는다……'

지혜에는 더욱 다급해졌다.

시게나리가 거느리고 간 군사는 결코 적은 수가 아니었다. 직접 거느린 부하가 4,700. 여기에 야마구치 히로사다, 나이토 나가아키, 키무라 무네아키木村宗明의 군사를 합하면 6,000 가까운 병력이었다.

그들이 이런 길로 나아가 적의 복병 앞에 이르면 돌아서려 해도 돌아설 수 없어, 그 옛날 야마자키山崎 전투 때의 아케치明智 군과 같은 입장에 처한다.

"역시 젊고 성급해…… 큰일이다!"

지혜에가 흩어진 말발굽 자국을 따라 말을 달리고 있을 때, 큰 짚단을 지고 오는 농부를 만났다. 난을 피하려는 자임이 틀림없었다.

지혜에는 고삐를 당기고 말을 세웠다.

"이보게, 농부."

농부는 짐을 내던지고 털썩 주저앉았다.

"제발…… 저어…… 모, 목숨만은."

"목숨을 빼앗겠다는 것이 아니다. 그대에게 길을 물으려는 거야."

상대는 부들부들 떨 뿐 말이 안 나오는 모양이었다.

"안심하라. 나는 그대들을 괴롭힐 생각은 추호도 없다. 마음을 가라앉히고…… 이 길로 곧장 가면 어디가 나오느냐?"

"야……야……야오입니다."

"틀림이 없느냐?"

"그러나 말을 타고는 가지 못합니다. 이 길은 도중에 끊어지기 때문에…… 곧장 가면 늪지를 메운 수렁에 빠지게 됩니다."

"뭣이, 수렁에?"

농부는 떨면서 고개를 끄덕였다.

"그럼, 이 앞에서 하타사시모노를 가진 대군을 보지 못했느냐?"

"보았습니다."

"그렇다면 그 대군은 길이 끊어진 그 수렁을 향해…… 달렸다는 말이냐?"

농부는 다시 고개를 끄덕였다. 지혜에는 혀를 찼다.

"그런데 어째서 길을 잘못 들었다고 말하지 않았느냐?"

"하지만…… 풀숲에 숨어 있었고, 저쪽에서 묻지도 않았으니까요."

듣고 보니 그럴 법했다.

"이봐, 농부."

"예…… 예."

"너는 그 대군 앞으로 나갈 수 있는 지름길을 모르느냐?"

"살……살려주십시오…… 저는 이미 나이가……"

"너에게 길을 안내하라는 말이 아니다. 알고 있거든 내게 가르쳐달라는 말이다."

농부는 겨우 안도하고 지혜에에게 오른쪽에서 왼쪽으로 돌아 좁은 길을 벗어나서 거기서부터 시내의 둑을 따라가면 야오 바로 앞에서 길이 끊어진 진흙 밭 부근에 이르게 된다고 가르쳐주었다.

지혜에는 채찍을 휘두르며 그 길로 돌진했다.

5

인생의 운은 행복과 불행으로 연결된다. 그러나 전쟁터의 운은 그대로 생사로 이어진다.

'초조한 나머지 길도 나지 않은 곳으로 진군해가다니, 도대체 이게 무슨 일인가……'

평소의 키무라 시게나리는 젊은이로서는 보기 드물게 신중하고 침착했다. 사실 그는 지난달 말에서 이달 초하루, 이튿날까지 이 부근을 직접 세밀하게 시찰하기까지 했다.

카와치의 와카에와 야오 사이는 약 10리.

그 중간에 와카에와 접한 니시고리西郡 마을이 있고, 그 남쪽에 카야후리萱振 마을이 있다. 와카에 북쪽에는 이와타岩田 마을. 야오 북쪽에

는 아노우穴太 마을. 그리고 야오 서쪽에는 강을 사이에 두고 큐호지久
寶寺 마을.

그 큐호지 마을에서 길은 히라노를 거쳐 오사카로 통하고 있었다.

시게나리는 그 길을 오사카, 히라노, 큐호지로 거꾸로 나가 싸울 생
각이었다. 그런데 히라노부터의 길로 고토, 사나다, 모리의 군사가 나
와 있다는 사실을 알고는 그 뒤를 쫓는 것은 수치스럽다고 하여 길을
바꾸었다.

이렇게 길을 바꾼 데에 시게나리의 젊음이 있었다. 아니, 그 젊음에
앞서 그는 통일성 없는 오사카 군의 약점을 파악했다고 하는 편이 좋을
지도 모른다. 전쟁터에서는 총대장으로부터 일개 군사에 이르기까지
엄연한 '목적'의 합일이 있어야 했다.

시게나리가 길이 끊어진 수렁을 향해 진군했다는 사실을 안 히라츠
카 지혜에는 미친 듯이 지름길을 찾아 아침 안개 속을 달렸다.

야오에 거의 이르렀을 때 히라츠카 지혜에는 간신히 일행을 앞질러
시게나리를 만날 수 있었다.

"말씀 드립니다."

맨 앞에서 진군하던 시게나리는 지혜에를 적인 줄 알고 창을 겨누며
물었다.

"누구냐?"

"접니다. 히라츠카 지혜에입니다."

"오오, 분명 지혜에로군."

"이 길로 가서는 안 됩니다. 이 앞은 나가세가와長瀬川의 늪지와 진
흙탕입니다. 적도 공격해오지 못하는 대신 우리도 나가지 못합니다. 그
곳으로 진군해서는 안 됩니다."

"뭐, 늪지가 나온다고……?"

시게나리도 깜짝 놀란 모양이었다.

"원 이런! 도묘 사에서 코쿠부 일대는 이미 난전…… 아군을 도우려고 말을 급히 몰아왔는데."

"주저해서는 안 됩니다. 곧 되돌아가서 와카에에서 적을 저지하는 것도 도묘 사의 아군을 돕는 일…… 즉시 철수를."

"으음, 길이 없는 곳으로 오고 말았구나."

시게나리는 입술을 깨물고 말 머리를 돌렸다. 다시 북쪽의 와카에를 향해 돌아가도록 명하면서 몇 번이나 크게 혀를 찼다.

길은 좁고 일단 개었던 안개가 다시 짙게 끼어 사방은 희부옇게 가라앉아 있었다. 시게나리가 그 좁은 길에서 진두에 나서려고, 한 정 가량 아군의 인파를 헤쳐나갔을 때였다.

"와!"

오른쪽 전방에서 함성이 울렸다.

시게나리는 신경을 귀에 집중시키고 말을 멈추었다.

서둘러 진군하고 있는 동안 적이 쫓아오는 것도 모르고 있었을까?

그때 비로소 시게나리는 온몸에 끼쳐오는 소름을 의식했다.

6

'아뿔싸!'

키무라 군의 뒤를 쫓는 자가 있다면 그것은 당연히 카와치 방면의 도쿠가와 쪽 선봉부대인 토도 타카토라 군이나 이이 나오타카의 빨간 갑옷차림의 군사. 모두가 이름난 전투의 명수였다.

'이런 곳에서 공격을 당해 진흙바닥의 밥이 되고 마는 것일까?'

"지혜에! 적의 하타지루시는? 하타지루시를 확인하라."

시게나리는 당황하며 주위에서 지혜에의 모습을 찾아 소리쳤다. 그

때 또다시 왼쪽 큐호지 마을과 가까운 나가세가와 부근에서 ──

"와아!"

다른 함성이 올랐다.

"지혜에, 지혜에는 어디 있느냐?"

"여기 있습니다."

"지금의 함성은? 적에게 앞뒤로 포위되었느냐?"

"안심하십시오! 처음의 함성은 토도 군, 이에 대해 왼쪽에서 오른 함성은 아군 쵸소카베 군입니다."

"뭐, 쵸소카베가?"

"토도 군은 오사카 가도를 진군해온 쵸소카베에게 맡기고 우리는 와카에로 철수를……"

"분하다! 적을 앞에 두고 철수해야 한다는 말이냐?"

"그렇지 않습니다. 적은 토도 군만이 아닙니다. 붉은 갑옷의 이이 군도 있고, 사카이, 사카키바라의 강력한 군사도 있습니다. 우선 이 진흙 수렁 부근에서 한시라도 빨리!"

이렇게 말하고 히라츠카 지혜에는 말을 돌려 선두가 거꾸로 된 자기 쪽 군사에게 토도 군을 비켜 빠져나가도록 명했다.

이때 응전했더라면 키무라 군은 끈끈이에 걸린 나비 떼와 같이 되고 말았을 터. 그런 의미에서 쵸소카베 군의 출현은 키무라 군으로서는 실로 구원의 신이었다.

쵸소카베 군은 키무라 군을 구하려는 생각에서 진출해오지는 않았다. 그들은 나름대로 기세를 올리며 야오 마을을 뚫고 타마구시串 제방 부근까지 진군하여 그곳에서 토도 군과 격돌하게 되었다.

이날 토도 타카토라는 이른 새벽부터 출동준비를 하고 있다가 도묘사 방면의 총성을 들었다.

"누굴까? 벌써 코쿠부를 향해 진격해온 적이 있구나."

코쿠부로부터 야마토 방면을 제압하려는 자가 있을 정도라면 당연히 그 북쪽의 오사카 가도로부터 타테이시立石 가도로 진군하는 자도, 쥬소十三 가도에서 코야 가도로 나와 도쿠가와 군의 본진을 노리는 자도 있을 터였다.

토도 타카토라는 호시다와 스나의 위급함을 이에야스와 히데타다 본진에 고하고 그 지시를 받을 생각이었다. 그러나 그럴 틈이 없었다.

짙게 깔린 아침 안개를 통해 보이는 것은 이미 사방에 가득한 오사카 쪽 기치의 물결이었다. 키무라 군, 쵸소카베 군, 마시타 군, 나이토 군 등이 야오, 아노우, 카야후리, 니시고리 등의 마을 가득히 움직이고 있었다.

토도 군의 오른쪽 선봉대장 토도 요시카츠藤堂良勝는 키무라 군이 방향을 바꾸어 철수하는 사실을 아직 모른 채 말했다.

"키무라 군은 우리 부대를 거들떠보지도 않고 와카에로 향하고 있습니다. 호시다와 스나 본진을 습격하려는 것이 분명합니다. 이를 측면에서 공격하려 합니다."

타카토라는 깜짝 놀라 이를 허락했다.

이에야스나 히데타다의 본진이 습격당하면 선봉의 체면이 말이 아니었다. 키무라 군의 측면을 치기 위해 움직이기 시작한 토도 군에게 때마침 그곳까지 진출해 있던 쵸소카베 군이 공격함으로써 이 방면의 전투가 시작되었다.

7

4,700명 남짓 되는 토도 군을 쵸소카베 군에게 맡기고 키무라 시게나리 군이 와카에 마을로 철수한 것은 이미 여섯 점(오전 6시)이 가까웠

을 때였다. 날은 완전히 밝았고, 시야를 가리는 아침 안개도 사라지고 없었다.

쵸소카베 모리치카와 토도 타카토라는 서로 센고쿠 시대 무장의 명예를 걸고 야오 마을 일대에서 사투를 전개하고 있을 터였다. 함성과 그것을 누비고 들려오는 총성이 끊임없이 귓전을 울렸다.

'도대체 이 키무라 시게나리는 무엇 때문에 오늘날까지 병법을 연마했을까.'

키무라 시게나리는 그가 와카에로 퇴각했다는 사실을 알고 코야 가도에서 쥬소 가도를 통해 이쪽으로 진군해오는 적군의 모습에 눈물이 나올 것 같은 울분을 느꼈다. 지금쯤은 이에야스, 히데타다의 본진을 측면에서 습격해 두 사람 중 어느 누구의 목이라도 베어 키무라 시게나리의 존재를 천하에 보여주려 했다. 그리고 그것을 자신의 이승을 떠나는 기념으로 삼을 생각이었다.

'그런데 나는 밤새 군사를 걷게 하고도 지금은 다시 와카에로 돌아와 있다니……'

추호의 실패도 용납하지 않는 전쟁터의 작전에서만은 천군만마 사이를 누벼온 다른 장수에게 결코 지지 않으려 했는데……

'만회하지 않으면 안 된다! 침착해야 한다.'

시게나리는 군사가 모두 도착한 뒤 즉시 자신의 병력을 세 부대로 나누었다. 그 일대는 말할 것도 없이 우익인 토도 군을 담당하게 하고, 다른 일대 200여 명은 키무라 무네아키에게 지휘를 맡겨 북쪽의 이와타 마을을 담당하게 했다. 그리고 본대는 와카에 마을 남쪽에 주둔시켜 진격해오는 적을 기다렸다.

이때 시게나리의 본진이 기다린 이 적은 붉은 갑옷이라는 이름으로 용맹을 떨친 이이 나오타카의 군사 3,200이었다. 그러나 명령을 내릴 무렵에는 아직 확실치 않았다.

'어떤 적이라도 반드시 무찔러야 한다.'

차차 자신감을 되찾은 시게나리는 우선 야마구치 히로사다, 나이토 나가아키에게 적의 진로를 차단하게 하고, 자신은 우익의 토도 군에 대비한 일대를 지휘하기로 했다. 토도 군에게 카야후리 마을로부터 추격당할 위험을 느꼈기 때문이다.

시게나리의 판단은 옳았다.

토도 군의 토도 요시카츠와 요시시게良重는 물러가는 키무라 군을 후퇴라고는 생각지 않고 이에야스나 히데타다의 본진을 측면에서 공격하려는 진격이라 보았다.

"이대로 본진을 습격케 하면 토도 군의 명예가 더럽혀진다."

이러한 각오로 그들은 토도와 쵸소카베의 주력이 맞붙은 결전장에서 벗어나 키무라 군에게 도전했다.

맨 먼저 키무라 군의 우익을 공격한 것은 토도 요시시게였다. 뒤따르는 자들이 미처 오기도 전에 큰 소리로 호통을 치면서 단기로 실에 꿰어가듯 키무라 군에 뛰어들었다.

"좋은 적수로다. 놓치지 마라."

요시시게의 저돌적 행동에 시게나리의 젊음이 폭발했다. 일단 폭발하면 그는 강했다. 밭 가운데서 요시시게를 에워싸고 그 포위가 풀렸을 때 요시시게의 모습은 이미 말 위에 없었다.

중상인 모양이었다. 낙마한 요시시게의 주위로 달려온 병사들이 그를 부축해 일으키는 모습이 보였다.

"장수 하나를 거꾸러뜨렸다. 시작이 좋았다! 때를 놓치지 말고 적을 무찔러라."

키무라 시게나리는 이미 진두에 서려 하지 않았다. 겨우 침착성을 되찾은 지휘자로서 전군에 눈을 돌리는 여유를 가지고 의연히 말 위에 앉아 있었다.

8

일단 전투가 벌어지자 이미 어떠한 잡념도 시게나리의 마음에 스며들 틈이 없었다.

적은 요시시게의 부상으로 분명히 당황하기 시작했다. 첫 전투의 상식이 대번에 날아가고, 이때부터 병사들은 이빨을 드러내고 발톱에 의지하는 맹수로 돌변한다. 이 맹수 심리를 오래 지속시킬 수 있는 자가 전쟁터의 육탄전에서는 승자가 된다.

전쟁터의 지휘자는 부하들의 이 광란이 계속되는 시간을 냉정하게 계산해두어야 한다.

"탕탕탕."

아군의 서쪽에서 적의 총성이 울렸다.

'토도 요시카츠가 서쪽으로 방향을 바꿨다.'

키무라 시게나리는 적의 전황을 간파했다.

"공격하라!"

그는 명령과 함께 선두에 서서 서쪽을 향해 창을 겨누고 말을 달렸다. 눈으로 보아 알 수 있도록 지휘자의 의지를 보이려는 것이다.

"와아!"

아군도 서쪽을 향해 화약냄새와 연기 속을 뚫고 공격해오는 토도 군 속으로 돌진했다.

토도 요시카츠 역시 발포와 동시에 쳐들어갈 생각이었다. 그러나 이때에도 시게나리의 예리한 육감은 요시카츠를 능가하고 있었다.

이런 경우, 적을 향해 한 걸음 더 내딛고 있는지의 여부가 세력의 흐름을 결정한다. 밀리기 시작하면 걷잡을 수 없는 패배로 이어진다.

양군은 새싹이 돋고 있는 채소밭에서 격돌했다.

"물러서지 마라! 토도 군의 실력을 과시하라."

요시카츠가 성급하게 진두로 나왔다.

'이겼다!'

시게나리가 안장을 두드렸을 때 무사 하나가 요시카츠에게 창을 꼬나들고 덤볐다.

요시카츠는 창을 버리고 칼을 뽑았고, 그 주위로 병졸들이 달려왔다. 병졸들이 달려오는 것은 그들의 주인이 위험에 처한 상황을 말한다고 해도 좋았다.

베였는가, 아니면 찔렸는가?

병졸들이 에워싼 가운데 요시카츠의 말이 대지를 걷어차는 자세로 달려가버렸다. 물론 말 위에 요시카츠의 모습은 없었다.

"와아!"

아군의 함성이 오르고, 적이 등을 보이기 시작했다. 대장 두 사람을 잃고 적은 무너져갔다.

순간 광기에 들린 아군은 기세가 올라 뒤쫓으려고 했다.

"정지! 추격하지 마라."

시게나리가 지휘봉을 흔들었다. 그에 따라 군사를 거두는 소라고둥이 울렸다.

"이겼다. 추격할 필요는 없다. 그보다 우선 부상한 자를 치료하고 즉시 와카에의 본대에 합류하라."

명령을 내린 시게나리는 이미 말 머리를 돌려 철수군의 선두에 서 있었다.

'우리의 적은 토도 군이 아니다. 결국은 격돌해야 할 이이 나오타카 휘하의 정예이다.'

이이 나오타카도 아직 시게나리와 다름없는 젊은 무사였다. 더구나 형인 나오카츠直勝가 병약하여 대신 가문을 물려받았다. 그래서 아버지 나오마사直政가 떨친 용맹스러운 이름을 더럽히지 않으려고 패기를 불태우며 출진한 그였다.

'이이 나오타카라면 상대로서 부족하지 않다.'

이런 생각으로 시게나리는 우선 토도 군의 우익을 찌르고 일단 와카에의 남쪽 끝인 타마구시 제방 가까이로 철수했다. 그리고 거기서 가지고 온 군량자루를 풀어 천천히 배를 채우기 시작했다.

9

이날 키무라 시게나리와 운명적인 격돌이 불가피하게 된 이이 나오타카는 풍채도 언변도 시게나리와는 대조적인 무뚝뚝하고 과묵한 청년이었다.

눈빛은 꿰뚫을 듯이 날카롭게 빛났으며, 호랑이 장수라고 불리던 키요마사清正와 같은 구레나룻을 길렀다. 그는 사람을 보고도 웃는 일이 거의 없었다. 시게나리가 젊은 여자들의 가슴을 태우는 단아한 용모를 가지고 있는 데 비해 나오타카는 말을 걸려고 접근하다가도 물러서게 되는 인상이었다. 그러나 양자의 투혼과 조심성에는 공통되는 점이 있었다.

이이 나오타카는 그날 새벽 아홉 점 반(오전 1시)에 일어났다.

"모두 식사를 시키도록."

우선 전원에게 밥을 먹이고 나서 점심을 허리에 차게 한 뒤 날이 새기를 기다렸다.

그때 노신 이하라 토모마사庵原朝昌가 나타났다.

"오늘의 가장 중요한 전쟁터는 도묘 사인 줄로 압니다. 곧 그곳으로 출진하시기를."

그 말에 나오타카는 눈을 부릅뜨고 고개를 가로저었다.

"안 돼. 오늘 전투는 야오, 와카에 방면이야. 이 전투를 피하면 후회하게 될 것이야."

어째서 후회하게 된다는 것인지는 말도 않고—

"그대는 우익의 선봉으로 총포대를 이끌고 와카에 제방으로 나가 날이 밝기를 기다리도록."

엄한 어조로 주저 없이 명했다.

일단 말을 하면 번복하는 나오타카가 아니었다. 이하라 토모마사는 시키는 대로 쥬소 가도를 서쪽으로 향해 진군하여 타마구시 제방으로 나와 오른쪽을 대비했다.

좌익의 선봉은 카와데 요시토시川守良利였다. 그는 제방을 왼쪽으로 내려갔고, 나오타카의 본진은 와카에에서 코야 가도로 뻗은 쥬소 가도를 굳게 봉쇄하고 적을 기다렸다.

그 행동으로 미루어볼 때, 이이 나오타카는 오사카 무장 중에 이에야스나 히데타다의 본진을 측면에서 공격하려는 자가 반드시 이 길로 나올 것으로 판단하고 대비하고 있었다.

이러한 대비 속에 날이 밝았다. 그때 양자는 타마구시 강을 사이에 두고 대치하고 있었으니, 나오타카의 예상은 그대로 적중했다.

'이곳을 통과시킬 수는 없다!'

입으로 말하지는 않았으나, 투구 밑에서 빛나는 나오타카의 눈은 분명히 그러한 각오를 말해주고 있었다.

"적은 키무라 시게나리의 정예입니다. 즉시 공격합시다."

카와데 요시토시로부터 재촉이 있었으나 나오타카는—

"서두르지 마라. 서두르면 피로해진다."

이렇게 말했을 뿐 여섯 점 반(오전 7시) 무렵까지 움직이지 않았다.

한편—

강을 사이에 두고 대치한 키무라 시게나리는 적의 배치를 확인하면서 식사를 끝냈다. 그리고 야마구치 히로사다에게 명했다.

"총포대 삼백육십 명은 제방 기슭에 매복시켜라."

이대로 시간을 보내면 밤새 걸어온 아군이 불리했다. 시게나리는 서쪽 강기슭에서 일제사격을 가하여 이를 계기로 진격하는 체 위장하고, 반대로 적에게 강을 건너게 하여 수렁의 좁은 길로 이이 군을 끌어들여 싸울 생각이었다.

명령을 받고 총포대는 출동했다.

이때 활부대의 대장 이지마 키에몬飯島喜右衛門이 달려와 시게나리 앞에 한쪽 무릎을 꿇었다.

"적의 좌익이 움직이기 시작했습니다. 그 대장은 카와데 요시토시. 싸울 때가 무르익었습니다."

시게나리는 고개를 끄덕이고 일어섰다.

10

과연 이이 군의 왼쪽 선봉인 카와데 요시토시 군이 타마구시 강을 건너오고 있었다.

'초조해진 모양이군.'

시게나리는 생각했다.

그들이 강기슭에 올라왔을 때를 노려 일제사격을 가한다. 그러면 적은 주춤할 것인가, 아니면 반대로 흥분을 못 이겨 저돌적으로 공격해올 것인가?

이를 보고 이이 나오타카의 본진은 진격을 시작할 터. 아군은 그 기세에 밀리는 체하면서 논 한가운데의 좁은 길을 따라 후퇴한다.

이이 군이 좁은 길로 완전히 들어섰을 때를 기다려 반격을 개시한다.

그러면 젊은 나오타카는 분명히 선두에 섰을 터, 후퇴를 못하고 거기서 생명을 잃는다.

대장을 죽이면 그것으로 싸움은 끝난다. 적은 혼비백산하여 후퇴할 것이 뻔하다.

전투는 그때부터라고 시게나리는 생각했다.

무너지는 이이 군을 추격하여 곧장 쥬소 가도를 통해 코야 가도로 나간다. 이때 과연 코야 가도에 있는 것은 이에야스의 본진일까, 아니면 쇼군 히데타다의 본진일까?

그 어느 쪽이라도 좋다. 이미 이 싸움터를 죽을 곳으로 정하고 있는 시게나리였다. 이에야스이건 히데타다이건 누군가 한 사람의 목을 베고 전사한다…… 그 작전이나, 작전을 구상하고 있는 사고방식도 실로 명쾌하기만 한 시게나리였다.

"쏴라!"

이러한 시게나리의 작전을 알 리 없는 이이의 왼쪽 선봉 카와데 요시토시는 선두에 서서 타마구시 강의 왼쪽 기슭에 도착했다.

"타타탕!"

순간 물결이 일듯 총성이 울려퍼졌다.

"앗!"

시게나리는 나직하게 외쳤다.

분명히 최초의 총성은 아군의 것이었다…… 그러나 그 총성이 사라지기도 전에 건너편 기슭 오른쪽에서 다른 총성이 울렸다.

발포를 한 것은 시게나리가 노리고 있는 이이 나오타카의 본진이 아닌, 이마도 오른쪽 선봉인 이하라 토모마사의 부대인 듯. 그렇다면 토모마사는 카와데 요시토시가 건너편 기슭에 당도할 무렵이 위험할 것이라 판단하여 제방 너머로 신속하게 이동한 뒤 숨 돌릴 겨를도 없이 엄호사격을 가한 것으로 보아야 했다.

양자의 총성으로 왼편 기슭에 수십 구의 시체가 무참하게 나동그라졌다.

이와 함께 시게나리가 명령한 대로 키무라 군은 일제히 논둑 길로 후퇴하기 시작했다. 그와 함께 아직 무사한 카와데 요시토시가 작은 제방 위로 달려올라가 미친 듯이 소리지르는 모습이 보였다.

"카와데 요시토시는 물러가지 않는다. 미친 듯이 쫓아올 터."

여기까지는 시게나리가 예상했던 대로였다.

그때, 물러가기 시작하여 적에게 등을 보인 아군 뒤쪽에서 ——

"와아!"

적의 함성이 올랐다.

시게나리는 눈을 부릅뜨고 새로 강을 건너기 시작한 적을 노려보았다. 이이 나오타카의 본진은 아니었다. 카와데 군을 엄호하고 있던 오른쪽 선봉 이하라 군이 곧바로 강을 가로질러 공격해오고 있었다.

시게나리의 입에서 무섭게 혀를 차는 소리가 새나왔다.

이하라 군 따위는 수렁 속으로 유인한다 해도 의미가 없다. 그가 노리고 있던 것은 이이 나오타카의 본진.

"반격하라! 물러나지 마라! 돌아서서 카와데 군을 짓밟아라!"

키무라 시게나리의 호령소리가 요란하게 사방에 울렸다.

11

키무라 군은 시게나리의 명령으로 방향을 돌렸다. 추격하는 카와데 군 앞에 창을 꼬나들고 가로막아 섰다. 이러한 상황은 추격하는 카와데 군도, 좀더 깊이 논으로 끌어들일 계획이었던 키무라 군으로서도 생각지 못한 일이었다.

예상을 벗어난 이 약간의 변화가 전쟁터에서는 결정적인 비중으로 작용, 혼란의 길로 몰아세운다. 개인적인 체력의 차이로 쫓는 자와 쫓기는 자가 뒤섞여 순식간에 쌍방의 대열이 무너져간다.

"물러서지 마라! 지금이 중요한 갈림길이다."

카와데 요시토시는 그때 이미 깊은 상처를 입고 있었다. 최초로 적을 돌파할 때 넓적다리를 깊게 찔렸다. 하지만 그는 뒤돌아보려 하지 않았다. 그의 병력이 움직이기 시작하는 순간 키무라 시게나리가—

"초조해지는 모양이군."

이렇게 본 것이 적중했다.

무리도 아니었다. 얼마 멀지 않은 야오로부터 도묘 사에 걸친 전투의 총성과 함성이 파도처럼 들려오고 있었다.

오른쪽 선봉으로 선발된 이이 가문의 노장 이하라 토모마사는 몇 번이나 사자를 보내 요시토시를 만류하고 있었다. 공격해나갈 때는 우익의 선봉과 좌익의 선봉이 행동을 같이하는 것이 좋다고.

젊은 요시토시는 그렇게 생각하지 않았다. 어느 쪽이든 한 부대가 공격해나가면 그 방면에 적의 주의가 집중되므로 다른 부대가 나가기 쉽다는 계산으로 자진하여 먼저 공격을 시작했다.

지금 요시토시는 그 이하라 군의 엄호를 받고 더구나 뒤에서 지원을 받고 있었다. 지금 카와데 군이 무너진다면 그야말로 이하라 군까지 그 기세에 휘말려들어 돌이킬 수 없는 혼란을 빚어낼 터.

"물러서지 마라! 물러서면 뒤에서 오는 이하라 군의 방해가 된다. 진격하다 죽어야 한다. 진격……"

그러나 요시토시의 노호도 오래 계속되지는 않았다.

"와아!"

노도와도 같은 이하라 군의 함성이 카와데 군을 뒤따라왔을 때 이미 카와데 요시토시의 모습은 선두에 있지 않았다. 난전 속에서 장렬히 전사해갔던 것.

이하라 군과 카와데 군이 교체되었다······고 생각했을 때 키무라 군의 후퇴방법 또한 처음에 예정했던 작전대로가 아니었다.

키무라 시게나리가—

"아뿔싸!"

후회한 것은 그때였다.

카와데 군, 이하라 군으로 하여금 공격하게 하고 이이 나오타카의 본진은 이상한 중량감을 보이면서 서서히 움직이고 있었다.

나오타카와 결전을 벌이려면 우선 이하라 군을 격파해야 하는데, 그만 아군이 무너지기 시작했다······

시게나리는 당황한 자기 군사에게 멈추라고 꾸짖는 대신 갑자기 말을 몰아 달려오는 적 속으로 뛰어들었다. 잠시 동안 격류에 저항하는 하나의 바위처럼 보였다. 10여 명은 베었을 터······

이윽고 격류는 지나갔다. 이번에는 강기슭의 작은 제방을 넘어 푸른 억새가 무성한 강기슭으로 나와 시게나리는 말에서 내렸다. 타는 듯이 목이 말랐다.

시게나리는 말과 자기도 마지막으로 목을 축이고, 이이 나오타카의 본진을 향해 정면으로 돌격하려는 각오였다.

12

그곳에서도 적과 아군의 함성이 파도처럼 들려왔다.

시게나리는 물가에 엎드려 허겁지겁 두 손으로 물을 떠 마셨다. 그리고 문득 손을 놓는 순간 물에 비친 자기 모습을 보고 깜짝 놀랐다. 모습이 달라져 있었다. 단아하고 점잖던 평소의 자기 대신, 눈에 핏발이 서고 땀에 젖은 일그러진 사나이의 얼굴이 시게나리 자신을 노려보고 있었다.

'이것이 키무라 나가토노카미 시게나리란 말인가?'

그런 생각을 하는 찰나, 갑자기 비명을 지르며 휙 물러서는 아내 오키쿠阿菊의 공포에 찬 얼굴이 보였다.

'놀라지 마라. 이게 또 다른 시게나리의 얼굴이다.'

그 증거로 괭이 모양의 투구장식, 비늘이 달린 듯한 갑옷, 붉은 색 갑옷자락은 틀림없이 무장한 자신의 모습. 아니, 그 무장에도 군데군데 피가 튀었고, 자신도 또한 몇 군데 상처를 입고 있었다. 더구나 목을 축인 자신의 육체에서 아직도 넘치듯 솟아오르는 투지만만한 힘을 느낄 수 있었다.

"오오!"

시게나리는 소리를 질렀다. 물가에서 기를 쓰며 일어서려는 찰나 투구의 앞머리 장식에 앉은 잠자리 한 마리가 마치 그림을 그린 듯이 물에 비쳤다.

"너도 역시 치열하게 살고 있구나……"

바로 머리를 흔들지 못하고 저도 모르게 미소를 떠올렸다. 그 모습이 바로 눈에 익은 자기 얼굴이었다.

"좋아, 잠시 동안 쉬었다가 가거라……"

바로 그 순간이었다.

"아이구, 적의 대장이군. 나는 그 유명한 이이 군의 선봉대장 이하라스케에몬庵原助右衛門!"

그 소리가 뜻밖에 가까이에서 들렸다. 그때 급히 쫓아온 충성스런 충복 타헤에太兵衛가 강에서 말을 끌어올리려 하고 있었다.

"주인님, 위험합니다!"

하인이 외치는 것과 시게나리가 벌떡 일어나 칼을 뽑은 것은 동시의 일이었다.

"뭐, 이하라 스케에몬 토모마사?"

"덤벼라!"

이때 토모마사는 70세. 한 간 반짜리 창을 꼬나들고 창끝을 시게나리의 목에 갖다대었다.

시게나리는 화끈 전신이 뜨거워졌다.

전투에 익숙한 노장이어서 토모마사의 자세에는 전혀 틈이 없었다. 창끝을 후려칠 여유도 없었다. 그 역시 바로 조금 전까지는 두 간 한 자 반인 북방식 곧은 창을 휘두르며 싸웠다.

'그 창을 버리지 않았더라면 단번에 찌를 수 있겠는데……'

그래도 칼을 수직으로 세우고 무섭게 달려들었다. 무기를 비교해보고 초조해졌기 때문이다.

"얏!"

토모마사는 몸을 뺐다. 얼굴 근처에 약간의 상처를 입으면서…… 그리고 움츠렸던 허리를 꼿꼿이 폈을 때는 눈에 보이지 않는 속도로 창을 내뻗었다.

"음……"

찔린 것은 허벅지에서 왼쪽 옆구리 부분이었다.

"나무아미타불."

토모마사는 얼른 창을 내렸다. 그러나 이번에는 찌르지 않고 창자루를 세우고 쓰러진 시게나리를 내려다보고 있었다.

"아직 젊군. 나무아미타불, 나무아미타불."

시게나리는 칼로 땅을 짚고 비틀거리며 일어나려고 했다.

이 노인이 단지 한 번 찔렀을 뿐…… 그것만으로 키무라 나가토노카미 시게나리 정도나 되는 자가 죽어서야 된단 말인가.

정신을 차리고 보니 노인은 목에 큰 염주를 걸고, 시게나리가 다시는 일어나지 못할 것을 알고는 염불을 외우고 있었다……

13

가엾게 여기고 있다는 느낌은 젊은 시게나리로서 견딜 수 있는 일이 아니었다.

"음…… 덤벼라!"

다시는 일어나지 못할 것을 알고 시게나리는 칼끝만을 상대에게 겨누었다. 그러나 상대는 염불을 그치지 않고—

"전쟁이란 비참한 거야, 강한 체하지 마라."

다시 물었다.

"이름이 뭐냐? 유족에게 남길 말이 있다면 들어두겠다."

"닥쳐라! 왜 당장 목을 치지 않느냐?"

"그 일 말이냐?"

이하라 토모마사는 쓴웃음을 지었다.

"난 말이다, 일흔 살이 된 이이 군의 한 대장이다. 너 같은 젊은이의 목을 쳤다고 해서 자랑이 될 만큼 무공이 적은 자가 아니다. 일어서지 못한다고 알았다면 너도 염불을 외우는 것이 어떠냐?"

"에잇, 잔소리 말고 어서 목을 쳐라."

"정말 답답한 젊은이로군. 갑옷 밑으로 흐르는 자기 피를 모르는 모양이구나. 누가 목을 치지 않아도 곧 저승에 가게 된다. 나무아미타불…… 나무……"

토모마사가 그냥 가려고 하자 시게나리는 화가 치밀었다. 이처럼 큰 모욕을 당한 일은 일찍이 없었다.

"기다려라! 으……으…… 기다렷!"

바로 이때 ──

"어르신!"

그곳으로 달려와 푸른 갈대 그늘에서 이하라 토모마사에게 말을 건넨 자가 있었다.

"아, 안도 쵸자부로安藤長三郎로군."

"어르신…… 저는 오늘 전투에서 아직 적의 목을 하나도 베지 못했습니다."

"목에 구애받지 말라……고 주군이 말씀하셨을 텐데?"

"그러나 하나도 베지 못하면 동료들에게 체면이 서지 않습니다. 보아하니 제법 신분이 높은 자의 투구, 그 머리를 제게 주십시오. 아직 칼을 쳐들고 있으니 목을 주운 것은 아니지 않습니까?"

노인은 흘끗 시게나리를 돌아보았다.

"그렇게 하는 편이 명복을 비는 일이 될지도 모르겠구나. 그럼, 마음대로 하여라."

이렇게 내뱉고 그냥 성큼성큼 사라졌다. 안도 쵸자부로는 ──

"감사합니다!"

한마디 하고 시게나리에게 다가갔다.

시게나리는 칼을 쳐들고는 있었으나 벌써 시력이 흐려져 있었다. 토모마사의 말처럼 갑옷 밑으로 흘러나온 피가 무릎을 적시고 있었다.

"누군지는 모르나 내가 목을 갖겠다. 실례!"

참으로 기괴한…… 키무라 시게나리 정도나 되는 자가 그 짧은 생애에서 상상조차 해보지 못한 운명의 마지막이었다……

"좋아, 좋아. 이것으로 체면은 선다."

안도 쵸자부로는 시게나리의 목을 치고 시체의 허리에 찼던 흰곰의 깃발을 뽑아 목을 싸서 아무렇게나 허리에 차고 뛰어갔다.

바로 직전까지 곁에 있던 하인과 말은 어디론가 사라져 보이지 않고,

목이 없어진 동체에는 어느 틈에 파리가 떼지어 달려들었다.

　전투는 키무라 군의 완패였다. 아니, 키무라 군만이 아니었다. 그 무렵에는 바로 옆 야오에서 싸우고 있던 쵸소카베 군도 패색을 감추지 못했다. 그런 가운데 5월 6일 오후의 전쟁터는 점점 엷은 햇살이 퍼짐에 따라 고요를 되찾고 있었다……

사나다 군기軍記

1

사나다 유키무라는 군사 3,000을 거느리고 텐노 사에서 도묘 사를 향해 행군하고 있었다.

이 방면의 제1진은 고토 마타베에 모토츠구. 제1진을 지원하기 위한 제2진의 모리 카츠나가 또한 3,000의 군사를 이끌고 날이 밝기 전에 텐노 사를 출발했다. 선봉인 고토 군으로부터 연락이 오는 경우를 대비, 사나다 군은 좀더 진군을 서둘러도 좋았다.

유키무라는 설쳐대는 부하들을 제지할 뿐, 굳이 진군을 서두르지 않았다. 물론 와카에로 나간 키무라 시게나리 군을 염려하는 마음을 떨쳐버릴 수는 없었다. 그뿐만이 아니었다.

'고토 모토츠구는 이미 죽을 각오를 하고 있다……'

모토츠구의 그런 마음도 무리가 아니라고 유키무라는 생각했다.

"무사는 자기를 알아주는 자를 위해 죽는다."

이런 전국인의 마음가짐을 사는 보람으로 삼은 사람, 뜻에 맞지 않아 주군에게 사의를 표하고 쿠로다 가문을 깨끗이 떠나왔다는, 누구에게도 뒤지지 않는 고집을 가진 마타베에 모토츠구였다. 그런데 그는 히데요리 이상으로 자기 실력을 높이 평가하는 것이 실은 이에야스이고 히데타다였음을 알고 있었다. 그는 자기를 알아주는 이 두 사람에게 의리를 세워 제1진에서 전사를 바라고 있었다.

모토츠구의 이런 마음을 잘 알고 있었기 때문에 사나다 유키무라는 진군을 서두르지 않았다…… 서둘러 고토 군과 합류하면 사나다 군도 그 기세에 휩쓸려 함께 전사해야 할 처지가 될 수밖에 없다.

'아직은 죽을 수 없다!'

결코 생사에 대한 망설임이 아니었다. 이 역시 한 발짝도 양보할 수 없는 사나다 사에몬노스케가 지닌 인생의 고집이었다.

'이 세상에 전쟁이 사라질 리 없다……'

그렇게 믿고 내디딘 이번의 오사카 입성. 상대인 이에야스가 자기가 믿는 신념과는 반대로—

'평화로운 세상을 만들 수 있다!'

이렇게 믿고 있는 이상, 무의미하게 전사한다면, 유키무라 자신은 호적수에 대해 불성실하게 된다.

'평화로운 세상을 만들 수 있다……'

이 신념은 잘난 체하는 인간의 오만에 불과하다. 만일 가능하다면, 그 방심에 일침을 가하기 위해서라도 한바탕 혼을 내주는 것이 무사의 정의情誼일 터.

'나는 아직 죽을 수 없다! 아직도 이에야스에게나 히데타다에게 선물을 주지 않았다.'

사나다 유키무라의 이런 마음은 아마도 이 전쟁터에 나온 그 누구도 쉽게는 이해하지 못할 묘한 인간의 고집이었다. 아니, 그 고집마저도 날이 밝기를 기다려 텐노 사를 출발했을 때는 사라지고 지금은 어떻게 싸울 것이냐 하는 일념뿐……

유키무라는 이에야스가 진을 쳤으리라 생각되는 호시다 부근 하늘로 차가운 시선을 던진 채 말을 몰았다.

이코마에서부터 이어지는 그 주변의 산맥에는 안개뿐이라고는 할 수 없는 비구름이 감돌고 있었다.

'호시다에서는 오늘 아침 가랑비가 내리고 있을지 모른다.'

가랑비가 내리고 있다면 이에야스는 자기 나이를 생각하여 진지에는 나오지 않을지도 모른다. 이에야스가 없는 전쟁터에서 전사한다면 전혀 의미가 없다.

그러한 이유로, 고토 모토츠구나 모리 카츠나가로부터 구원 요청이 있을 경우에는 급히 달려갈 수 있도록 하면서 유키무라는 유유히 전진해갔다. 물론 와카에로부터 야오 방면에도 또한 계속 주의를 기울이고 있었다.

이렇게 하면서 사나다 유키무라가 후지이데라 마을에 도착한 것은 넉 점 반(오전 11시)경이었다.

2

후지이데라에는 이미 모리 카츠나가가 거느린 3,000의 군사가 먼저 도착해 있었다. 유키무라는 곧바로 카츠나가의 진지를 방문하여 도묘사 방면에 있는 고토, 스스키다 양군의 전황을 물었다.

"이미 승부가 결정된 모양입니다."

민가 한 채에 걸상을 놓고 앉아 있던 모리 카츠나가는 유키무라의 생각을 어렴풋이 짐작하고 있는 눈치였다.

"패전한 두 부대의 패잔병들이 속속 이리 오고 있습니다. 모두가 전투에 지친 처량한 병졸들입니다."

"참, 안타까운 일이군요."

유키무라는 태연하게 대답했다.

"내가 조금만 더 일찍 도착했더라면 귀하와 함께 후군을 맡을 수 있었을 텐데…… 마음 아픈 일입니다."

이럴 때의 유키무라는 가증스러울 정도로 냉정한 거짓말쟁이였다. 그는 자기가 도착하지 않으면 모리 카츠나가도 전진할 수 없다는 사실을 잘 알고 있었다. 유키무라 자신이 일부러 급하게 진군해오지 않았던 것은 고토 모토츠구의 최후를 장식하는 전투에 모리 카츠나가까지 말려들게 해서는 안 된다는 생각 때문이기도 했다……

이때 다시 후쿠시마 마사모리, 와타나베 쿠라노스케, 오타니 요시히사, 이키 토카츠 등이 속속 도착했다. 그들은 모두 혈안이 되어 달려왔다. 출발이 사나다 군보다 늦었기 때문이다.

그때 후지이데라에 집결한 서군은 1만 2,000명이 넘는 병력이었다.

"조급해서는 안 되오!"

여러 장수들을 앞에 두고 유키무라는 차분히 말했다.

"고토 군을 무찌른 기세로 강습強襲해오는 적이 미즈노 카츠나리만은 아니오. 다테의 일만 군사도 있고, 마츠다이라 타다테루의 구천 군사도 있소. 이들 대군을 오후의 전투에서 어떻게 대하고 어떻게 격파하는가가 오사카의 운명을 결정하게 될 것이오. 적이 노도와 같이 밀려올 때는 우리는 한쪽 무릎을 세우고 낮은 자세를 취하도록…… 그들은 반드시 말을 타고 발포할 터이니 자세를 낮게 하면 탄환은 머리 위를 스치고 지나갈 것이오. 그때부터 분연히 일어나 다가오는 적을 인마와 함께 찔러 쓰러뜨려야 하오."

유키무라가 설명한 이 내용은 쿠도야마九度山에 있을 무렵부터 여러 번 시험한 작전이었다.

말을 탄 총포대가 노릴 때는 꼿꼿이 서 있어서는 안 된다. 일단 엎드

려 탄환을 피하면 화승총이기 때문에 연속 사격이 불가능하고, 기세를
타고 달려오는 적은 스스로의 기세 그대로 아군의 창과 조우하게 됨은
너무도 당연한 일이었다.

물론 이 전략만으로 전세를 좌우할 수 있는 전투는 아니었다.

"아군의 총포대도 적이 발포할 때를 노려 발사합니다. 다만 기세를
타고 너무 앞서 나가지 않도록……"

유키무라는 이렇게 말한 뒤 문득 합장을 했다.

"뜻하지 않게 늦어져 고토, 스스키다 두 장수를 비롯하여 많은 군사
들을 잃음은 모두 이 유키무라의 잘못…… 오늘은 이미 싸울 기회가 사
라졌소. 그러므로 와카에와 야오의 아군이 패했다는 전황이 확인되면
곧 군사를 거두어 철수하시오. 물론 그때는 이 유키무라가 후미를 맡겠
소. 결전은 내일 텐노 사와 챠우스야마! 그때까지는 부디 군사를 아끼
고 목숨을 소중히 간직하시오."

이는 유키무라의 진실 반, 거짓 반을 섞은 작전. 아니, 모토츠구와 카
네스케를 죽게 한 죄책감은 결코 거짓이 아니었다. 그렇게 하지 않았더
라면 서군은 모두 서둘렀을지도 모른다……

3

모두를 광인으로 만드는 전쟁터에서 물처럼 냉정함을 유지한다는
것은 기적과도 같이 어려운 일. 사나다 유키무라는 그 어려운 이성理性
을 활용함으로써 통렬하게 칸토 군에게 일격을 가하고 오늘은 그대로
전쟁터를 벗어나야 한다고 생각했다.

아직 이에야스의 본진이 나타났다는 보고는 없다.

정오가 되었다. 주위에는 엷은 햇빛이 비치고 있었다. 그러나 호시

다에서는 아침까지 가랑비가 내렸던 듯, 이에야스는 진흙에 말이 빠질 것을 경계하여 진지를 떠나지 않은 모양이다. 이렇게 조심성 많은 이에야스 앞에서 유키무라는 후퇴한다…… 이에야스는 기회를 놓치지 않으려고 오늘밤 안에 진영을 옮겨 진군해온다.

지금 후퇴한다면 전쟁터가 될 곳은 겨울 전투 때도 격전장이었던 텐노 사에서 오카야마에 이르는 부근일 수밖에 없다.

'이에야스는 승리한 경험이 있는 챠우스야마에 다시 포진하려고 할 것이다……'

사람에게는 그런 습성이 있다. 따라서 유키무라도 그 챠우스야마 근처에 그물을 쳤다가 이에야스를 사로잡는다.

유키무라의 안중에 승패는 이미 없었다. 지금 그에게 있는 것은 전쟁이란 영원히 사라지지 않는다는 신념뿐. 시나노에 10만 석을 주겠다던 이에야스…… 이에야스 식 의리에 진 고토 모토츠구는 자진하여 전사했다. 그러나 사나다 사에몬노스케 유키무라는 그렇게 인정에 사로잡히는 단순한 사람이 아니었다. 진정으로 은혜를 갚으려면 이에야스 자신의 목숨을 빼앗아 평화란 존재하지 않는다는 사실을 세상사람들에게 알려야 한다.

'그래야만 십만 석에 대한 보답을……'

후지이데라 마을의 민가에서 전투를 위한 의논을 끝냈을 때는 벌써 정오. 와카에에서는 키무라 시게나리가 천천히 배를 채우고 있을 무렵이었다.

유키무라는 모리 군과 헤어져 와타나베 쿠라노스케 일대와 합류했다. 그리고는 그 우익이 되어 도묘 사 강기슭 오른쪽에 있는 콘다 마을로 향했다. 도중에 이르는 곳마다 고토 군의 패잔병이 부상을 입고 숨어 있었다. 아무도 모토츠구의 전사는 알지 못했다. 그러나 전투는 완전한 패배였던 듯.

유키무라는 될 수 있는 대로 도묘 사 정면을 피해 서쪽으로 갔다. 그
곳으로는 반드시 다테 군이 온다. 다테 군에는 그의 사위 카타쿠라 코
쥬로片倉小十郎가 지휘하는 일대가 있다.

'그들과 부딪치면 좋지 않다……'

유키무라에게는 이러한 기분도 있었다. 그러나 그 이상으로 그에게
는 한 가지 호기심과 의문이 있었다. 다테 마사무네와 오사카 성의 천
주교 신부들 사이에 무언가 관련이 있을 것만 같았다.

'다테 군은 어떻게 싸우려는 것일까……?'

이를 확인하는 일은 내일의 결전에 중요한 의미를 지닌다. 유키무라
는 그 사실을 확인하기 위해서는 다테 군을 자기 적으로 삼지 않는 편
이 유리하다고 생각했다.

유키무라가 강기슭으로 나가려 했을 때였다. 왼쪽 전방에서 우르르
흩어져 퇴각해오는 한 무리의 병졸이 있었다.

"누구냐, 누구의 부하냐?"

말 위에서 유키무라가 물었다. 상대는 아군인 키타가와 노부카츠의
군사라고 했다. 아군이라면 내버려둘 수는 없다.

유키무라는 혀를 차고 말 머리를 돌렸다.

4

'유키무라가 생사를 거는 전쟁터는 여기가 아니다!'

이렇게 생각했지만, 내일 전투에 임할 아군의 사기는 오늘의 전투와
무관하지 않다. 오늘의 사기가 그대로 내일로 이어진다.

키타가와 노부카츠 군의 고전에 유키무라는 동행하고 있던 아들 다
이스케 유키츠나大助幸綱에게 명해 그 자리에 진을 치게 했다. 그리고

자신은 단기로 앞서 나가 있는 키타가와 노부카츠에게 달려갔다. 그때까지도 그는 키타가와 군을 압박해오는 적이 누구인지 몰랐다.

"키타가와 님, 두세 정 정도 후퇴하시오. 그리고 나의 군사와 교대하시오. 뒤는 내가 맡겠소."

일단 적에게 등을 보인 군사를 다시 정비하려면 이렇게 하는 외에는 방법이 없었다.

곧…… 사나다 군의 후방으로 키타가와 군을 일제히 후퇴시킨다. 그리고 사나다 군은 낮은 포복자세로 추격해오는 기마 총포대가 다가올 때까지 기다린다. 말할 것도 없이 양자가 격돌하기 직전에 일제사격을 가하고 이를 계기로 육탄전을 전개한다.

그때가 되면 일단 사나다 군과 교체한 키타가와 군도 배후로부터의 추격이 차단되므로 안심하고 적과 맞설 수 있다. 맞설 수 있다는 것은 더 이상 우왕좌왕하는 패잔병이 아니라는 뜻이다. 자신의 위기를 구해준 사나다 군과 승리를 겨루는 제2진으로 되살아난다.

유키무라의 지휘는 언제나 이러한 역학力學과 인정의 미묘한 배합으로 이루어지곤 했다. 그리고 이때도 그의 지휘는 보기 좋게 성공을 거두었다.

생기를 되찾은 키타가와 군은 유키무라의 지휘로 일제히 후퇴하기 시작했다. 적은 맹렬히 추격해왔다. 유키무라의 말 탄 모습이 다이스케 유키츠나와 와타나베 쿠라노스케가 전개하고 있는 아군의 전선으로 뛰어드는 것과 동시에 대기하고 있던 사나다 총포대는 적의 선두를 향해서 일제히 사격을 개시했다.

그 일제사격이 주위의 산하에 울려퍼졌을 때 전쟁터의 공기는 완전히 역전되어 있었다. 키타가와 군의 당황하는 발걸음은 멈춰졌다. 그들의 패세가 그대로 훌륭한 유인의 미끼가 되었다.

사나다 군이 자신만만하게 창을 꼬나들고 돌격하기 시작했다. 이에

맞서 적은 10여 분 가량 격투를 벌이다가 재빨리 군사를 철수시켰다. 양자의 거리는 대여섯 정이나 되었을까.

"과연 훌륭한 용병술이다. 적을 확인하라, 누구의 군사인가?"

유키무라는 말 위에 우뚝 서서 이 역시 방향을 바꾼 키타가와 군을 점검하면서 물었다.

"예. 적은 그 유명한 다테 군의 카타쿠라 코쥬로의 군사입니다."

키타가와 노부카츠의 대답.

"뭐, 카타쿠라……?"

어지간한 유키무라도 이때만은 얼어붙은 듯한 얼굴이 되었다.

"으음, 카타쿠라 군이었구나……"

난세의 전쟁터에는 언제나 예기치 않은 무정한 복병이 있게 마련.

'유키무라 자신이 피하기를 원한 사위의 군사……'

바로 그 군사가 갑자기 그의 전면을 가로막을 줄이야…… 더구나 이 전투는 아군의 사기를 진작시키기 위해 일부러 떠맡고 나선 일전. 물러 난다는 것은 생각조차 할 수 없었다.

그때 카타쿠라 군 안에서도 같은 일이 큰 놀라움이 되었다……

5

다테 군으로서도 사나다 군과의 결전은 피하고 싶었을 터.

도묘 사 방면의 정면에 해당되는 가장 북쪽에는 미즈노 카츠나리와 야마토 군 장수들을 배치했다. 그 다음에는 혼다 타다마사의 이세 군과 마츠다이라 타다아키의 미노 군을, 그리고 제일 남쪽인 콘다 마을을 향해 진군해온 것은 다테 군이었다.

사나다 유키무라도 도묘 사 입구의 정면을 피하고 콘다 마을로 나왔다. 그리고 양자는 불가피하게 격돌할 상황에 놓이고 말았다.

카타쿠라 코쥬로는 독단적인 행동을 피하여 부하장수들과 의논하는 형식을 취했다.

"전면의 적은 우리가 택하기에 달렸소. 어느 군사와 싸워야겠소?"

키타가와 노부카츠의 군사는 이미 사나다 군과 합류해 있었다. 그러나 그 우익에는 야마카와 카타노부, 그 왼쪽에는 후쿠시마 마사모리, 오타니 요시히사, 이키 토카츠 등의 군사가 3정 가량의 간격을 두고 기치를 나란히 하고 있었다.

조금만 방향을 바꾸면 어느 군사를 택해 돌파구로 삼든 자유로운 위치였다. 그러나──

'결전은 내일이 될 터.'

이러한 생각에 그는 사기의 안배를 무시할 수 없었다.

자칫 서툰 전투를 하여 기세가 꺾이면 다음 전투를 할 수 없게 된다. 그래서 일부러 상의하는 형식을 취했는데, 장수들의 대답은 카타쿠라 코쥬로에게는 비정하기 짝이 없는 것이었다.

"물론 붉은 갑옷 부대입니다. 그들이야말로 호적수, 붉은 갑옷 부대를 치기로 합시다."

붉은 갑옷 부대란 말할 것도 없이 깃발부터 투구에 이르기까지 모두 붉은 색으로 통일한 사나다 군.

"좋소, 그럼 결정되었소. 기마대를 둘로 나눕시다. 그리고 총포대는 그 두 부대의 좌우에 매복했다가 적장을 노리는 것이오. 명성을 떨친 그들에게도 한 가지 약점이 있소. 대장을 잃으면 순식간에 무너진다는 점이오. 대장을 노려야 하오."

인정과 전략은 양립되지 않는다. 아니, 인정에 구애받지 않는 마음가짐은 전쟁터에서 무사들이 지켜야 하는 첫째가는 도리.

사나다 유키무라는 카타쿠라 군 전면에 배치한 붉은 갑옷 부대의 중앙에 서서 상대의 동향을 찬찬히 지켜보고 있었다.

사나다 군 역시 여기서 패전하리라고는 생각지도 않고 있다. 상대가 피한다면 몰라도 공격해온다면 반드시 이를 무찔러야만 한다.

카타쿠라 군이 패퇴한다고 해도 이는 다테 군의 일부에 지나지 않고, 칸토 군이라는 거대한 군단을 이끌고 있는 이에야스로서는 모기에 물린 정도. 그러나 사나다 군이 패한다면 그것은 곧바로 오사카의 사기를 대번에 떨어뜨리는 결과가 된다……

'인생에서는 이 얼마나 묘한 복병을 만나게 되는 것일까……?'

"아버님! 드디어 적이 나오고 있습니다."

다이스케가 숨을 몰아쉬며 말을 달려왔다. 유키무라는 아직 지휘봉을 들지 않았다.

"당황할 것 없다. 기다리는 거야. 철저히 준비하고 기다리는 자가 초조하게 공격하는 자보다 몇 배나 더 유리하다. 참, 다이스케, 적장의 목은 네 손으로 베어야 한다."

"알겠습니다."

다이스케는 들뜬 목소리로 대답했다.

6

소라고둥은 먼저 카타쿠라 군 쪽에서 울려퍼졌다. 동시에 일단의 기마대가 함성을 지르며 사나다 군 한가운데를 향해 돌진해왔다.

사나다 군은 매복했다가 이를 받아치려고 창을 꼬나들고 있었다. 그러나 이미 사나다 군의 전법을 예측하고 있던 기마대는 밭으로부터 강바닥 쪽으로 선풍을 일으키며 또 하나의 부대와 교대했다. 교대하면서 저격하는 총포의 정확성은 소름이 끼칠 정도였다.

"위험하다! 사나다 님 부자가 위험하다."

옆에서 와타나베 쿠라노스케의 부대가 뛰어들었을 때는 피아간에 일대 혼전을 벌이고 있었다. 누가 대장인지도 구별 못할 만큼.

"카타쿠라 코쥬로는 어디 있느냐?"

사나다 다이스케가 빨간 갑옷에 빨간 하타사시모노를 단 채, 번갈아 쳐들어오는 기마무사의 흐름 속을 다섯 번, 여섯 번이나 뚫고 들어갔다. 그러나 아무도 그를 막아서서 이름을 밝히려는 자가 없었다. 모두 멈춰서기만 하면 총포의 먹이가 되는 선풍과 같은 돌격이었다.

깨닫고 보니 이미 다이스케는 오른쪽 허벅지에 부상을 입고 있었다. 물론 다이스케만 당한 것은 아니었다. 다이스케도 서너 명에게 한 번씩 창을 찔렀다고 생각하며 다시 바라보니, 선풍을 일으키고 있는 다테 군의 대부분이 피를 흘리고 있었다.

'이때다!'

다이스케는 눈에 핏발을 세우고 코쥬로의 모습을 찾았다.

땅에 쓰러진 자들은 적인가 아군인가?

점점 낙오되는 자가 불어났다. 앞으로 두어 바퀴 도는 동안 힘을 다한 이 전쟁터의 최후가 온다……고 생각했을 때 선봉에 섰던 적의 일대가 붉은 갑옷의 아군 두 사람을 좌우로 베어 쓰러뜨리고—

"비켜라!"

크게 소리지르면서 달려갔다.

실은 그것은 다이스케가 노리던 카타쿠라 코쥬로의 퇴각명령이었다. 다이스케는 아직 이를 깨닫지 못했다.

"추격하라, 지금이다! 적은 겁을 먹었다."

적이 퇴각하는 쪽이 콘다 마을임을 알았을 때 다이스케는 이겼다고 생각했다.

"아버님! 아버님은……?"

"오오, 다이스케 님이군요. 아버님은 저기 계시오."

달려와서 뒤쪽 제방을 가리키는 와타나베 쿠라노스케도 왼편 얼굴에 피가 줄줄 흐르고 있었다.

"쿠라노스케 님, 지금이오! 추격합시다."

"알았소!"

그때 유키무라의 정지명령이 떨어졌다. 철수하라는 소라고둥이 이번에는 사나다 군 쪽에서 울렸다.

"지금 물러서다니, 이게 어찌 된 일입니까!"

아버지 유키무라의 눈은 정확했다. 카타쿠라 군은 공연히 물러간 것이 아니었다.

카타쿠라 군이 위험하다고 보고 다테 군에서 오쿠야마 데와奥山出羽의 정예부대가 역시 기마대를 몰고 나왔다…… 그들의 출격을 확인하고 철수했던 것이다. 만약 다이스케가 기세를 몰아 적을 뒤쫓았더라면, 오쿠야마 군에게 퇴로가 차단되어 젊은 생애를 마쳤을 터.

오쿠야마 부대가 도착하기 직전에 사나다 군은 콘다 마을 서쪽을 향해 질서정연하게 물러가기 시작했다. 와카에에서 키무라 시게나리가 전사할 무렵이었다……

7

나중에야 알게 된 일이지만, 이날 카타쿠라 부대에서 상처를 입지 않은 자는 하나도 없었다……고 하니, 그 격전이 얼마나 치열했는지 상상할 수 있다.

사나다 쪽에서도 다이스케 유키츠나를 비롯하여 와타나베 쿠라노스케, 후쿠시마 마사모리, 오타니 요시히사가 모두 약간의 상처를 입고 있었다. 아니, 냉정하기 짝이 없는 유키무라의 지휘가 없었더라면 이 전투에서 서군은 궤멸했을지도 모른다.

유키무라는 콘다 마을 서쪽으로 군사를 철수시키고 곧바로 서군 전체의 전황을 점검하기 시작했다.

그가 지난해 겨울 전투 이후 오늘에 이르는 동안 끝까지 신뢰할 수 있는 전력……이라 기대하고 있는 것은 모리 카츠나가 군과 쵸소카베 모리치카 군 정도였다. 그 외에는 지나치게 용감한 척하거나 감정에 치우치지 않으면 자부심이 강한 독불장군에 불과했다.

'진정한 전투란 어려운 거야.'

유키무라도 전투에 신이 들렸는지도 모른다. 그러나 전투에 신들린 사나이인 만큼 그의 계산에는 틀림이 없었다.

여덟 점 반(오후 3시) 가까이 되었을 때는 이미 쌍방 모두 지칠 대로 지쳐 체력의 한계를 넘어섰다. 결코 무리가 아니었다. 거의 모든 군사가 한밤중인 여덟 점(오전 2시)부터 행동을 개시했기 때문이다……

지금부터는 어느 쪽이 얼마나 내일을 위해 전력을 비축하느냐가 문제였다.

"전투는 지금부터다. 일단 휴식하라."

잠시 휴식을 명하고 여러 곳의 정보를 수집했다. 야오의 쵸소카베 군은 토도 군에게 상당한 타격을 받고 큐호지에서 남은 군사를 정비하고 있었다. 그러나 와카에 가도로 출동했던 키무라 시게나리 군은 소재를 알 수 없었다.

모를 수밖에 없다. 본진이 궤멸당했으니까……

이때 살아남은 키무라 무네아키 부대로부터 보고가 있었다고, 오노 하루나가로부터 사자가 달려왔다.

"키무라 나가토노카미는 전사하고, 와카에 가도, 야오 가도의 군사가 모두 패했으니 급히 퇴각하시오. 히데요리 님의 명령이오."

유키무라는 정중히 그 사자를 돌려보냈다.

명령을 내리기는 쉽다. 그러나 무사히 퇴각하려면 공격 이상의 책략이 있어야 한다. 그러나 그런 불만을 입에 올릴 때는 이미 지났다. 반단에몬, 고토 마타베에, 스스키다 카네스케, 키무라 시게나리 등은 이미 이 세상에 없다.

'남아 있는 자로 어떻게 내일 전투에 대비할 것인가?'

사자를 돌려보내고 나서 유키무라는 장수들을 모아 퇴로를 상의하기 시작했다.

"이 전쟁터에 아직 한 번도 얼굴을 내밀지 않은 대적이 하나 있소. 바로 마츠다이라 타다테루의 대군…… 그들은 오늘 아침부터 한 번도 전투에 참가하지 않았기 때문에, 만약 이들이 추격해오면 큰일. 그러므로 해가 질 때까지 이곳에 머물다가 적의 동향을 살피는 것이 좋을 듯한데 어떻게 생각하시오?"

물론 반대하는 자가 있을 리 없었다. 퇴각하려면 빠를수록 좋다. 마츠다이라 타다테루의 군사는 최소한 1만 이상은 된다. 그 새로운 군대가 추격전을 벌인다면 견딜 수 없다.

"그럼 일곱 점 반(오후 5시)부터 철수를 개시하겠소. 그때까지 조금이라도 더 군사를 쉬게 하도록."

유키무라의 어조는 여전히 조용했다.

8

유키무라가 콘다의 숲에서 철수할 때를 기다리고 있는 동안에 칸토 군이 새로이 공격을 감행했다면 아마도 오사카 군은 그날 안으로 전멸했을 터였다.

그러나 칸토 군은 서군을 공격하지 않았다. 결코 공격할 군사가 없어서는 아니었다.

앞서 기록한 대로 다테 마사무네의 사위인 에치고의 타카다高田 성주 마츠다이라 카즈사노스케 타다테루의 군사는 아직 그대로 남아 있었다. 더군다나 그 군사는 타다테루가 직접 지휘하고 있는 9,000, 무라카미 요시아키라 휘하의 1,800, 미조구치 노부카츠 휘하의 1,000……등 우에스기 켄신上杉謙信 이래 강하기로 이름난 에치고 군 1만 1,800에 달하는 군사가 도묘 사 입구의 다테 군 뒤에 진을 친 채 움직이려고 하지 않았다.

어째서일까……?

여기에 오늘의 전쟁터……라기보다 이 오사카의 여름 전투 전체에 대한 큰 수수께끼를 푸는 열쇠가 숨겨져 있다.

이에야스의 6남 마츠다이라 카즈사노스케 타다테루는 겨울 전투 때 에도를 지키는 임무를 명령받고 젊은 혈기를 주체하지 못해 안타까워했다.

그런데 이번에는 1만 2,000에 가까운 대군을 지휘하게 되어 공명심을 불태우며 전쟁터에 임하고 있었다. 물론 아직 전투에 익숙하다고는 볼 수 없어 그의 장인인 다테 마사무네가 보좌하고 있었다.

그 타다테루가 전쟁터와 가까운 도묘 사 가도의 코쿠부 앞까지 왔으면서도 다른 모든 부대가 눈앞에서 사투를 되풀이하고 있는데도 어째서 움직이려 하지 않았을까?

이 점에 대해 당시의 전기戰記는 그날의 상황을 다음과 같이 기록하고 있다.

동군의 제오진인 마츠다이라 타다테루는 아침 늦게 나라를 출발했다. 진군 도중에 개전보고를 듣고 서두르기는 했으나, 코쿠부를 거쳐 카타야마에 도착했을 때는 이미 오후가 되어 타다테루 군은 결국 싸울 기회를 놓쳤다. 이를 안타깝게 생각한 하나이 몬도花井主水 (타다테루와 아버지가 다른 누이의 남편)는 즉시 서군을 공격하자고 했다. 그러나 타마무시 츠시마玉蟲對馬, 하야시 히라노죠林平之丞가 반대했다. 타다테루는 몬도를 사자로 삼아 다테 마사무네에게 보내 마사무네 대신 자신이 싸우겠다고 했다. 그러나 마사무네는 타다테루의 진군을 허락하지 않았다.

미나가와 히로테루皆川廣照(타다테루의 사부)도 타다테루를 만나, 오전에 싸운 적은 지쳐 있다, 지금부터 적을 공격하면 일각(2시간) 남짓으로 패주시킬 수 있다, 그 패주하는 적을 텐노 사까지 추격하여 오사카로 들어가면 당연히 우리는 무공이 제일, 나에게 그 선봉을 명해달라고 청했다. 그러나 다테 마사무네에게 제지받은 타다테루는 이를 허락하지 않았다……

타다테루가 진격을 허락하지 않은 이유는 이로써 분명해진다. 그는 하나이 몬도를 사자로 삼아 보냈는데도 불구하고 마사무네가 이를 엄금했기 때문이다.

그렇다면 마사무네는 어째서 타다테루를 이곳에 머물게 하여 전투에서 승리할 귀중한 기회를 놓치게 했을까……?

이때 마사무네가 표면상으로는 열렬한 천주교 신자로 가장하고 있었다는 사실은 이미 말한 바 있다.

그리고 오사카 성에는 천주교 신부와 수많은 신자들이 입성해 있다는 사실도 이야기했다.

아니, 그보다 더 중요한 것은 타다테루가 오사카 성을 자기에게 달라고 아버지 이에야스에게 조른 일이 있었다…… 이때의 일을 들어 마사무네는 경계했던 것일까……?

9

타다테루는 젊고 용맹하다. 오쿠보 나가야스大久保長康나 오쿠보 타다치카大久保忠隣의 말을 빌리면 노부나가의 추궁으로 자결한 '장남 노부야스信康 님과 꼭 닮은' 맹장의 일면을 지니고 있었다.

그 타다테루가 일거에 적을 추격해간다면 텐노 사에서 머물기는커녕 그대로 자기가 소원하는 성안으로 돌입해들어갈지도 모르는 일이었다. 그리고 ——

"제가 점령한 성이므로 제게 주십시오……"

이렇게 말하기라도 한다면, 그렇지 않아도 히데타다의 측근으로부터 경계를 당하고 있는 타다테루는 생각지도 않은 적을 만들게 된다…… 마사무네가 이런 생각을 해서 제지했다고도 한다.

그러나 과연 그랬을까?

이때 카타야마의 엔메이圓明 마을에 머무르면서 서군의 추격을 게을리 했다……는 이유로 타다테루의 생애가 매장되기에 이르렀으므로 이 문제의 수수께끼는 크다.

타다테루가 하나이 몬도를 다테 마사무네에게 보냈을 때 마사무네는 다음과 같이 말했다고 전한다.

"대장이란 맨 선두에 나서는 것이 아니라고 전하라. 카즈사노스케 님은 전투에 익숙지 않아 잘 모르지만, 전쟁터의 적은 바로 눈앞에 있는 적만이 아니다. 때로는 배후에서 아군의 공격을 받는 경우도 있다. 쇼군의 측근이 볼 때 카즈사노스케 님은 훌륭하신 분이다. 더구나 오쿠보 타다치카나 나가야스 사건 이후 카즈사노스케 님은 쇼군을 대신하여 바쿠후 정권을 손에 넣으려는 야심을 가지고 있다……는 소문을 듣고 있는 분이다. 그것을 사실로 믿고 있는 자들이 만약 저녁부터 밤까지 이어지는 전투에서 그를 죽게 내버려두는 것이 쇼군을 위한 일……

이라 생각한다면 어떻게 하겠는가."

다테 마사무네로부터 그런 말을 들은 하나이 몬도 역시 전투에는 별로 익숙지 못한 예능인 출신의 중신, 그 말이 옳다고 생각했다. 그리고 이미 타마무시 츠시마, 하야시 히라노죠 등이 반대하고 있었기 때문에 타다테루는 조급한 마음을 누르고 미나가와 히로테루의 추격 요청을 허락하지 않았다.

물론 아직도 납득되지 않는 의문은 많다.

카타쿠라 군과 오쿠야마 군을 그토록 분전케 하면서도 사나다 군이 콘다 숲에서 철수했을 때 미즈노 카츠나리로부터 —

"지금이야말로 서군을 추격할 절호의 기회라 생각합니다. 함께 진격해주십시오……"

이런 정중한 청을 받고도 다테 마사무네는 이를 단호히 거절했다.

"우리 군사는 격전을 벌여 모두 지쳐 있으므로 더 이상 싸우는 것은 무리요."

미즈노 카츠나리는 도묘 사 방면에 나가 있는 제1진의 총대장이다. 싸웠다는 점에서는 결코 제4진인 다테 군에 뒤지지 않는다. 그런데도 불구하고 마사무네는 추격전에 가담해달라는 요청을 단호히 거절하는 동시에 새로 가담한 제5진 마츠다이라 타다테루 군 역시 움직이지 못하게 했다.

도대체 이 늙은 영웅이 생각하고 있는 작전은 무엇이었을까……?

역설적으로 말한다면 이날 서군의 철수를 도와준 것은 바로 다테 마사무네라고 해도 좋았다.

사나다 유키무라는 얼마 동안 콘다 숲에 머물면서, 마츠다이라 타다테루의 에치고 군사가 움직이지 않는다……는 사실을 간파하고는 모리 카츠나가의 총포대를 뒤에 남기고 부근 민가에 불을 질렀다. 이 불을 역습인 것처럼 보이게 하고 그 사이에 철수하려는 계획……

10

철수할 때 사나다 유키무라는 다테 군의 선봉을 향해 ——

"백만이나 된다고 하지만, 칸토 군에는 결국 단 한 명의 사나이도 없다는 말이냐!"

큰소리를 치면서 철수했다고 전한다. 물론 아군의 사기를 돋우기 위해서였다. 이때 유키무라만은 마사무네의 속셈을 꿰뚫어보고 기세를 올린 야유였다고 할 수 있다.

'다테 군은 더 이상 우리를 추격할 의사가 없다.'

그렇게 확신하지 않고는 유키무라 정도나 되는 사람이 야유를 했을 리 없다.

마사무네로서도 역시 뒷날 이에야스에게 구실을 말하기 위해 카타쿠라 코쥬로를 가장 강한 사나다 군과 싸우게 하고 하루 더 오사카의 운명을 살필 생각……이었는지도 모른다.

이렇게 해서 5월 6일의 전투는 끝났다.

이날 히데타다는 전날 밤 토도 군이 점령한 센츠카로 가고, 이에야스는 호시다에서 히라오카枚岡로 나가 묵었다.

그 센츠카와 히라오카의 숙소로 토도 타카토라는 사자를 보내 ——

"죄송하오나 오늘 전투로 사상자가 많아 내일은 선봉을 맡기 어려워서 사양하려고 합니다."

이렇게 청했다.

당시 무장으로서 선봉은 최고의 명예였다. 그런데도 이를 사양하지 않을 수 없었던 것을 보면 토도 군의 타격이 얼마나 컸는지 상상하기에 어렵지 않다.

이에야스는 토도 타카토라와 이이 나오타카에게는 히데타다 휘하의 선봉을 명했다. 그리고 이틀날 오카야마 가도로 향할 선봉은 마에다 토

시츠네로 바꾸었다. 마에다 토시츠네는 이날 오사카 가도 큐호지 마을
에 이르러 묵고 있었다.

챠우스야마까지 무사히 철수한 사나다 유키무라는 지친 몸을 채찍
질하며 즉시 작전회의를 열어야만 했다.

이미 깊은 밤——

그러나 아직 철수를 끝낸 부장들의 손실이 어느 정도인지 잘 모르고
있었다.

'누가 어느 정도나 손실을 입었는가……?'

자기 뒤를 따라 철수한 군사 가운데서 오타니 요시히사, 와타나베 쿠
라노스케, 이키 토카츠, 후쿠시마 마사모리 등이 잇따라 막사에 모습을
나타냈다. 그러나 한결같이 몹시 지쳐 있어 무엇보다도 우선 잠을 재울
필요가 있는 얼굴들이었다.

"모두가 모이면 깨우겠소…… 그때까지 그대들은 잠시 눈을 붙이도
록 하시오."

얼마 안 되는 모닥불을 둘러싸고 코 고는 소리가 들리기 시작했다.
모리 카츠나가와 그 아들 카츠히데勝榮가 나타났다. 요시다 요시코레
吉田好是, 키무라 무네아키, 시노하라 타다테루篠原忠照, 이시카와 사
다노리石川貞矩, 아사이 나가후사淺井長房, 타케다 에이오竹田永翁 등
도 뒤따라 나타나 역시 코를 골았다.

야마카와 카타노부가 오노 하루후사를 마중 나갔다. 하루후사가 네
고로根來의 승병 30여 명에게 호위를 받으며 나타났다.

유키무라는 곧 잠든 사람들을 깨워 작전회의를 열었다.

회의……라고는 하나 하루 종일 싸운 사람들에게는 거의 의견다운
의견이 없었다. 그들은 이미 오늘의 전투에서 패배했다는 생각을 가지
고 있었다. 적에게는 아직 무수히 많은 새로운 군사가 남아 있으나 아
군에는 합류할 새로운 군사가 없었다.

'이래가지고는 싸움이 되지 않는다……'

그런 생각을 한 유키무라는 격한 소리로 아직 자고 있는 아들 다이스케를 깨웠다.

11

"다이스케, 이리 오너라!"

전에 없이 격한 유키무라의 목소리를 듣고 다이스케보다 동석했던 장수들이 먼저 자세를 바로 했다.

"너무 오래 잤습니다. 용서하십시오."

당황하며 일어나서 오는 다이스케에게 ―

"앉거라!"

유키무라는 다시 한 번 격한 소리로 꾸짖었다.

좌중은 순간 물을 끼얹은 듯이 조용해졌다. 순간 밤 기운도 긴장으로 무겁게 가라앉았다.

"내가 하는 말을 뼈에 새기고 어김이 없도록 하라."

"예……"

다이스케는 깜짝 놀라 눈을 비비고 얼른 아버지 앞에 두 손을 짚고 머리를 조아렸다.

"너는 날이 밝는 대로 이곳을 떠나 성안으로 간다…… 이 말만으로는 알지 못할 것이다. 알겠느냐, 이 아비가 전사하는 날은 내일로 결정됐다. 그러므로 너는 성안으로 철수하여 주군 곁으로 가야 한다."

말이 끝나기도 전에 다이스케는 몸을 떨면서 소리쳤다.

"그건 안 됩니다."

"뭣이, 아비의 명령을 따를 수 없다는 말이냐?"

"다른 일이라면 몰라도 아버님이 전사하실 각오……라면 이 다이스케는 절대로 곁을 떠날 수 없습니다."

"허어, 그건 또 어째서냐?"

"말할 필요도 없습니다. 내일의 결전에는 시나노에서 출진한 사촌들, 사나다 노부요시眞田信吉 형제가 아군에 도전할 것이 분명합니다. 그때 아버님 곁에 이 다이스케의 시체가 없다……고 하면 어떻게 되겠습니까? 다이스케 놈은 겁이 나서 아버지를 버리고 성안으로 도주했다…… 아버지를 버린 겁쟁이……라고 비웃음을 당합니다. 다른 일이라면 몰라도 이 일만은…… 다른 사람에게 분부하시도록 이렇게…… 이렇게 부탁드립니다."

말끝이 우는 소리로 변한 것은, 냉정하게 내려다보는 유키무라의 표정에 아무 감동도 나타나지 않았기 때문이다.

"이유는 그것뿐이냐?"

"그 이상의 이유가 어디 있겠습니까? 다이스케는…… 쿠도야마에서 내려올 때부터 아버님과 함께 죽을 각오를 하고 있었습니다."

"못난 놈!"

유키무라는 다이스케를 꾸짖는 것이 아니라 동석한 장수들의 패배감을 불식시키려 하고 있었다.

"이번 전투는 승패를 생각하고 싸우는 전투가 아니다. 생사를 초월하여 사나이의 고집을 관철시키는 전투라고 늘 말하지 않았느냐?"

"그렇기는 합니다마는……"

"옛날 다이난大楠 공은 미나토가와湊川에 갈 때 자기 아들 마사츠라正行를 데려갔느냐? 데려가지 않았어. 너는 쇼난小楠(마사츠라) 공보다 나이가 위인데도 그 도리를 모르느냐? 너를 주군 곁으로 보내는 것은 살아남으라는 뜻이 아니다. 아버지와 아들은 일심동체. 나는 싸움터에서, 너는 주군 곁에서 두 사람의 몫을 하여 나와 같이 의리를 관철시키자는 것이다. 주군이 최후를 맞이하게 되시거든 너도 깨끗이 순사殉死해라. 아비의 엄명이다! 어겨서는 안 된다!"

다이스케는 낯을 찌푸리고 울기 시작했다. 동석했던 장수들의 눈은 그 말로 번쩍 생기를 되찾았다.

하늘에 별은 볼 수 없었지만, 비는 내리지 않았다.

유키무라는 천천히 장수들 쪽을 보았다.

12

"자, 그러면 내일의 전투 문제인데……"

유키무라가 군센軍扇을 무릎에 세우고 말을 시작했을 때 모든 사람의 시선은 아직 다이스케와 유키무라에게 반반씩 향해 있었다. 다이스케의 풀이 죽은 모습에서 자기 자신의 위치를 확실히 발견해두지 않으면 안 되었기 때문이다.

'그렇구나, 이번 전투도 마침내 내일로 막을 내리는구나……'

죽을 곳을 찾아야 하는 것은 다이스케 부자만이 아니었다. 실은 여기 모인 모든 사람들에게 지워진 운명이었다……

"새삼 말씀 드릴 것도 없이 자웅을 겨룰 곳은 이 텐노 사 부근이오. 지난해 겨울 전투 때는 농성이라는 수단도 있었으나 이번에는 해자가 모두 매립되어 그럴 수도 없소."

유키무라는 희미하게 웃었다. 담담하게 죽음에 임할 마음의 여유를 모두에게 확실하게 일깨워주려는 웃음이었다.

"그렇습니다. 이번에는 해자가 깨끗이 사라졌습니다."

모리 카츠나가도 웃음으로 응했다.

"그렇게 되면 성안 장수들도 모두 나와 싸워야겠지요, 사나다 님?"

유키무라는 고개를 끄덕였다.

"성안 장수들도 모두 이 챠우스야마에서 텐노 사 부근으로 나와 그곳에서 동군을 유인해야 합니다. 상대가 없으면 결전을 벌일 수 없으니까 말이오."

"하하하…… 과연 그렇습니다."

"그리고 따로 일대를 나루터에 배치하여, 정면으로 상대하는 전군의 전투가 한참일 때 은밀히 시모테라마치下寺町를 거쳐 이 챠우스야마 남쪽으로 우회케 합니다."

"으음, 그것이 좋겠소."

모리 카츠나가는 지체 없이 맞장구를 쳤다. 그는 이미 유키무라의 흉중을 너무나 잘 알고 있었다.

"그러면 우회해온 일대는 여기서 적의 배후를 공격합니다. 이 근처가 이에야스의 본진이 되리라는 예감이 드니까요."

"그렇소. 이곳이 승패를 결정하는 곳이 되겠지요. 오늘 철수하는 도중에 살펴보니 이 부근의 늪지대, 수렁, 못, 해자 등과 가까운 곳에 각각 표지를 단 장대가 세워져 있었소. 이에야스의 지시로 누군가가 은밀히 지형을 조사한 것이라 생각됩니다. 조심성 많은 적이므로 유감 없이 싸우고 싶습니다."

"허어, 그런 표지까지 해두었던가요?"

"과연 이에야스는 방심할 수 없는 전투의 명수입니다."

"하하하…… 그 말을 들으니 생기가 치솟습니다. 그 이에야스의 목이 내일 누구의 손에 떨어질지."

깨닫고 보니 눈물을 거둔 다이스케 유키츠나는 이때 가만히 일어나 말석에 가서 앉아 있었다.

"그러면, 다음은 인원 배치 문제요."

유키무라가 지도 옆에 명부를 놓았다.

다이스케가 입을 열었다.

"아버님! 저는 성안에 들어가겠습니다."

"오, 알았느냐, 너의 역할을?"

"예. 이 다이스케는 결코 죽음을 서두르지 않겠습니다."

"허어……"

"주군이 살아 계시는 동안에는 이 다이스케, 반드시 곁에서 모시고 아버님의 몫까지 훌륭히 해내겠습니다."

"그것을 부탁하고 싶었다. 좋아……"

유키무라의 눈이 비로소 빛났다. 그는 목소리도 흐트러지지 않았고 눈물도 흘리지 않았다.

"주군은 혹시 성밖에 나와 선두에 서시려고 할지도 모른다."

유키무라는 조용히 말하고 흘끗 하루나가 쪽을 보았다.

"그러나 되도록 말려야 한다. 어째서 그런지 알겠느냐?"

"예. 혼전 중에 시체를 그대로 버려둔다면 황송하기 때문에……"

"그렇다. 따라서 너는 주군 곁을 떠나서는 안 돼. 그래도 주군이 계속 나와서 싸우시겠다고 하면, 그렇군, 경호자인 오쿠하라 신쥬로와 상의하도록 하라."

"신쥬로 토요마사 님에게?"

"그분은 연세가 있기 때문에 그런 경우 판단에 착오가 있지는 않을 것이다. 오쿠하라 신쥬로의 의견에 주군이 따르실 경우에는 무조건 복종하여 생사 어느 쪽이든 함께 모셔야 한다."

"알겠습니다."

"더 이상 할말이 없다. 부디 이 아비의 아들임을 잊지 말도록…… 그럼, 이만 가거라."

좌중에 훌쩍이는 소리가 들렸다. 아무도 일어나 나가는 다이스케에게 말을 거는 자는 없었다.

다이스케가 나간 뒤 유키무라는 호탕하게 웃었다.

"자, 이것으로 미숙한 놈의 처치는 끝났소. 그럼, 인원 배치를 상의합시다."

유키무라는 붓통에서 붓을 뽑아 '챠우스야마'라고 쓰고 나서 사람들을 둘러보았다.

"이 챠우스야마에는 제가 진을 쳤으면 하는데, 이의는?"

"그래야겠지요. 부탁합니다."

모리 카즈나가가 얼른 호응했다.

"사나다 님에게 챠우스야마를, 나는 이 텐노 사의 남문을 맡으려고 하는데 어떻습니까?"

물론 여기에도 이론이 있을 리 없었다.

유키무라는 이미 챠우스야마에서 자기와 같이 대비할 자의 이름을 써넣고 있다.

챠우스야마 —

사나다 유키무라, 오타니 요시히사, 와타나베 쿠라노스케, 이키 토카츠, 후쿠시마 마사모리, 후쿠시마 마사시게福島正鎭.

이렇게 쓰고 그대로 붓과 함께 카즈나가의 손에 넘겼다.

카즈나가는 그것을 얼른 자기 아들 카즈히데에게 보였다. 그리고는 '텐노 사 남문, 모리 카즈나가'라고 쓴 뒤 그 전면에 자기 아들 카즈히데의 이름을 적어넣었다. 이어 아사이 나가후사, 타케다 에이오 두 중신의 이름, 그 좌우에 요시다 요시코레, 시노하라 타다테루, 이시카와 사다노리, 키무라 무네아키 등 일일이 그들의 승인을 눈짓으로 청하면서 기입해나갔다.

표면으로는 담담하고 호탕함을 가장하고 있었다. 그러나 —

'이것이 마지막 전투인가……'

그러한 감개가 모두의 가슴을 무섭게 짓누르고 있었다. 자기 이름의 소재를 확인한 뒤에는 대부분이 크게 탄식했다.

　나가오카 오키아키, 마키시마 시게토시, 에하라 타카츠구江原高次 등의 장수는 텐노 사와 잇신 사一心寺 사이에 있는 이시하나石華 바깥 남쪽에 진을 치기로 했다. 모리 부대의 동쪽 전방에는 오노 하루나가의 총포대를 매복시키고, 후방의 비샤몬毘沙門 연못 남쪽에는 하루나가의 본진과 고토, 스스키다, 이노우에, 키무라, 야마모토 등의 나머지 병력을 배치하기로 했다.

　동생 오노 하루후사는 말할 나위도 없이 왼편 오카야마 방면의 총대장이었다.

이에야스의 깃발

1

오사카 쪽 장수들이 챠우스야마에서 최후의 작전회의를 진행하고 있는 동안, 이에야스는 호시다에서 히라오카로 나가는 진중에서 뜻밖의 방문객을 맞아 잠시 밀담을 나누고 있었다.

이날 이에야스의 기분은 별로 좋지 않았다.

전쟁이 시작되면 이에야스의 온 신경은 이상하게도 약동하기 시작한다. 센고쿠 시대를 살아온 사나이의 피가 거칠게 되살아나 전신이 촉각으로 화하는 전혀 다른 사람이 된다. 그 촉각에 와닿는 6일의 전투는 참으로 안타까운 것이었다.

패할 리가 없는 전투였다. 그러기 위해 중후함을 갖게 한 진지배치였다. 그런데 이 —

'패할 리가 없는 전투……'

이러한 자신감 때문에 매사가 안타까운 결과를 낳았다.

어차피 이기는 전투라는 안도감 때문이었을까. 대부분이 전력을 다하지 않았다.

'모두가 다 우리 부자에게 의리만 다하면 된다는 단순한 태도로 전투에 임하고 있다.'

전투란 그렇게 손쉬운 것이 아니다. 단 하나만 실수해도 돌이킬 수 없는 패배와 연결된다.

6일 전투에서 잘 싸웠다고 칭찬할 만한 자는 미즈노 카츠나리와 이이 나오타카 정도, 토도 타카토라나 다테 마사무네는 아무리 생각해보아도 한심스럽기만 하다.

'오늘 중으로 오사카 성까지 육박할 수 있는 전투를 일부러 내일로 미루고 있다.'

오늘과 내일이라는 하루의 차이는 병력 수천 명의 생명에 관계되는 중요한 일…… 어째서 그 중요한 사실을 놓치는 것일까?

오늘 성안으로 추격해들어가면 내일 아침에는——

"전쟁은 끝났다. 항복하라."

이렇게 단숨에 종전으로 이끌 수 있다. 해자가 없는 성에서는 농성할 수 없다는 사실은 말단 병졸에 이르기까지 잘 알 수 있는 일. 그런데도 동군은 공격하지 못하고 돌아와버렸다.

여유를 찾으면 적들은 당연히 텐노 사와 오카야마 일대에 진지를 구축하고 대기하게 된다. 더구나 아군은 승리를 장담하는 의리의 전투, 적은 이승의 마지막 전투라고 생각하며 결사적인 각오로 저항한다. 그러므로 희생자의 수는 셀 수 없이 많아진다.

다테 군의 진격거부에 이어 토도 타카토라로부터도 내일의 선봉은 사퇴하겠다는 청이 들어왔다. 오늘 전투에서 부상자가 많아 제1진은 맡을 수 없다고……

그 말에 이에야스는 즉시 내일의 선봉을 마에다 토시츠네에게 명했다. 그렇기는 하지만……

"이래서는 전투가 안 된다."

불편한 심사 때문에 이에야스는 히라오카에 데려와 함께 머물고 있는 요시나오와 요리노부에게까지 험악한 표정으로 노기를 보이고 있었다. 그런데 뜻하지 않은 승복 차림의 손님이 있어 이에야스의 험악한 표정은 누그러지고 때때로 웃음소리까지 났다.

내방객은 텐노 사 바로 옆에 있는 잇신 사의 주지 혼요 존무本譽存牟였다. 그는 내일 있을 전투를 피해 코야산高野山으로 가는 도중이라고 했다. 아닌 게 아니라 존무는 떠돌이 승려처럼 검은 옷을 입고 있어, 남의 눈에 띄지 않게 하려는 몸차림이었다.

"정말 불쌍하게 되었군…… 자칫 잘못하면 그대의 절도 불태워야 할지 몰라."

이에야스가 걸상에 앉으며 이렇게 말했다. 그 말에 존무는 염주를 이마에 대고──

"실은 그 일에 대해 드릴 말씀이 있습니다."

사방을 경계하는 얼굴로 말했다.

2

잇신 사의 존무와 이에야스는 여러 가지 인연으로 맺어진 막역한 사이였다.

겨울 전투 때 이에야스의 본진이 있는 챠우스야마와 사카마츠야마坂松山의 잇신 사는 이웃해 있었다. 그때 존무는 때때로 이에야스의 진중을 방문하여 부처를 말하고 다도茶道를 논했다. 아니, 이에 앞서 이에야스가 오사카 서쪽 성에 있을 무렵인 케이쵸慶長 5년(1600) 2월 이 절에 갓난아이로 죽은 사내아이를 묻은 인연이 있었다. 그 갓난아이의 이름은 센치요仙千代. 코가쿠인 카소린요 다이도지高岳院華窓林陽大童子

──그 장례를 주관한 정토종淨土宗°의 존무였다.

"저는 다시 이 부근이 전쟁터가 될 것으로 알고 언덕 이곳저곳에 표지를 단 장대를 세워두었습니다. 그 표지를 주의하시도록 출진하는 분들에게 일러두시기 바랍니다."

"그것 참 고맙군."

"종이쪽지의 ○표는 수렁입니다. 그리고 △표는 작은 못, 아무것도 없는 것은 길이 막힌 곳으로 아십시오."

"정말 고맙네. 나오츠구, 기록해두었다가 알려주도록."

이에야스는 옆에 있는 안도 나오츠구에게 명했다.

"그들은 오늘밤 안으로 그 근처를 굳게 방비하겠지?"

"그 문제에 대해 꼭 드릴 말씀이……"

"무슨 중요한 정보라도 있나?"

"예. 챠우스야마에는 사나다 사에몬노스케가 포진합니다."

"그럴 테지."

"사나다 부하들이 이런 말을 하고 있다 합니다. 이곳에 진을 쳐놓고 있으면 오고쇼든 쇼군이든 반드시 한 사람은 칠 수 있다. 그것으로 저승의 선물로 삼자…… 이거, 불길한 말씀을 드려 죄송합니다."

"하하하…… 불길할 것 없어. 전투란 목 자르기 시합이니까. 저쪽에서 하지 않으면 이쪽에서 하는 거야."

"그리고 또 하나, 내일은 여덟 명의 사나다 유키무라가 전쟁터에 나타납니다."

"뭐, 여덟 명……?"

"예. 붉은 갑옷 여덟 벌에 사슴뿔을 단 투구 여덟. 여기에 붉은 마구를 입힌 백마 여덟 필이 준비되었다……고 누설했다 합니다."

"으음."

"여덟 명의 사나다 유키무라가 신출귀몰, 어느 부대든 나타나 독전할 것이니 적의 혼란이 눈에 선하다고······"

"고맙네. 아니, 그 정도의 일은 할 것이라고 이 이에야스도 생각하고 있었지. 그러면 진짜 유키무라는 챠우스야마에 있나?"

"예. 전원이 전사할 각오인지 절을 지키는 승려들에게도 아주 친절하게 대한다고 합니다."

"으음, 승려에게 친절한 군사는 무서워. 잘 알려주어 고맙네. 그리고 스님에게 나로서도 부탁이 있네."

"무엇인지요?"

"내일 전투로 절 근처는 적과 아군의 시체로 산을 이룰 터. 인연 깊은 스님에게 전쟁터 청소와 명복을 비는 공양을 부탁하고 싶군."

"그것은 말씀하시지 않아도 저희 소임입니다."

"나오츠구, 공양을 위한 돈을 가져오너라. 그리고 스님을 코야산 어귀까지 모시고 가도록 안내자를 붙이게."

이에야스는 그때부터 차차 기분이 좋아졌다.

3

잇신 사의 존무는 다시 절 주위가 전쟁터가 되리라 내다보고는 절의 보물을 안전한 곳으로 옮겼다. 그리고 자신은 코야산으로 난을 피하는 도중이었다. 아니, 난을 피한다······고 하지 않으면 도중의 통행이 불가능했을지도 모른다.

"으음, 여덟 명의 사나다 유키무라가 움직인다는 말이지······"

존무가 나가고 난 뒤 이에야스는 혼자 중얼거렸다.

"적 가운데는 혼자 여덟 사람 몫을 하려는 자가 있다는데, 아군에는 한 사람이 한 사람 몫도 하지 않으려는 자가 많다니."

이에야스는 안도 나오츠구를 향해 물었다.

"어떤가 나오츠구, 마에다는 한 사람 몫을 할 것 같은가?"

나오츠구는 대답하지 못했다.

"생각하는 대로 말해보게."

"그렇지만……"

"그렇지만 어떻다는 건가?"

"그런 말씀은 하시지 않아야 한다……고 생각합니다마는."

"허어, 어째서?"

"사나다 유키무라가 여덟 명이나 나타난다는 것은 반드시 아군의 진영을 교란시키려는 속셈입니다."

"그야, 그럴 테지."

"이 여덟 명은 칸토 군 가운데 배신자가 나왔다……는 소문을 퍼뜨리며 돌아다니겠지요."

"으음."

"그런 소문에 나올 법한 이름은, 우선 다테, 그리고 마에다, 아사노 등이 아닐까 합니다. 그러므로 마에다 토시츠네도 투지만만……이라 생각해두시는 것이 도움이 되리라 생각합니다."

이에야스는 가볍게 웃고 나서 말했다.

"나오츠구, 타다테루와 타다나오를 불러오너라!"

그러나 곧 자신의 말을 정정했다.

"아니, 타다테루는 그만둬. 타다테루는 자네 말대로, 믿지 않으면 안 될 마사무네가 딸려 있어. 타다나오만을 불러오도록."

"에치젠 님을…… 알겠습니다."

"토자마나 하타모토들만 싸우게 하고 혈육을 아꼈다……는 생각을 갖게 하면 이 전투에 흠이 될 것이야. 손자녀석 타다나오에게 무거운 짐을 지워야겠어."

216

나오츠구는 곧 오구리 마타이치를 타다나오의 진영으로 보냈다. 타다나오가 온 것은 그로부터 4반각(30분)쯤 지나서였다.

이에야스는 타다나오를 보자 무섭게 일갈했다.

"에치젠, 너는 오늘 전투에서 낮잠만 자고 있었느냐?"

"예⋯⋯?"

"네 아비는 전쟁터에서 낮잠이나 자는 사나이는 아니었어. 이 못난놈 같으니."

젊은 타다나오는 처음에 망연해 있었으나 곧 그 의미를 깨닫고 얼굴이 빨개졌다.

"그럼⋯⋯ 그럼, 내일 전투에는 이 타다나오에게 선봉을 명하시겠습니까?"

"안 돼."

"안 된다고 하셨습니까⋯⋯?"

"그렇다. 선봉이 낮잠이나 자고 있으면 이길 싸움도 지게 된다."

"그럼, 선봉은?"

"마에다 토시츠네로 결정했어. 너를 부른 것은 오늘의 태만을 꾸짖기 위해서야. 물러가라!"

"예."

어이가 없었다. 일단 빨개졌던 히데야스秀康의 아들 타다나오가 이번에는 새파랗게 질려 부들부들 입술을 떨면서 나갔다.

4

한마디도 대꾸할 수 없는 권력자 할아버지에게 낮잠을 잤느냐고 꾸중을 듣고 물러났다. 에치젠의 마츠다이라 타다나오가 그대로 있을 리 없다……는 사실은 이에야스가 더 잘 알고 있었다.

"오고쇼 님, 좀 지나치시지 않았습니까?"

"뭐가 말인가……?"

이에야스는 시치미를 뗐다.

"에치젠 님은 아직 젊으십니다. 반드시 중신들이 달려올 것입니다. 선봉을 마에다와 교체해달라고."

이에야스는 그 말에는 대답하지 않았다.

"나오츠구, 오이大炊를 불러오너라, 토시카츠를 말이다."

"알겠습니다. 그러나 부르지 않더라도 저쪽에서 먼저 오리라고 생각합니다마는."

"으음, 그대는 그렇게 생각하나?"

"예. 아직 쇼군께서는 오카야마와 챠우스야마 중에서 어느 쪽으로 가실지 확실하지 않습니다. 반드시 상의하러 올 것입니다."

"흥, 그대도 제법 사태를 내다볼 수 있게 됐군."

"황송합니다."

"좋아. 그럼 갈근탕을 한 잔 가져오라고 하라."

"예……?"

"손자만 꾸짖을 수는 없지. 나도 내일은 목숨을 버릴 각오로 싸우겠다. 힘을 비축해두어야겠어."

"하하하……"

나오츠구는 웃었다.

"설마 오고쇼 님이 그 연세로?"

"닥쳐!"

"예."

"나는 이미 옛날의 내가 아니야. 쇼군은 따로 있어…… 나는 전사해도 상관없는 은퇴한 사람. 아니, 그런 각오가 내게 없기 때문에 모두가 나태한 마음을 버리지 못하고 있어. 전쟁이란 무서운 거야. 거울처럼 대장의 각오를 비쳐주는 것이야."

그때까지도 나오츠구는 이에야스가 한 말의 내용을 제대로 이해하지 못했다.

'오늘 아무도 사나다 군을 추격하지 않아 기분이 언짢으시다.'

다만 이렇게 생각했을 뿐.

과연 그의 예상대로 타다나오의 진지에서 에치젠의 중신 혼다 토미마사本多富正가 왔다. 그때에야 그는 이에야스가 무엇을 생각하고 있는지 어렴풋이 알게 되었다.

혼다 토미마사 역시 혈안이 되어 있었다. 성질이 급하기로는 아버지에 못지않은 타다나오가 낮잠을 잤다는 꾸중을 듣고 그 분노를 중신들에게 쏟아놓았을 것이 틀림없다.

"실은 오늘 주군의 전진을 제지한 것은 접니다. 그런데 오고쇼 님께서는 낮잠을 잤다고 꾸짖으셨다고 하시기에……"

"꾸짖은 것이 잘못이란 말이냐?"

"아니, 몹시 한탄하고 계셔 내일 선봉을 반드시 저희에게…… 하고 청을 드리러 왔습니다. 내일이 아니면 이 수치를 씻을 날이 없다, 선봉을 명해주시지 않으면 코야산으로 은퇴하시겠다고 합니다."

"좋아, 은퇴하라고 일러라. 이미 선봉은 마에다로 결정되었어."

"그것은 지나치신……"

"닥쳐!"

이에야스는 일갈하고 나서 걸상에서 일어났다.

"그대들이 곁에 있으면서도 이 이에야스의 각오를 모른다는 말이냐? 나는 손자만 꾸짖는 그런 나태한 자가 아니야. 내일 전투에서 할아버지가 전사하거든 타다나오는 코야산에 들어가 명복이나 빌라……고 전하도록 해라."

5

이때 창부대의 대장 오쿠보 히코자에몬大久保彦左衛門이 히데타다에게서 온 도이 토시카츠를 동반하고 들어왔기 때문에 혼다 토미마사는 입을 다물었다. 입은 다물었으나, 토미마사도 이 이에야스의 말에 깜짝 놀란 모양이었다.

"그럼 돌아가서 말씀하신 뜻을 저희 주군에게 전하겠습니다."

그러고 나서 흘끗 눈짓으로 안도 나오츠구에게 신호를 보냈다.

나오츠구가 알아차리고 막사 밖으로 나갔다.

오늘밤도 하늘은 어두웠다. 안팎이 찌는 듯이 무덥고 사방은 개구리 울음소리로 가득했다.

"안도 님, 진노가 대단하시니 견디시기 어렵겠군요."

"서로 마찬가지지요. 어쨌든 너무 심하신 것 같습니다."

"아니, 이로써 각오는 정해졌소. 우리는 명을 어기고라도 먼저 달려 나가겠소. 물론 우리 주군 한 분만을 전사하시게 할 수는 없습니다. 나도 함께 모시고 나가겠소. 뒤에는 아우도 있으니까 부디 잘 말씀 드려 주시오."

나오츠구는 이것으로 됐다……고 속으로 생각했다. 역시 타다나오의 중신답다고 여겼다.

"그러나 혼다 님, 먼저 나가신다고 해도 상대에 따라서는 고전하게 될 수도 있습니다."

"말씀하실 것도 없는 일. 에치젠 타다나오 님의 상대는 사나다 사에몬노스케 말고는 없지요."

"좋습니다."

"그럼 아무쪼록 뒷일을…… 이만 실례하겠소."

나오츠구는 토미마사의 말발굽소리가 사라질 때까지 어둠 속에 서 있었다.

'이제 정말 전투다운 전투가 되겠다⋯⋯'

잔뜩 긴장한 실감 이상의 실감이었다.

'분명히 전투는 장난삼아 하는 것이 아니다.'

다시 막사 안으로 돌아왔을 때 이번에는 도이 토시카츠가 큰 소리로 꾸중을 듣고 있었다.

"그대는 쇼군 곁에 있으면서, 이것으로 보좌의 임무를 다한다고 생각하느냐?"

걸상을 삐걱거리면서 이에야스가 말했다.

"다른 일과는 다릅니다."

도이 토시카츠도 가만히 있지만은 않았다.

"일흔이 넘으신 아버님을 사나다 앞에 서시게 하고 자신은 오카야마로 향한다⋯⋯ 그러다가 오고쇼 님에게 만일의 경우라도 생기면 쇼군의 효도가 서지 않습니다. 오고쇼 님은 뭐라고 말씀하셨습니까? 지금부터 세상은 인류가 첫째, 쇼군은 성인이 되어야 한다고⋯⋯"

"멍청한 놈! 그것은 평상시의 일이다. 여기는 전쟁터야."

"그러나 어떻든지 이 일만은 재고해주셔야 하겠습니다. 적이 누군지 모르는 경우라면 또 모릅니다만, 챠우스야마에는 사나다, 오카야마에는 오노 하루후사⋯⋯인 줄로 알고 있습니다. 사나다 군과 오노 군 중에서 어느 쪽이 과연 강적이라고 생각하십니까? 연로하신 아버님을 강적 앞에 서게 하시면 앞으로 쇼군으로서의 위신이 서지 않습니다. 그러므로 오고쇼 님은 뜻을 굽혀 오카야마로 가시도록⋯⋯ 토시카츠, 이처럼 부탁 드립니다."

"안 돼."

"이렇게까지 부탁을 드려도⋯⋯"

"안 돼."

이에야스는 지체 없이 말을 이었다.

"오이만은 좀 나은 줄 알았는데 참으로 곤란하군, 나오츠구."

말끝과 시선을 그대로 나오츠구에게 옮겼다.

6

안도 나오츠구로서는 이미 사태를 파악하고 있었다.

도이 토시카츠는, 내일 전투에는 쇼군 히데타다가 챠우스야마로 갈 것이니 이에야스는 오카야마로 갔으면…… 하고 있었다.

쇼군으로서는 당연한 청이다. 오카야마에는 오노 하루후사가 있고, 텐노 사에서 챠우스야마 일대는 사나다 유키무라와 모리 카츠나가가 포진하고 있다.

챠우스야마와 오카야마는 폭이 20정 정도의 구릉에 있는 고지였고, 공격하는 길은 히라노에서 좌우로 갈라져 있었다. 가장 오른쪽은 히라노 강을 따라 오카야마로 통하고, 다른 하나는 나라 가도에서 텐노 사로 이어져 있었다.

다시 그 왼쪽에는 키슈 가도가 있었는데, 이 길로 진군해오는 동군은 다테 마사무네와 마츠다이라 타다테루, 미조구치, 무라카미 등의 에치고 군이었다. 물론 와카야마의 아사노 나가아키라도 이 길로 진군해나올 것이었다.

챠우스야마에서 텐노 사로 통한 나라 가도는 세 갈래 길의 중앙에 있어 적의 주력부대와 바로 정면에서 격돌하는 위치였다.

"나오츠구, 오이에게 설명해주도록. 왜 내가 챠우스야마에 가야만 하는지 그 이유를."

이에야스는 내뱉듯이 말하고 다시 갈근탕을 마시기 시작했다.

나오츠구는 할 수 없이 토시카츠 쪽으로 향해 고개를 흔들어 보였다. 한번 말을 꺼내기 시작하면 듣는 상대가 아니다……고 우선 눈짓부터 하고 나서 —

"오이 님, 오고쇼께서는 아직 건강하십니다. 쇼군 님이 우려하실 만큼 연로하시지는 않소."

수수께끼 같은 말을 했다.

"그 점은 잘 알고 있소. 하지만 그렇게 되면 효도가 서지 않는다고 말씀 드렸소."

"오이 님, 세상에서 소중한 것은 효도뿐…… 과연 효도만이 최상의 것일까요?"

"무슨 말씀을 하시는 거요? 효는 모든 행동의 기초, 귀하는 효를 경시해도 좋다는 말씀이오?"

"그런 게 아니라……"

나오츠구는 머리를 흔들고 흘끗 오쿠보 히코자에몬을 돌아보았다.

"웃지 마시오, 히코자에몬."

일단 꾸짖고는 근엄한 표정을 지었다.

"효가 중요하기는 하나, 언제나 반드시 최상이라고만은 할 수 없소. 그 증거로 대의大義는 부모에 우선한다……는 말도 있소."

"뭐, 뭐라고?"

"오고쇼께서는 은퇴하신 몸, 쇼군은 그 뒤를 이어 이제부터 훌륭하게 세상을 다스려나가야 하실 현직에 계신 분이오. 그렇다면 큰 안목으로 보아 천하를 위해 어느 쪽이 더 귀중한 분인가……"

"삼가시오!"

"내 말을 끝까지 들어보시오. 오고쇼께서 보통 분이라면, 쇼군의 그런 말씀에 눈물을 흘리며 기뻐하시겠지요. 그런데도 노여워하신다…… 역시 이는 몇 단계나 높으신 심경…… 늙은 몸은 버려도 좋으나 쇼군은 천하 만민을 위해 더할 나위 없이 귀중하신 분…… 그런 뜻에서 하신 말씀이라 생각하는데 어떻소?"

옆에 있던 히코자에몬이 입을 누르고 웃음을 터뜨렸다.

"이거 이상하군! 하하하. 그런 것이 아니오, 오이 님. 오고쇼께서는 말이오, 전쟁터에서는 아직 쇼군에게 지고 싶지 않으신 거요. 고집이지요. 그 고집에는 져드리는 것이 효행이오. 그렇게 말씀하지 않으면 쇼군께서 가만히 계시지 않을 것이오. 허허허."

이에야스는 씁쓸한 표정으로 고개를 돌렸다.

7

히코자에몬 타다타카彦左衛門忠教의 노골적인 말을 듣고 도이 토시카츠는 신음했다. 신음하는 동시에 안도 나오츠구의 말이 납득되었으니, 이 또한 묘한 일이었다.

'그렇구나, 오고쇼는 쇼군에게 만일의 경우가 생기면 안 된다는 생각을 하시는구나.'

가슴이 뻐근해졌을 때 히코자에몬이 다시 말했다.

"오고쇼 님은 사나다 유키무라와 지혜 겨루기, 힘 겨루기를 하시고 싶은 거요. 이 타다타카가 들은 바에 따르면 내일 사에몬노스케는 카게무샤影武者° 십여 명을 준비하고 종횡무진 활약할 모양이오. 오고쇼 님도 그에 지지 않고 넷 내지 여섯 명의 이에야스 공을 내세우고 분전…… 그럴 각오로 계시는데, 그 재미를 쇼군 님에게 빼앗길 수 있겠소? 쇼군께서 사양하시도록 말씀 드리는 편이 좋겠소."

"으음."

"그렇지 않으면 또다시 나오츠구가 아까처럼 억지 이론을 펼 것이오. 너무 끈질기게 매달리지 말고 이만 납득하는 것이 좋겠소."

"헤이스케平助!"

견디다못해 이에야스가 입을 열었다.

"오이는 이미 납득했네. 그만 입을 다물게."

"예."

"이것으로 정해졌어, 오이. 히라노까지는 물론 쇼군이 선두로 나간다. 그리고 히라노에서 쇼군은 오카야마로, 나는 챠우스야마로 나가는 거야. 경계해야 할 포진은 분명한 적이 아니라, 어느 방향으로 움직일지 모르는 유격대의 존재야."

도이 토시카츠는 그 이상 항변하지 않았다.

"알았습니다. 그럼, 말씀대로."

"좋아. 내일부터 모든 명령은 쇼군이 내리도록 한다. 이 말을 틀림없이 전하도록."

"명령은 모두 쇼군 님이……?"

"그래. 이에야스는 없는 것으로 생각하도록. 그대의 말처럼 나는 이미 고령이야. 말을 탄 채 한마디 신음소리와 함께 그대로 죽을지도 몰라. 그러한 내가 지휘한다면 만일의 경우 수습할 수 없는 혼란이 일어날 것이야. 그리고 또 한 가지."

"예……"

"아군의 여러 부대에 보낼 전령에게 이렇게 일러라. 오늘…… 곧 내일 말인데, 요시나오와 요리노부에게 전쟁을 가르치는 전투, 함부로 전투를 시작해서는 안 된다. 말은 한두 정 뒤로 물리고 창으로 적을 서서히 상대하라고."

"말은 후방에 두고 창을 든 보병으로?"

"그래야만 물샐틈없는 전투가 된다. 초조하게 말을 타고 달리면 오히려 상처가 커진다. 알겠나?"

"과연 초조하게 진격하면 어느 진지에 난입할지 모르겠군요."

"미친 사자가 사생결단을 하고 덤비는 싸움이야. 언제나 냉정을 유지하고 상대에게서 시선을 떼면 안 돼. 그리고 마지막으로……"

"마지막으로…… 또 있습니까?"

"쇼군의 이름으로 최후의 사자를 다시 성안에 보내도록. 말할 나위 없이 항복을 권하는 사자를."

"이제 와서 새삼스럽게……"

"전쟁의 예절이라 생각하라. 부디 이에야스는 없는 사람으로…… 좋아, 돌아가거라!"

8

도이 토시카츠가 돌아갔다. 이에야스는 혼다 마사시게를 불러서 다시 한 번 적과 아군의 포진상태를 살펴보도록 명했다. 그러고 나서야 요시나오와 요리노부를 자도록 했다.

이때 오와리 요시나오尾張義直는 16세, 뒷날의 키이 요리노부紀伊賴宣(요리마사賴將)는 겨우 14세였다.

두 사람 모두 내일 마침내 전쟁을 가르쳐주겠다는 말을 듣고 잔뜩 긴장하여 히라오카에 있는 한 민가로 물러갔다.

얼마 후 혼다 마사시게가 돌아와―

"아군의 진지에서 유일하게 자지 않고 아직도 움직이고 있는 자가 있습니다."

보고했다. 이미 넉 점 반(오후 11시) 가까이 되어 있었다.

"에치젠의 타다나오일 테지, 그냥 두게."

이에야스가 말했다.

"타다나오도 요시나오나 요리노부도 모두 내일은 힘껏 싸우도록 하겠어. 누가 전사해도 슬퍼할 것 없어."

이때도 오쿠보 히코자에몬은 히죽히죽 웃었다.

'슬퍼하지 말라…… 이쪽에서 할 말이지.'

입밖에 내어 말하지는 않았으나, 이에야스의 마음을 지나칠 만큼 잘 알고 있었다.

"헤이스케!"

"예, 말씀하십시오."

"그대는 무척 비위를 건드리는 자로군. 뭐라 하기만 하면 히죽히죽 웃다니. 자네도 그만 자도록 하게."

"그럴 수는 없습니다. 오고쇼 님보다 먼저 잤다……고 하면 내일의 공에 금이 갑니다. 잠을 잤으니까 당연하다는 식이 되고 맙니다."

"여전히 말이 많군. 그럼, 밤새 일어나 있게."

"오고쇼 님, 아직 한 가지 중요한 일을 잊고 계시는 것 같습니다. 그렇지 않은가, 안도……?"

히코자에몬은 다시 야유하는 듯한 어조로 말했다. 그는 일족인 오쿠보 타다치카가 처벌된 후 눈에 띄게 야유하는 어조가 되어 있었다. 마음속에 안고 있는 큰 불만을 굳이 감추려 하지 않았다.

"잊고 있는 일……?"

"암, 가장 중요한 일이지."

"그게 무엇입니까, 오쿠보 님?"

"다름이 아니라, 오고쇼 님의 각오를 알았으니 당연히 물어야 할 일이지. 자네도 잊고 있었군."

"허어…… 그게 무엇입니까?"

그 물음에 히코자에몬은——

"흐흐흐."

함축성 있게 웃고 나서 말을 이었다.

"오고쇼 님이 전사하실 경우, 머리는 어디로, 유해는 어디로…… 이에 대해 아직 여쭙지 않았어."

이에야스가 눈을 크게 뜨고 히코자에몬을 바라보았다.

안도 나오츠구도 그만 숨을 죽였다.

"아니, 진짜 오고쇼 님뿐만이 아니야. 스루가駿河에서 데려온 농부 타케에몬竹右衛門 등을 비롯한 가짜 오고쇼가 전사하거나 부상을 입었을 때는 어디로 운반하고 어떤 치료를 할 것인가. 전쟁터 청소까지 신경을 쓰시는 주군이 그런 배려를 하시지 않는다면 웃음거리가 되지. 그렇지 않습니까, 오고쇼 님?"

이에야스도 당장에는 대답할 수 없었던 듯. 입술이 바르르 떨리고 혀가 굳은 듯이 보였으나 이윽고 말했다.

"그렇군. 이에야스들이 전사했을 경우에는 누구 할 것 없이 타다 남은 사카이의 절로 운반하도록."

이렇게 내뱉고 그대로 침소로 들어갔다.

5월 7일

1

드디어 5월 7일 아침. 아니, 아침이라기보다 아직 밤중이었다. 에치젠의 마츠다이라 타다나오 군은 거의 밤을 새우다시피 하면서 미즈노 카츠나리, 혼다 타다마사 등의 야영지를 가로질러 호리 나오요리가 주둔한 전방까지 나가 텐노 사와 잇신 사의 적진이 보이는 곳까지 진출했다.

쇼군 히데타다 역시 진지에서 날이 밝기를 기다릴 수 있는 사나이가 아니었다. 축시丑時(오전 2시)에 센츠카를 출발하여 날이 밝아올 무렵에는 어제의 전쟁터였던 와카에, 야오를 자세히 순찰하면서 각 부대에 전령을 보내 포진할 순서를 알렸다.

이에야스는 그때까지 푹 자고 히라오카의 막사를 나왔다. 카타야마, 도묘 사의 전쟁터를 한 바퀴 돌고 사시巳時(오전 10시)에 히라노로 갈 예정이었다.

이날 히라노 전면의 진지는 녹봉 1만 석마다 정면 한 간(1.8미터)을 할당했다. 아군끼리 싸움을 피하기 위한 암호로는——

"……지휘봉이냐, 산이냐?"

이 질문에—

"……지휘봉."

이렇게 대답하기로 했다.

오카야마 어귀의 선봉을 명령받은 마에다 군 병력은 1만 5,000. 중신인 야마자키 헤이사이山崎閉齋, 오쿠무라 카와치奧村河內, 혼다 마사시게 등이 먼저 큐호지의 진지를 출발했다. 그리고 오카야마의 전면에 이르러 즉시 진을 치고 후속부대의 도착을 기다렸다.

마에다 군 오른쪽에는 혼다 야스토시本多康俊와 야스노리康紀, 엔도 야스타카遠藤康隆 등의 부대가 나란히 자리잡았다. 왼쪽에는 카타기리 카즈모토, 카타기리 사다타카片桐貞隆, 미야키 토요모리宮木豊盛 등의 군사가 배치되었다.

이번에도 제일선에 나선 카타기리 카즈모토는 마음이 서글펐다. 히데요리가 나온다면 이를 남에게 넘기기 싫었을 터.

우익의 선봉과 나란히 좌익의 선두에 나와 있는 것은 바로 사나다 노부요시 일대였다. 그들은 에치젠의 마츠다이라 타다나오 군보다 비스듬히 전방 우익의 맨 앞에 나와 있었다. 물론 이 역시 의리와 고집의 진격임이 틀림없다.

사나다 노부요시는 바로 유키무라의 형의 아들, 그 어머니는 혼다 타다카츠本多忠勝의 딸이었다. 지난해 겨울 전투 때는 열다섯 살이었으니, 지금은 오와리 요시나오와 동갑인 열여섯 살이었다. 이런 그가 요리노부와 동갑인 열네 살의 동생 나이키內記˚를 데리고 나와 있었다. 이번에도 또한 숙부인 유키무라를 자기들 손으로 치겠다는 비장한 각오를 했을 것이 분명하다.

그 사나다 노부요시 왼쪽에 타다카츠의 차남 혼다 타다토모, 아사노 나가시게淺野長重, 아키타 사네스에秋田實季의 순으로 포진했다. 그보다 조금 뒤에 마츠다이라 타다나오와 나란히 있는 것은 왼쪽으로부터

스와 타다즈미諏訪忠澄, 사카키바라 야스카츠榊原康勝, 호시나 마사미츠保科正光, 오가사와라 히데마사小笠原秀政의 군사였다.

이를 뒤따르는 혼다 타다마사의 2,000 군사. 야마토 방면을 담당한 미즈노 카츠나리의 군사는 불과 600이었는데, 지금까지의 전투로 상당한 피해를 입었기 때문에 이때는 혼다 타다마사 군의 전위라는 형태로 합류해 있었다.

다시 그 왼쪽에 있는 또 하나의 키슈 가도……에는 다테 군이 카타쿠라 코쥬로의 선발대와 마사무네 본대로 나뉘어 있었다. 그 후방에 미조구치 노부카츠, 무라카미 요시아키라의 에치고 군을 두었으며, 4단계 마지막에는 마츠다이라 타다테루의 9,000 군사가 따르고 있었다.

마츠다이라 타다테루만이 어째서 이처럼 후방에 배치되었는가? 물론 다테 마사무네의 생각에 따른 것. 이 일에 대해서는 나중에 언급하기로 한다. 어쨌든 이렇게 해서 칸토 군의 태세가 갖추어진 것은 사시巳時(오전 10시).

이에야스와 히데타다가 히라노에 도착함으로써 드디어 전쟁의 불길은 오르게 되었다.

2

이날 전투에서 이에야스가 가장 경계한 것은 유언비어였다. 병력으로는 칸토 군이 압도적으로 우세했다. 그러나 적은 이곳을 죽을 장소로 정한 자들이어서 사기는 아군보다 월등히 높았다.

그러한 그들이 전투를 벌이면서 —

"누구누구가 배신……"

등의 소문을 퍼뜨리면 동군은 불가피하게 동요할 수밖에 없다. 아직 도요토미 가문에 마음을 두고 있는 다이묘들도 있을 것……이라고 서로 마음속으로 생각하고 있기 때문이다.

이에야스는 히라노에 도착했을 때 다시 두 아들 요시나오와 요리노부를 불러 전쟁터에서의 마음가짐을 가르쳤다. 동생 요리노부는 이때 토토우미노츄죠遠江中將라 불리고 있었는데, 성격이 형 요시나오 이상으로 격렬하여 자칫하면 진두에 나가 싸울 가능성이 있었다.

"츄죠는 결코 너무 앞서 나가지 말 것. 지나치게 진군하면 적의 유격대에 측면공격을 받아 아군의 허리가 꺾일 우려가 있다. 언제나 행렬 중앙에 있으면서 사방에 주의를 기울이며 진군할 것."

요시나오에게는 전혀 다른 말을 했다.

"재상은 이번 전투를 통해 부하의 움직임을 면밀히 관찰할 것. 인간은 어떤 때 어떤 모습이 되는지 정확히 확인해둘 필요가 있다."

이에야스의 이 교훈을 요시나오가 어떻게 실천했는가는 『비슈 기록尾州記錄』에 다음과 같이 씌어 있는 것을 보아도 잘 알 수 있다.

(전략) 금번 아군이 붕괴할 때 겐케이源敬(요시나오) 공이 보기에 그 자리에서 견디며 버틴 자는 눈의 검은자위가 크고 부리부리했다. 또한 패색이 짙은 오자키 쿠라노스케尾崎內藏介, 소우다 요헤이左右田與平를 꾸짖어 재기하도록 했다. 그때 요헤이의 눈은 넷이나 있는 것처럼 보였다고 후에 겐케이 공은 술회했다. 이처럼 어려운 상황에서도 전혀 마음의 동요를 보이지 않고 부하들의 눈빛까지 파악한 데 대해 모두 감탄했다……(후략)

이렇게 이에야스는 두 아들에게 각각 주의를 주고 점심을 먹은 후 텐노 사 어귀의 챠우스야마를 향해 진군시켰다.

요시나오에게는 나루세 마사나리가 따르고, 요리노부에게는 나오츠구가 따랐다.

이날 이에야스는 감색 홑옷에 대나무로 만든 간편한 가마를 타고, 말을 끌게 했으나 타지는 않았다.

가마 곁에는 츠카이반인 오구리 마타이치 타다마사, 하타지루시를 든 호사카 킨에몬保坂金右衛門, 창을 든 오쿠보 히코자에몬 타다타카, 그리고 나가이 나오카츠, 이타쿠라 시게마사飯倉重昌, 혼다 마사노부, 우에무라 이에마사植村家政 등 참모의 말이 뒤따르고 있었다.

거의 정오……가 되었다 싶었을 때 전방에서 총성이 울렸다. 맨 앞에 나가 있던 에치젠의 타다나오 군이 챠우스야마에 휘날리는 사나다의 붉은 깃발을 향해 공격을 개시했다.

에치젠의 선제공격은 물론 명령을 기다리지 않은 '월권'이었다. 젊은 타다나오는 이에야스로부터 낮잠을 자고 있었느냐는 말을 듣고 격노하고 있다.

"패하면 코야산으로 들어가겠다."

깨끗이 결론을 내리고 전군에게 식사를 끝내게 했다.

"우리는 이제 식사를 끝냈다. 배는 충분히 불렀으니 죽는다 해도 아귀도餓鬼道에는 떨어지지 않는다. 자, 안심하고 즉시 염라대왕 앞으로 달려가자."

이때 에치젠 군과 적의 거리는 약 10정. 총성에 놀란 오른쪽 전방에 있던 혼다 타다토모 군 역시 곧 전진을 개시했다.

"에치젠 군에게 뒤쳐져서는 선봉의 수치. 뒤쳐지지 마라!"

3

이에야스가 타다나오를 꾸짖은 것은 물론 격려하기 위해서였다. 그런데 이 처방은 너무 지나쳤던 듯.

그때 에치젠 군이 서군에게 얼마나 무섭게 맹공을 가했나…… 그 모습이 당시의 민요에도 남아 전해지고 있어 쉽게 상상해볼 수 있다.

　싸워라, 싸워라 하는 에치젠 군
　덤벼라, 덤벼라 하는 에치젠 군
　목숨을 내던진 검은 깃발……

젊은 타다나오가 최전방에 서서 목이 쉬도록 외쳐대는 모습이 눈에 보이는 것 같다.

그도 그럴 것이, 에치젠 군과 사나다 군의 거리는 10정 가량이었는데 그 사이에는 작은 못과 움푹 패인 곳도 있었고, 그 언덕과 언덕 사이에 실은 모리 카츠나가의 4,000 병력이 매복하고 있었다.

이 모리의 복병과 맨 먼저 부딪친 것은 에치젠 군에 뒤쳐지지 않으려고 움직이기 시작한 혼다 타다토모의 총포대로, 이 양자의 격돌에 에치젠 군이 휘말렸다.

"아직 이르다! 우리가 노리는 것은 에치젠 군이 아니다! 그 뒤에 오는 이에야스의 본진이다!"

이 뜻하지 않은 전투를 사색이 되어 막으려 한 것은 사나다 유키무라. 그런 의미에서 타다나오의 젊고 무모한 분노가 노련한 사나다 유키무라의 작전을 근본적으로 흔들어놓는 결과가 되었다.

'이렇게 무모한 전투가 또 있을까.'

어쩔 수 없었다. 배는 부르므로 아귀도에 떨어질 걱정은 없다, 곧바로 염라대왕 앞으로 달려가라는 명령, 어쩔 도리가 없었다.

"공격하라! 쳐부수어라!"

타다나오가 외칠 때마다 혼다 타다토모 군이 마구 쓰러져갔다. 아니, 그 혼다 군과 에치젠 군이 하나가 되어 잇따라 모리 군의 총포 앞을 막아서며 시체를 넘고 돌격을 계속했다.

복병은 4,000 남짓. 에치젠 군과 혼다 군을 합하면 2만이 넘는다.

물론 타다토모 지휘 아래 사나다 노부요시 형제도 움직이기 시작했다. 아사노 나가시게, 아키타 사네스에, 마츠다이라 시게츠나, 우에무라 야스카츠植村泰勝 등의 군사도 경쟁적으로 행동을 일으켰다.

이때 모리 카츠나가의 총포대는 고금에 없는 활약상을 보였다. 그러나 역시 병력에서 오는 제약은 어찌할 수 없었다.

"공격하라! 돌격하라!"

목숨을 내던진 검은 깃발 역시 전혀 물러서는 기색이 없었다. 전멸시키지 않는 한 이 적의 발길을 막을 수는 없었다. 그렇게 되면 아무리 싸우기 싫은 적이라 해도 상대하지 않을 수 없다.

사나다 유키무라는 마침내 지휘봉을 들어 대항을 명했다. 그로서는 말할 수 없이 분했다.

유키무라가 걸상에서 일어났다. 그와 함께 똑같이 차린 여덟 명의 유키무라가 사방으로 달려갔다.

모리 군은 이때 벌써 복병전에서 역습전으로 전환하고 있었다. 그들은 혼다 군을 중앙에 끌어넣고 좌우에서 협공하고 있었다. 사나다 형제가 후퇴하기 시작했다.

이때 이상한 유언비어가 나돌기 시작했다.

"아사노 나가아키라 군이 배반했다!"

이 유언비어는 물론 유키무라의 카게무샤가 퍼뜨린 것……

4

이날 격전에서 칸토 군을 혼란에 빠뜨리기 위한 가장 효과적인 유언비어는 아사노 군의 배반이나 마에다 군의 배반이었다.

도쿠가와 군의 친위대나 후다이가 반란을 일으킬 리는 없다. 그렇다면 아사노 가문이나 마에다 가문은 도요토미 가문과는 특별한 관계가 있었고, 이에야스나 히데타다의 하타모토 중에는 남몰래 이 양군을 경계하는 분위기가 있었는지도 모른다.

더구나 그날 그 시점에서는——

"아사노 나가아키라의 배신!"

이 유언비어가 그 위치로 보아 최상의 것이었다.

아사노 군은 칸토 쪽의 가장 좌익인 키슈 가도를 다테 마사무네나 마츠다이라 타다테루의 군사보다 좀 늦게 진군해왔다. 그런데 전방에서 총성이 울렸다.

아사노 나가아키라는 당연한 일로서——

'만약 결전 시기가 늦어진다면……?'

의구심을 가지고 있었다.

이에 아사노 나가아키라는 다테나 마츠다이라 군 옆을 단숨에 앞질러 곧장 이마미야今宮 마을에서 이쿠타마生玉, 마츠야松屋 가도로 나가려 했다.

그 순간을 노리고 유언비어를 퍼뜨렸다.

"보아라! 아사노 군이 동군을 배반했다. 지금 오사카 성을 향해 진군하기 시작했다."

"그게 사실인가, 틀림없나?"

"어찌 틀림이 있겠나, 저 군사를 보아라."

이 유언비어가 끼친 영향은 컸다. 한결같이 모든 신경이 적의 우익에 집중되어 있을 때 좌익의 배후에서 아사노 군에게 습격을 받으면 대번에 패주할 수밖에 없다.

맨 먼저 에치젠 군이 동요했다. 그 뒤를 이어서 오가사와라, 스와, 사카키바라, 아키타, 아사노(나가시게), 미즈노 등의 대열이 차츰 무너지기 시작했다.

더구나 거의 이와 때를 같이하여 나루터에 진을 치고 칸토 군의 측면에서 쳐들어가기로 되어 있던 아카시 모리시게 일대가 횃불을 들고 진격을 개시했다.

이 작전은 사나다 유키무라가 미리부터 생각해두었던 기습.

한번 무너지기 시작한 칸토 군으로서는 유격대인 아카시 군의 진격이 아사노 군의 반란과 구별할 수 없게 되고 말았다.

"방심하지 마라. 아사노 군이 배신했다."

"후퇴할 길을 생각해놓아라."

다만 그러한 혼란 가운데서 에치젠의 대장 타다나오만이 고래고래 고함지르고 있었다.

"덤벼라! 물러나지 마라. 겁쟁이 놈들아, 공격하라!"

전투에 익숙한 오사카 쪽의 모리 카츠나가가 이러한 혼란을 놓칠 리 없었다.

"이때다. 대번에 히데타다의 본진을 공격하라!"

고전하고 있는 혼다 타다토모 군의 중앙을 돌파하여 곧바로 쇼군 히데타다의 선봉 마에다 토시츠네 군 한가운데로 나왔다.

마에다 군의 전위 위치에는 혼다 야스노리와 카타기리 카츠모토가 대기하고 있었다. 이들이 불의의 공격을 받게 되었다.

그와 함께 오카야마 전방에 있던 오노 하루나가, 하루후사 군이 일곱 장수를 거느리고 일제사격을 가하면서 맹렬히 진격을 개시했다.

정오까지는 아직 여유가 있던 전쟁터가 순간적으로 눈도 뜰 수 없는 포연과 아비규환의 도가니로 변했다.

"후퇴하지 마라…… 후퇴하면 안 된다. 쇼군과 오고쇼가 바로 가까이 있다!"

이미 쌍방의 하타모토들도 이 유언비어에 말려들고 말았다. 그 가운데를 붉은 갑옷의 사나다 군과 흰 갑옷의 모리 군이 무서운 기세로 휩쓸고 다녔다.

5

정오에 이에야스는 아직 텐노 사 전면까지는 진군하지 않았다. 만약 그가 지나치게 앞으로 나갔더라면 맨 먼저 그 본진이 난전의 중심이 되어버렸을 터.

혼다 타다토모나 오가사와라 히데마사는 이에야스의 본진을 공격하지 못하게 하기 위해 사수를 결심했다.

오사카 쪽의 오노 하루나가, 하루후사가 행동을 개시했을 때 혼다 타다토모는 벌써 전신에 20여 군데나 부상을 입고 있었다. 그러나 한 걸음도 물러나지 않고 모리 군의 창 앞에 버티고 서서 분전하다가 작은 도랑으로 미끄러지는 순간 모리 군 창부대의 한 병사에게 찔려 전사하고 말았다.

오가사와라 히데마사 부자도 마찬가지.

호시나 마사사다와 함께 모리 군의 타케다 에이오 군을 격파하고 텐노 사를 왼쪽으로 바라보며 진군하기 시작했을 때 오노 군의 선봉과 충돌했다. 그들과 필사적으로 맞서고 있을 때 승세를 몰아 달려오는 또다른 모리 군과 마주쳐 먼저 아버지 오가사와라 히데마사가 부상을 입고 이어서 아들 타다나가忠脩가 전사했다.

타다나가는 이때 아버지를 대신하여 마츠모토 성松本城 수비를 명령 받고 있었으나 명령을 어기고 전쟁터에 나온 것이 알려져 곧 군령 위반으로 처벌받을 줄 알고 전사했다고 한다. 아버지 오가사와라 히데마사는 그날 밤 숨을 거두었다.

이날 서전緖戰에서는 오사카 쪽 사나다 유키무라의 작전이 보기 좋게 승리를 거두었다.

이에야스는 하타모토들이 점점 전선으로 나가 신변의 방위가 약해지는 것을 느끼면서도 전진을 멈추지 않았다. 어느 틈에 요시나오, 요리노부의 두 군사와도 떨어지고, 좌우에 있는 것은 오구리 마타이치 타다마사와 나가이 나오카츠뿐이었다.

공교롭게도 그가 바싹 뒤따른 전방부대는 손자 타다나오가 계속 진격하라고 소리지르고 있는 에치젠 군의 후미였다. 이에야스가 전진을 중지하지 않았던 것은 히데타다의 명령이 없었기 때문.

"오늘 전투의 모든 명령은 쇼군이 내리도록."

그렇게 명한 지시를 숙연히 지키려는 노장의 흉중에는 무한한 감회가 있었을 터이다.

날아온 유탄이 가마를 관통하고 곁에서 따라오던 말의 모습도 부근에는 보이지 않았다. 포연 속에서 사나다 군으로 보이는 붉은 갑옷의 기마무사가 때때로 눈앞을 스쳐 죽음이 바로 이에야스의 눈앞에서 명멸하고 있었다.

이때 그가 자랑하는 큰 금부채 하타지루시가 가까이 있었다면 이에야스는 무어라고 말했을까.

"우마지루시를 감춰라."

이렇게 말했을지도 모른다. 그러나 그 부채는 오늘 히데타다에게 물려주었다. 그리고 어디까지나 그는 칸토의 은퇴한 사람으로서 전쟁터에 임하고 있었다.

전사자의 수는 늘어나기만 할 뿐…… 이에야스는 조금 떨어진 곳에 있는 젖꼭지나무 그루터기에 떨어진 자기 도시락, 누군가가 짓밟아 납작해진 도시락을 보았다.

이에야스는 쓸쓸히 웃으며 오구리 타다마사를 불렀다.

"보기 흉하다. 집어다 말안장에 얹어놓아라."

그 무렵 금부채의 우마지루시를 물려받고 오카야마 가도로 나간 히데타다는 어떻게 싸우고 있었을까……?

히데타다가 텐노 사 방향에서 나는 총성을 듣고 공격명령을 내린 것은 정오였다. 히데타다는 그때까지 너무 서두르지 말라고 한 이에야스의 지시를 어기지 않고 잠시 전황을 살펴볼 생각이었다.

6

승리의 기세를 몰고 온 모리 군이 전방에 모습을 보이지 않았더라면 쇼군 히데타다는 좀더 전투를 늦추었을지도 모른다. 마침 점심때여서 전투에 익숙지 못한 어린 동생들이 아버지 뒤에서 도시락을 펴놓고 있을 무렵……이라 짐작했기 때문이다.

그런데 모리 군의 신속한 행동이 그만 전투를 시작할 계기를 만들었다. 그렇다고는 하지만, 다소 허를 찔린 감이 없지도 않았다.

마에다 군의 선봉 혼다 마사시게의 부대는 서둘러 동쪽에서 진격했다. 쇼인반가시라書院番頭°인 맹장 아오야마 타다토시靑山忠俊, 오반가시라大番頭인 아베 마사츠구阿部正次, 오반大番°인 타카키 마사츠구의 순으로 진격하여 모리 군과 격돌했다.

이때 또다시 오카야마 가도로 오노 하루후사와 도켄 형제의 군사가 곧바로 히데타다의 본진을 향해 진격을 개시했다. 전쟁터는 순식간에 피아를 분별할 수 없는 일대 혼전이 되었다.

아베 마사츠구는 종횡으로 말을 달리며 아군을 질타했다.

"아군끼리 싸우지 마라! 우리는 먼길을 왔기 때문에 얼굴빛이 검다. 햇볕에 타서 검은 것은 아군이다!"

뛰어다니면서 히데타다의 본진 쪽을 바라보니 본진 바로 왼쪽 전방에 있던 토도 타카토라 군과 이이 나오타카 군은 텐노 사 방면의 아군이 패한 것으로 보고 그쪽으로 진격하고 있었다.

'쇼군의 본진이 위험하다……'

"물러서지 마라. 전진! 이 정도의 적은 두려울 것 없다."

창을 휘두르며 적을 구별하여 찌르고 또 찌르는 동안 적의 물결은 계속 히데타다의 기치 가까이 쇄도하고 있었다.

'도이 군과 사카이 타다요 군은 무얼 하고 있단 말인가!'

사카이 군과 도이 군은 너무 앞으로 나갔기 때문에 적이 배후로 돌아온 듯. 전쟁터에서 배후를 찔린 군사만큼 약한 것은 없다.

도이 토시카츠의 군사는 당황했다. 에치젠 군은 노래에서까지 ──

"싸워라, 싸워라, 에치젠 군……"

그 용맹을 칭송받고 있었는데, 오히려 도망치는 꼴을 드러내게 되고 말았다.

모든 것이 불과 몇 순간의 차이. 그 사이에 오노 하루후사와 도켄 형제, 키무라 무네아키, 나이토 나가무네內藤長宗 등의 군사까지 쳐들어오게 되어 때가 너무 늦었다.

이때 무너져서 도망쳐오는 사카이와 도이 양군 앞에, 창을 꼬나들고 달려온 검은 갑옷차림의 두 기마무사가 있었다. 쿠로다 나가마사와 카토 요시아키였다.

"쇼군 님 앞이다! 수치를 알라. 뒤돌아서라!"

이미 수십 걸음 앞에 히데타다가 있었다. 두 장수는 창을 휘두르며 후퇴해오는 아군을 내몰기 시작했다. 무모하다기보다 당황한 아군을 막는 것은 이 방법밖에 없음을 알고 있는 노장의 비상수단이었다.

앞에도 창, 뒤에도 창…… 그렇다면 아군에게 찔리기보다는 적에게 대항하려는 마음이 들 수밖에.

이러한 상황에 히데타다 자신도 가만히 있을 리 없었다.

"좋아, 나를 따르라!"

갑자기 말에 채찍을 가했다. 안도 히코시로安藤彦四郎가 급히 말을 붙들었다.

"안 됩니다, 안 됩니다!"

동시에 좌우 코쇼들이 칼을 뽑아들고 적중으로 뛰어들었다.

7

히데타다 주변에 이처럼 허점이 생기리라고는 아무도 생각지 못했다. 가장 유력한 이이 나오타카와 토도 타카토라의 두 부대는 혼다 타다토모와 오가사와라 군이 무너지는 것을 보고 ──

"그야말로 오고쇼가 큰일!"

왼쪽으로 진로를 바꾸고 말았다.

이렇게 되면 히데타다의 위기를 구할 자는 호위무사밖에 없다. 아니, 전투에 익숙한 쿠로다 나가마사와 카토 요시아키 두 장수가 가까이 없었다면, 그 호위무사들도 순식간에 혼란의 와중에서 전사하고 말았을지도 몰랐다. 안도 히코시로가 히데타다의 말에 뛰어들었을 때는 그야말로 위기일발이었다.

"덤벼라!"

양쪽에서 지키고 있던 코쇼들은 맨살에 갑옷을 입은 거친 모습으로

다가오는 적군을 향해 돌진했다. 그것은 물론 일순간의 흐름.

정신을 차리고 보니 이미 히데타다의 말 앞에는 무사 한 사람밖에 없었다. 안도 히코시로마저 적중으로 뛰어들어갔다.

"누구냐!"

고삐를 당기며 히데타다가 물었다.

"안심하십시오. 마타에몬입니다."

그 말이 미처 끝나기도 전이었다. 적군 하나가 창을 겨누고 곧바로 대들었다.

마타에몬의 칼이 번쩍 빛났다. 상대는 두 간짜리 자루가 달린 창과 투구가 두 동강이 나서 말 아래 쓰러졌다. 그러나 이어서 또 한 사람이 몸을 숙이고 화살처럼 달려왔다.

마타에몬의 입에서 기합소리가 나오는 순간 상대는 피를 뿜었다.

"주군! 어서 말을."

"오오."

세번째와 네번째의 적이 거의 동시에 대들었다. 그러나 창끝이 히데타다의 말 옆구리까지도 미치지 못했다. 창 한 자루가 허공으로 튀어올랐다 싶었을 때 한 사람은 어깨를 얻어맞고, 나머지 하나는 다리가 부러져 있었다.

야규 마타에몬 무네노리柳生又右衛門宗矩가 평생 처음 휘두르는 살인검. 그것은 처절하다기보다 얼음처럼 차가운 정확하기 짝이 없는 묘기였다.

네 사람이 모두 쓰러지고는 적도 그만 발길을 멈추었다.

마타에몬은 적을 유인도 하지 않고 공격도 하지 않았다. 두 발을 넓게 벌려선 채 칼은 오른쪽으로 비스듬히 끝을 내리고 있었다.

히데타다는 비로소 마음을 놓았다. 마음을 놓는 동시에 아군이 보이기 시작했다.

"누구 없느냐? 마에다 본진이 아직 움직이지 않는다. 속히 출동하여 싸우라고 해라!"

"예."

대답한 것은 쇄도하는 적을 베고 숨을 돌리려고 돌아온 안도 히코시로였다.

히코시로는 나오츠구의 장남으로 이때 29세. 늠름한 나신에 땀을 번들거리고 있는 그는 나한羅漢을 보는 듯 헌걸찬 모습이었다.

"살피고 오시오."

마타에몬이 말했다.

"여기는 마타에몬이 맡겠소."

그 말이 끝나기도 전에 히코시로의 말이 소리높이 울부짖고는 전방의 적에게 뛰어들어갔다.

아직 말 주위에는 사람이 없었다.

이글이글 내리쬐는 뙤약볕 밑에 남아 있는 두 주종…… 난전 중에 찾아온 한 순간의 고요였다.

8

"마타에몬, 성급해서는 안 되는 것이었어."

히데타다가 말을 걸었을 때 적의 포위망과는 상당한 간격이 있었다.

"그렇습니다. 그러나 지금 조수는 물러가기 시작했습니다."

"그렇군. 조수라…… 조수를 잘못 보아서는 안 되는 것이야, 무슨 일에나."

이때 야규 무네노리는 히데타다의 말 앞에서 일곱 명을 베었다고 전한다. 그러나 이것은 히데타다가 본 숫자, 마타에몬 무네노리의 술회는 아니었다. 무네노리는 자신이 남을 살상한 것을 무도武道의 명예를 더럽혔다고 여겨 입밖에 낸 일이 없었다. 이러한 전쟁터에서 주군이 공격받는다는 것은 불명예 중에서도 불명예. 있을 수 없는 일이라 생각했기 때문에 입밖에 낼 리 없었다.

이때 마에다 본진으로 달려간 안도 히코시로 시게요시安藤彦四郎重能는 그대로 돌아오지 않았다.

히코시로가 달려갔을 때 전위를 내보내고 있었던 마에다 군은 아직도 이 절박한 사태를 모르고 한창 점심을 먹고 있던 중이었다. 그리고 급히 서두르는 히코시로를 조롱하듯——

"모처럼이지만 점심식사 중이니까 잠시 기다리시오."

남의 일인 듯이 말했다.

히코시로는 격분했다. 그리고 자기를 따라온 코쇼들을 이끌고 그대로 오노 군의 측면으로 쳐들어갔다.

물론 전사였다.

시체만을 간신히 가지고 돌아온 코쇼들이——

"도련님의 시체는 어떻게 할까요?"

아버지 나오츠구에게 달려와 이렇게 말했다.

"개에게 주어라."

이렇게 말했을 뿐 나오츠구는 돌아보지도 않고 요리노부의 군사를 지휘했다고 한다.

그러나 그것은 그 뒷일——

야규 마타에몬이 조수가 물러가기 시작했다고 말했을 때 히데타다의 우마지루시를 들고 있던 미무라 마사요시三村昌吉가 무슨 생각을 했는지 길이 막힌 작은 연못을 향해 달리기 시작했다.

히데타다는 깜짝 놀라——

"마사요시 녀석, 사람도 없는 데서 무엇을 하려는 것일까?"

저도 모르게 무네노리를 돌아보았다. 그러나 그때는 이미 무네노리
도 대답할 필요가 없었다.

우마지루시를 연못 기슭에 세우고 미무라 마사요시는 큰 소리로 고
함을 지르기 시작했다.

"정말 보기 흉하구나. 쇼군 님은 여기 계시다. 이 우마지루시 밑으로
돌아오라."

그것은 묘한 전쟁터의 지혜였다.

전면에 못이 있기 때문에 적은 올 수 없었다. 적이 올 수 없는 곳으로
모이라고 하니 당황해서 적에게 등을 돌리고 있던 자들이 마음놓고 그
곳으로 모여왔다.

"쇼군께서도 어서."

재빨리 야규 무네노리는 말고삐를 잡았다. 그리고 우마지루시가 있
는 곳에 도착했을 때 도이 토시카츠가 파랗게 질린 얼굴로 돌아왔다.

"마사요시가 묘한 지혜를 짜냈어."

그때 히데타다의 주변은 피와 땀으로 얼룩진 아군의 군사들로 다시
굳게 지켜졌다.

그러나 이들 가운데 모습을 나타내지 못한 것은 안도 히코시로만이
아니었다. 나루세 마사타케成瀬正武, 시노다 타메시치篠田爲七 등의 코
쇼들은 모두 반라인 상태로 적 가운데서 전사하여, 이 뜻하지 않은 위
기탈출의 제물이 되었다……

9

5월 7일의 일전은 이에야스의 생애를 장식하는 마지막 전투로서는
실로 결과가 좋지 않았다. 오카야마로 향했던 히데타다도 구사일생으

로 목숨을 건진 느낌이 있었으나, 이에야스의 휘하 장수들도 세 번이나 공격을 받고 무너져 위기에 몰렸다.

이 혼란의 원인은 역시 동서 양자의 마음가짐의 차이.

한쪽은 모두 오늘이 마지막이라는 각오였는데, 한쪽은 평화시대의 다이묘로서 저마다 복잡한 계산이 마음속에 있었기 때문. 모리 카츠나가의 뛰어난 작전과 사나다 유키무라의 신경전이 훌륭하게 효과를 거둔 탓도 있었다.

그렇다고는 하지만 이에야스의 휘하까지 무인지경이 되다니……

이날의 격전에 대해서는 『호소카와카키細川家紀』에 다음과 같이 기록되어 있다.

이쪽에서 무리하게 싸움을 걸어 (에치젠 군의 공격에 이어) 일전을 벌이게 되었다. 전투는 몇 각刻이나 이어져 반은 아군이, 반은 오사카 쪽이 이겼으나, 아군의 인원이 많아 승리를 거두게 되었다……

분명히 압도적으로 많은 병력에 따른 승리이지, 전투를 잘했기 때문에 승리했다고는 하기 어려웠다.

이날 이에야스 본진을 측면에서 치려던 나루터의 아카시 군 유격전이 성공했다면 이에야스나 히데타다 중 한 사람은 전사했을 터. 아카시 군은 에치젠 군의 일부를 격파하기는 했으나 미즈노 카츠나리 군에 의해 차단되어 결국 목적을 달성할 수 없었다.

이에야스의 본진을 세 번이나 무인지경으로 만든 것은 사나다 군이었으며, 이에 대해 이에야스를 칠 기회를 주지 않았던 것은 전원이 전사할 각오로—

"싸워라! 싸워라!"

계속 노호를 터뜨렸던 에치젠 타다나오의 젊은이다운 투지였다.

이에야스는 처음 주위에 사람이 적어졌을 때 나이토를 불러——

"오와리 군은 적의 챠우스야마로 나가라. 그리고 토토우미노츄죠(요리노부)도 그 뒤를 따르라고 전하라."

이렇게 명했다. 가까이 있던 혼다 마사노부가 깜짝 놀라 반문했다.

"아직 전투에 익숙지 못한 두 분을 그런 난전 속으로……?"

이에야스는 무서운 눈으로 꾸짖었다.

"무슨 소린가. 빨리 가지 않으면 전쟁이 끝난다. 전쟁이 끝나면 가르쳐줄 수가 없어."

74세 노인의 얼굴이 아니었다. 그의 말은 나이를 잊은 맹장의 자신감에 넘치는 호언장담이었다.

'진다는 것은 추호도 생각지 않고 계시다.'

그로부터 잠시 후 이에야스는 다시 키타미 쵸고로北見長五郎를 불러 오와리 군의 진격을 독촉했다.

"어떻게 된 일이냐? 하야토노쇼隼人正(나루세 마사나리)는 무얼 꾸물거리고 있는 거냐, 겁을 먹었느냐고 가서 일러라!"

얼굴을 일그러뜨리고 소리쳤다.

때가 때인 만큼 키타미 쵸고로는 오와리 군의 본진으로 달려가 이에야스가 말한 그대로 전했다.

나루세 마사나리도 소리질렀다.

"뭐, 겁쟁이? 흥, 이 하야토노쇼를 겁쟁이라고 하시는 오고쇼 님도 카이甲斐의 신겐信玄과 마주쳤을 땐 겁을 먹었어."

그때 마사나리는 요시나오에게 점심식사를 하게 하고 있었다.

16세의 오와리 요시나오는 깜짝 놀라 젓가락을 놓고 즉시 모두에게 진격을 명했다. 물론 감독은 나루세 마사나리가 했으나 점심 도중에 먹다 말고 난전에 참가한 요시나오가 아군이 무너질 때 소우다 요헤이의 눈이 네 개로 보였다고 했으니, 그 성격이 얼마나 침착한지 알 수 있을 것이다.

요시나오의 동생 요리노부는 이와 반대였다.

요리노부에게는 안도 나오츠구가 딸려 있었는데, 너무나도 성급하게 난전에 뛰어들려 하기 때문에 ─

"서둘러서는 안 됩니다. 아직 주군은 젊습니다. 공은 언제라도 세울 수 있습니다."

이렇게 말하고 말을 붙들려고 하면 ─

"닥쳐! 열네 살이 두 번 있다고 생각하느냐."

꾸짖으며 적을 향해 나갔다. 기질은 형보다 훨씬 격렬했다.

전쟁을 가르쳐줄 생각이었던 요시나오와 요리노부까지 이처럼 위기에 직면했으므로 그 격전의 양상은 가히 상상할 수 있다.

이에야스는 두 아들의 도착을 기다렸다가 유유히 공세를 취할 계획. 너비 20정의 대지에 가로로 진을 치게 하여 오사카 성까지 숙연히 밀고 들어가려고 한 데 약간의 무리가 있었다.

사람에겐 누구나 저마다의 기질이 있고 투지와 공명심, 각자의 입장에 차이가 있다. 그리고 손자인 에치젠의 타다나오를 격려하려고 꾸짖은 것이 지나쳤다.

이날 칸토 군 중에서 저돌적인 공격을 감행하여 오히려 전열을 혼란케 만든 것은 에치젠의 타다나오를 비롯하여 오가사와라 부자와 혼다 타다토모 등 모두 전날의 전투에서 별로 공을 세울 기회가 없었던 사람들이었다.

일시적이기는 하나 이에야스의 본진이 혼란에 빠진 일에 대해 『삿판 큐키薩藩舊紀』에 수록된 서신에는 다음과 같이 기록되어 있다.

오월 칠일, 오고쇼 님의 진중에 사나다 사에몬노스케가 공격해들 어와 진중을 교란하고 여러 사람을 죽였습니다. 진중의 무리는 삼십 리나 도주하여 겨우 살아남았습니다. 세번째 공격 때는 사나다도 전 사했습니다. 사나다는 일본 제일의 무사, 일찍이 이런 무사가 없었 다는 이야기도 있습니다. 우선 여기까지만 말씀 드리기로 합니다.

이런 혼란상태에 있을 때 일단 소용돌이에 말려들었던 오쿠보 히코 자에몬이 돌아와 보니 이에야스 곁에는 유일하게 오구리 타다마사가 말에 올라 남아 있을 뿐이었다.

히코자에몬이 당황하여 이에야스의 기치를 세웠다는 것이 기록에 남아 있다. 이로 보아, 74세의 이에야스가 이때 다시 죽음에 직면했던 것은 말할 나위도 없다.

이에야스가 데려온 카게무샤는 이 소란 속에서 사라져버리고, 그 유 족에게는 전쟁이 끝난 뒤 각각 수당을 내렸다. 어디서 전사했는지, 또 누가 베었는지…… 사나다 군이 거의 모두……라고 할 수 있을 정도로 전사했기 때문에 알 수 없었다. 전사한 사나다의 부하 가운데 이에야스 를 죽였다는 생각을 하고 죽어간 자가 있을지도 모른다.

이 아슬아슬한 위기는 그때 서둘러 히데타다의 왼쪽 전방에서 달려 온 이이, 토도 양군에 의해 모면되었다. 드디어 5월 7일, 운명의 여덟 점 반(오후 3시)을 맞이했다……

11

오사카 쪽의 사나다 유키무라로서도 이날의 전투가 회심의 일전이었음은 이미 기록한 바 있다.

그는 이에야스를 좀더 챠우스야마 가까이 끌어들여 전투를 벌일 생각이었다. 그렇게 되면 나루터에 대기하고 있던 아카시 군과 봉화로 신호하여 유키무라는 전면에서, 아카시 모리시게는 이에야스의 배후를 공격하여 그 본진을 협공할 수 있었다. 협공하면 7할의 승산이 있다는 계산이었다.

이 작전이 성공했다면 이날의 전황은 크게 바뀌었을 터.

히데타다에게 모든 지휘를 맡기고 출진했다고 해도 이에야스가 전사하면 칸토 군이 받는 타격은 결코 적지 않다. 유키무라의 계산으로는 이것이야말로 오늘의 전투에서 자기가 느낄 수 있는 보람이었다. 또한 승패와 자기 운명의 기로였다.

유키무라는 인간의 세계에는 전쟁이 그치지 않는다는 자신의 견해를 조금도 바꾸지 않았다. 그 견해에 따르면, 이에야스가 전사하는 순간 칸토 군 내부에는 인간 그 자체의 본능에 의해 격심한 분열과 결합의 반복이 시작된다는 계산이 있었다.

맨 먼저 전열에서 이탈할 것은 다테 마사무네. 이어서 마에다 토시츠네, 아사노 나가아키라 등 평화 유지라는 이에야스의 질서, 그 숨막히는 굴복에 만족할 수 없는…… 다시 말해서 유키무라와 같은 자유를 희구하는 인간의 분열과 보신책이 움직이기 시작한다.

히데타다의 위기를 구한 쿠로다 나가마사나 카토 요시아키, 카타기리 카츠모토 모두 난폭한 말로 일변할 것이 분명하다.

그 분열의 계기를 만드는 것이 오늘의 전투에 건 유키무라 작전의 전부였다. 그런데 전투가 시작되면서부터 유키무라의 그러한 기대는 허물어질 기미를 보였다.

에치젠의 마츠다이라 군이 이성을 잃고 공격태세로 돌입했다. 이에 뒤지지 않으려고 혼다 타다토모 군이 움직이기 시작했고, 오가사와라 군이 서둘러 발포했다. 이로써 어쩔 수 없이 모리 군의 공격은 유발될 수밖에 없었다.

'이래서는 안 된다.'

유키무라는 즉시 전령을 모리 카츠나가에게 보냈다.

"아직 이르다! 곧 총격을 중지하도록."

그러면 적도 공격을 삼가게 된다. 그동안에 이에야스는 그가 노리고 있는 최선의 협공지점으로 나온다. 이때 봉화로 아카시 군에 신호를 하여 일거에 본진을 궤멸시키려는 그의 작전이었다.

물론 유키무라도 사기를 고무시키기 위해 ─

"오늘이야말로 죽는 날이다!"

이렇게 말했다. 그러나 결코 그 죽음을 건 전투의 실상을 잊고 있지는 않았다.

전투에는 승패를 일변시키는 무한한 변화가 감추어져 있다. 그것이 없다면 처음부터 손을 떼는 편이 현명할지도 모른다.

모리 카츠나가는 유키무라의 속을 여기까지 깊이 읽어내지는 못했다. 이 점에 양자의 차이가 있었다. 카츠나가는 의협심과 고집을 위해서 옥쇄할 각오였다.

'어차피 죽을 것이라면 크게 본때를 보이고 나서!'

이러한 두 사람의 차이가 끝내 모리 군을 제지하지 못하고, 일제히 응전케 하여 그대로 진격시키는 결과가 되었다……

12

'서전의 승리는 승리가 아니다.'

이렇게 되면 무의미한 전사戰死로 끝나고 만다…… 유키무라로서는 눈앞이 캄캄해질 정도의 큰 충격.

일단 움직이기 시작한 모리 군은 이미 누구도 제지하지 못할 문자 그대로 맹호의 기세로 전쟁터의 악귀가 되었다. 유키무라 쪽에서 이 변화에 대응할 수밖에 없었다.

이때 모리 군 이상으로 무모한 마츠다이라 타다나오의 첨병이 공격해왔다.

당시 에치젠 군과 챠우스야마에 있는 사나다 군의 거리는 10정 가량이었다는 사실은 이미 말한 바 있다. 그 10정 사이에서 양자의 격돌이 시작될 때까지 유키무라는 자신의 목적과 집착을 깨끗이 버려야만 했으므로 몹시 괴로웠을 터.

문자로 쓰면 '임기응변' 이란 네 글자에 지나지 않는다. 그러나 이 가운데는 수천수만의 생명과 운명이 걸려 있다.

사나다 유키무라는 즉시 아사노 군이 배반했다는 유언비어를 퍼뜨리고 요격邀擊에서 진격으로 전환했다. 아무리 목적에 차질이 생긴 전투라 해도 차선책이 될 기회는 정확하게 포착해야 한다.

점심은 이미 먹게 했고, 자신을 제외한 일곱 명의 카게무샤에게는 각각 어느 방면에서 출몰하라는 명령도 내렸다.

아들 다이스케의 외숙부가 되는 오타니 요시히사, 자기를 쿠도야마에서 나오도록 종종 권유하러 왔던 쇼에이니의 아들 와타나베 쿠라노스케, 그리고 겨울 전투 때 사나다 성채의 군감으로 왔던 이키 토카츠. 이들 참모는 말할 것도 없고, 쿠도야마 이래의 부하와 현재 유키무라의 휘하에 있는 자들은 모두 싸우기 위해서 태어났는가 싶을 정도로 뛰어난 무사들이었다.

이에야스의 진지는 어떠한가 하고 유키무라가 바라보았을 때—

"공격하라! 싸워라!"

절규하고 있는 에치젠 타다나오의 본진 뒤를 따르고 있었다.

"쇼에이昌榮, 쇼에이는 없느냐?"

유키무라가 소리질렀다. 그의 부름에 역시 붉은 갑옷을 입고 투구를 쓴 무사가 나타났다. 전에 승복 차림으로 슨푸의 형편을 정탐하러 갔던 닌쟈忍者°의 한 사람이 오늘은 어엿한 대장차림을 하고 있었다.

"보아라, 저것이 이에야스의 본진이다."

"잘 보아두었습니다."

"바로 그 전방을 지키고 있는 자는 혼다 마사즈미."

"그 오른쪽은 마츠다이라 사다츠나松平定綱의 하타지루시인 것 같습니다."

"그렇다, 혼다와 마츠다이라. 방해되는 그 돌 두 개를 제거하라."

"알겠습니다."

쇼에이라고 불린 무사는 몸을 부르르 떨고 말 쪽으로 달려가—

"출발이다!"

굵직한 목소리로 말하고 창을 꼬나들었다. 부하인 듯한 16, 7기의 기마무사가 우르르 달려와 창을 나란히 하고 그를 에워쌌다.

다음 순간 그들은 혼다 마사즈미와 마츠다이라 사다츠나 두 부대의 좁은 틈바구니를 향해 돌진하기 시작했다. 엄호하는 총소리가 비로소 챠우스야마에 울려퍼졌다.

이것이 사나다 군의 첫 행동이었다.

진격이 시작되고 나서 먼저 혼다 군이 함성을 올렸다. 이어 마츠다이라 군도 돌격의 자세로 들어갔다.

그 한가운데를 사나다 첨병은 곁눈도 주지 않고 진격해갔다……

13

사나다의 첨병은 어디까지나 정공법으로 진격하고 있었다.

혼다 마사즈미 군과 마츠다이라 사다츠나 군을 제거하면 이에야스를 공격하기 위한 두 개의 비늘이 벗겨지는 것, 그만큼 이에야스의 본진에 칼날을 세우기가 쉬워진다.

이 첨병이야말로 결사 특공대…… 양쪽 모두 이렇게 생각했다.

이들은 별로 큰 저항도 받지 않고 양군의 틈을 뚫고 나가더니 그대로 말 머리를 에치젠의 측면으로 돌렸다.

유키무라가 방해가 되는 돌 두 개를 제거하라고 한 것은 무슨 뜻이었을까……?

에치젠 군의 공격을 견제하는 것만이 목적이라면 좀더 다른 공격법이 있었을 터……

이런 생각을 했을 때 첨병들의 움직임이 의표를 찔렀다. 되돌아서서 응전하는 에치젠 군과 불과 네댓 번 창을 겨루는가 하는 순간, 홱 돌아서서 왔던 길로 되돌아섰다.

에치젠 군이 벅차다고 보고 역시 혼다 마사즈미 군을 공격할 생각이 들었던 것일까?

이때 혼다 군과 마츠다이라 사다츠나 군은 양쪽에서 돌아가는 길을 가로막고 있었다.

사나다의 첨병은 그 속으로 다시 뛰어들었다. 이번에는 아까처럼 쉽게 통과할 수 없었다. 쌍방의 창과 말이 무섭게 소용돌이를 일으키고 사나운 고함소리가 단숨에 투지를 불러일으키는 것처럼 보였다.

그 순간 사나다의 첨병은 또다시 말 머리를 돌려, 이번에는 에치젠 군의 허술한 장소를 뚫고 바람처럼 키슈 가도 쪽으로 사라졌다……

이 모든 일이 겨우 4, 5분밖에 안 되는 짧은 시간 동안에 일어난 기괴하기 짝이 없는 행동이었다. 그러나 실제로 기괴한 움직임은 이렇게 하여 사나다의 첨병이 사라진 후에 일어났다.

다름이 아니었다. 이 20기도 못 되는 사나다의 첨병을 치려고 쌍방에서 접근했던 혼다 마사즈미 군과 마츠다이라 군 사이에 치열한 전투가 벌어졌다.

각자 수비지역이 정해져 있는 꽤나 복잡한 전쟁터이기는 했으나, 그렇다고 대낮에 아군끼리 전투를 할 정도로 혼전은 아니었다.

도대체 무엇 때문에 이러한 실수가 일어났는가?

그 일에 대해서는 나중에 누구도 분명하게 말하지는 않았다. 풍문으로는 이때 양자 사이에는 사나다 군이 버리고 간 궤짝이 하나 있었는데 양군은 그것을 서로 빼앗으려 다투었다고.

사나다의 첨병은 모두 기마병으로 아무도 궤짝 따위를 가져왔을 리 없었다. 그들이 떨어뜨리고 간 문갑의 쟁탈전이었다고 하는 것이 진상이었던 듯. 물론 거기에는 서로 내통하고 있는 것처럼 착각하도록 하는 가짜문서가 들어 있었다고 생각되지만, 그 역시 상상일 뿐.

그 모두가 불확실한 채 양군은 서로 상대편 수비지역을 침범하지 말라고 외쳐대며 싸우기 시작했다.

그때 챠우스야마에서 유키무라가 지휘봉을 쳐들었다. 이미 좌익에서는 에치젠 군과의 접근이 시작되고 있었다. 유키무라 자신이 거느리는 하타모토가 아군끼리 싸우고 있는 혼다, 마츠다이라 양군 옆을 질풍처럼 지나 이에야스 본진을 습격한 것은 바로 그때였다……

14

이에야스의 하타모토는 허를 찔리고 무너졌다. 모든 혼란은 이때 일어났는데 무너진다는 것은 이에야스를 전사시키는 상황. 이에 저마다 임기응변의 재치를 발휘하여 사방으로 달아났다.

『삿판큐키』에 실려 있는 서신에 —

"진중의 무리는 삼십 리나 도주하여 겨우 살아남았습니다."

이러한 묘사는 그때의 이에야스 하타모토들의 당황한 모습을 서술한 기록, 물론 모두 다 도망가지 않았음은 말할 나위도 없다.

모두 도망갔더라면 사나다 유키무라는 손쉽게 이에야스의 목을 칠 수 있었을 터. 이에야스의 도시락 상자까지 내던지고, 주위에는 오구리 타다마사 단 한 사람뿐……이라는 위기가 닥쳤다. 그러나 유키무라 정도나 되는 사람도 그러한 이에야스에게 대들 여유가 없었다.

도망간 자들도 있었으나 대부분은 결사적으로 사나다 군에 대항했다. 이처럼 걷잡을 수 없는 혼란 속에 달려온 것이 히데타다의 좌익이었던 이이 군과 토도 군이었다.

"오고쇼가 위험하다!"

그들은 사나다 군의 내습에 히데타다의 존재는 잊어버렸다. 아니, 히데타다의 선봉에는 마에다 군이 있고, 혼다 야스노리, 카타기리 카츠모토 등도 있었다. 그러므로 이쪽에 오노 하루후사의 맹공격이 있으리라고는 생각조차 하지 않고 곧장 사나다 군 가운데로 돌진했다.

이 양군의 도착이 8반각(15분)만 늦었더라도 승패는 어찌 되었건 이에야스는 전쟁터에서 목숨을 잃었을 터.

"오사카 쪽 무공은 대단했습니다. 이번에 승리하게 된 것은 오고쇼 님의 운이 강했기 때문입니다."

『삿판큐키』의 한 구절에 있는 이 '운이 강해서' 라는 말은 그대로 진실, 하나도 지나치지 않다. 이 이에야스의 '운이 강해서' 라는 말을 바꾸어 말하면 유키무라의 불운과 직결되었다. 유키무라는 이에야스의 명치에 칼끝을 대려던 순간 이이 군과 토도 군에게 격퇴되었다.

유키무라는 일단 군사를 챠우스야마로 되돌렸다. 그리고 아들 다이스케에게 히데요리의 출동을 요청하도록 했다는 설도 있으나, 이때 이미 다이스케는 오사카 성으로 간 후라서 곁에는 없었다. 아마도 유키무라는 이이, 토도의 새 병력에 의한 공격을 예측했을 터.

유키무라도 이에야스의 넋을 뺄 기습을 감행하기는 했으나 이이, 토도 양군에게 기습을 받는 결과가 되었다. 아니, 기습이라면 에치젠의 저돌적 진격이 벌써 정상을 벗어난 기습이었다. 이 전쟁터는 가장 정연한 공격을 시도했으면서도 그 시도와는 판이한 광란노도狂瀾怒濤의 전쟁터가 되었다고 할 수 있다.

일단 철수한 유키무라는——

"싸워라! 싸워라!"

계속 고함지르는 에치젠 군에게 적지않게 신경을 쓰면서 다시 이에야스의 본진으로 쳐들어갔다.

"사나다 군의 명예를 걸고 한 사람도 살아남지 마라!"

그 무사다움은 용맹으로 이름을 떨친 사츠마薩摩 인의 눈에도——

"일찍이 이런 무사가 없었다."

이렇게 보일 정도였으니 얼마나 과감했는지 짐작할 수 있다.

15

일단 이들 새로운 군사의 출현으로 절호의 기회를 놓친 사나다 군은 두 번 다시 이에야스 진지 가까이 접근할 수 없었다. 한때 정신없이 도망쳤던 자들도 깜짝 놀라 돌아왔고, 하타모토들도 필사적으로 공격을 되풀이했다.

무엇보다 유키무라가 감탄한 것은, 진용을 가다듬고 난 이에야스의 본진은 큰 강물이 흐르듯 도도하게 서서히 전진하고 있다는 사실이었다. 머물러 있기만 하면 유키무라 자신도 기사회생의 대항책을 강구할 수 있다.

그러나 흐르는 강물은 막을 수 없다. 더구나 이 대하大河 곁에서 에치젠 군은 물리치고 또 물리쳐도 파괴된 분수처럼 집요하게 물방울을 튀기며 공격해왔다. 그 수압은 대단한 것이 아니었다. 그러나 바늘구멍만한 빈틈만 보여도 순식간에 분류로 변할지 몰랐다.

유키무라는 다시 군사를 철수시켰다.

그 무렵에는 일단 무너졌던 히데타다의 본진도 완전히 재정비되었다. 그리고는 이 대하의 강폭은 대지 20정을 가득 채우고 도도히 흐르기 시작했다.

'이것을 막을 힘은 누구에게도 없다……'

이에야스는 일단 기습을 받기는 했으나 그 위기를 보기 좋게 극복하고 그의 생각대로 진용을 다시 가다듬을 수 있었다.

유키무라의 챠우스야마와 대하의 간격이 차차 좁혀졌다. 이미 유키무라의 지략을 펼 평면은 거의 없어지고 말았다.

세 번 쳐들어갔다는 기록이 남아 있으나, 유키무라 자신이 적중에 말을 몰고 돌입한 것은 세 번이나 다섯 번 정도가 아니었다. 무엇보다 말의 피로가 심했다. 세번째 말을 바꿔 타고 철수하려고 돌아보니 자기 진지 한 모퉁이에 에치젠의 깃발이 펄럭이고 있었다. 타다나오가 마침내 챠우스야마에 도착했다.

그때 유키무라가 무엇을 생각했는지는 알 길이 없다……

타다나오의 만용을 크게 치하했을까?

자신의 전쟁관戰爭觀과 이에야스의 평화관平和觀 중 어느 것을 택했을까……

유키무라는 투지를 버렸다. 그와 이에야스의 마지막 결전은 끝났다

…… 이 사실을 분명히 깨닫고 대지 끝에 있는 야스이 텐진安居天神 신사의 좁은 경내에서 말을 버렸다.

너무 지쳐 유키무라는 전신의 감각이 사라져가고 있었다. 말에서 지상에 내렸으면서도 서 있다는 의식조차 희미했다. 비틀거리면서 등롱의 좌대에 걸터앉았을 때 바로 오른편 뒤에서 소리가 났다.

"에치젠 무사 니시오 니자에몬西尾仁左衛門이 상대하겠소!"

유키무라는 일어서려고 했다. 일어서서 상대에게 자기가 유키무라임을 고하고—

"공을 세워라."

이렇게 말할 생각이었다. 그러나 몸이 뜻대로 되지 않고 일어서기 전에 옆구리에 뜨거운 쇠를 갖다댄 것 같은 통증을 느꼈을 뿐 말도 나오지 않았다.

'이것이 죽음인가……'

어쩌면 그때의 기분은 살아 있는 상태에 비해 실로 조잡하고 어처구니없는, 너무도 손쉬운 일임을 알고 유키무라는 놀랐을지도……

니시오 니자에몬이라고 자기 이름을 밝힌 무사는 창으로 찌른 뒤 달려들어 발로 찼다. 이렇게 상대에게 저항할 힘이 없음을 확인하고는 유키무라의 목을 잘랐다.

패장의 투구

1

히데요리가 이날의 패전을 분명히 시인한 것은 여덟 점 반(오후 3시)이 지나서였다.

그때까지도 적은 무서운 기세로 성의 동북쪽으로 접근하고 있었다. 그러나 그들은 히데요리로서는 '적'이라고 단정할 수만은 없는 사람들이었다.

이시카와 타다후사石川忠總, 쿄고쿠 타다타카京極忠高, 쿄고쿠 타카토모京極高知. 히라카타枚方에서 모리구치守口를 거쳐 비젠시마備前島로 진군해왔다. 그들은 여차한 경우에는 성안에 들어와 히데요리를 지켜줄 사람같이 생각되었다.

수로를 통해 오는 이케다 토시타카 군이 텐마天滿에서 나카노시마中島 일대를 수비하고 있었다. 물론 그들도 7일의 결전 경과를 보고 있었다. 그들조차 히데요리에게는 '적'으로 여겨지지 않는 점이 있었다.

'과연 이에야스는 도요토미 가문을 멸망시키려는 것일까?'

그렇다면 왜 이시카와, 쿄고쿠 등 도요토미 가문과 인연이 깊은 사람들에게 성의 후문을 공격하도록 맡긴 것일까?

오카야마, 텐노 사 방면에서 결전을 벌이고 있을 때 취약한 이 방면에서 공격을 당하게 되면 히데요리는 꼼짝없이 진두지휘를 하지 않으면 안 된다.

그런데도 이에야스는 어머니 요도 부인과 이에야스 사이를 왕래하며 끝까지 화의를 위해 필사적인 노력을 계속한 이모 죠코인의 아들들에게 이 방면을 일임하고 있었다. 이 사실은 이에야스에게 히데요리를 죽이려는 의사가 없음을 분명히 나타내고 있다고 받아들여졌다.

정오가 지나 모리 카츠나가의 부하가 출진을 청했다. 그러나 히데요리는 응할 마음이 나지 않았다.

'이것이 정말 이 성의 운명을 결정할 전투인가……?'

히데요리에게 이러한 의문이 끊임없이 일었다.

키무라 시게나리는 죽었다. 어느 회의석상에서나 명랑한 태도를 잃지 않았던 고토 마타베에도 죽었다…… 그러나 이 모두 꿈속에서 일어난 사건으로밖에 히데요리에게는 받아들여지지 않았다.

출진요청에 응하지 않은 히데요리를 『야마모토 토요히사 기山本豊久記』에는 다음과 같이 기록하고 있다.

챠우스야마의 사나다 스케자에몬노스케는 붉은 깃발을 휘날리며 텐노 사에서 오카야마 동쪽에 이르는 일대에 진을 치고 있었다. 이때 히데요리 공이 유능한 대장이었다면, 새벽에 선봉에 나가 아군의 사기를 높이는 말이라도 하여 군사들에게 용기를 북돋았을 것이다. 승패는 운에 달렸다고는 하나, 비록 패하더라도 텐노 사 정문 앞에 결상을 놓고 결사적인 각오를 보였다면, 아무리 약한 군사들이라도 어찌 버리고 도망갔겠는가. 그러면 고금에 없는 일전이 되었을 것을 출진이 늦어 겨우 코쇼를 시켜 우마지루시만을 핫쵸메에 보낸 뒤 자신은 고작 둘째 성까지 나갔으니 시간의 흐름에 따라 멸망을 재촉할 뿐.

이러한 한탄은 너무 상식적인 감상이어서, 히데요리의 심리와는 거리가 멀었다. 히데요리도 이 시점에서 목숨을 아낄 사람이 아니었다. 당연히 출진할 정도의 용기는 있었다. 그런데 그 이상으로 히데요리의 투지를 점점 빼앗은 것은 상대하고 있는 칸토 군에게 도무지 적의를 느낄 수 없다는 점이었다.

'이게 과연 나를 멸하려는 전쟁인가……?'

2

챠우스야마에 에치젠 군의 깃발이 나부끼고, 사나다 유키무라가 전사했다. 이와 함께 오카야마 방면의 오사카 군도 앞 다투어 물러나기 시작했다.

신시申時(오후 4시)에 이르러 마침내 전황은 결정되었다.

본성의 사쿠라몬櫻門에 있던 히데요리가——

"이케다 토시타카 군이 강을 건너 성문을 향해 진격해옵니다."

이런 보고를 받고 있을 때 오노 하루나가가 중상을 입고 성안으로 실려 들어왔다.

그래도 아직 히데요리는 패배감을 느끼지 못했다. 겨울 전투 때도 그랬지만, 그에게는 실전경험이 없었고, 패배한 경험도 없었다. 그러므로 패배감을 느끼지 못한다 해도 결코 무리가 아니었다.

그러던 히데요리가 갑자기——

"좋아, 나도 공격을 감행하여 전사하겠다."

이렇게 말하기 시작했다. 곁에 있던 사나다 다이스케가 아버지의 죽음을 알고는 이를 악물고 우는 모습을 보고 나서부터였다.

그것도 실행되지는 않았다. 히데요리가 말에 오르는 순간, 텐노 사에서 후퇴해온 하야미 카이速水甲斐가 달려들어 말렸기 때문이다.

"안 됩니다."

카이는 피로 범벅이 된 머리카락을 날리면서 말을 쫓아버렸다.

"이미 전쟁터는 걷잡을 수 없는 큰 혼란…… 대장은 시체를 적진에 내던지는 것이 아닙니다. 오히려 물러나서 본성을 지키다가 힘이 다하면 자결하시는 것이 도리입니다."

이미 그때 승리에 기세가 오른 칸토 군은 셋째 성에 육박하고 있었다. 육박했다……기보다 벌써 난입하기 시작했다. 히데요리의 마음이 겨우 동요하기 시작했다. 그 동요를 더욱 크게 부채질한 것은 본성 주방에서 난 불이었다.

주방의 책임자 오스미 요에몬大隅與右衛門이 물밀듯이 육박해오는 칸토 군을 보고 불을 질러 내응했다는 소문이 불티와 함께 어지럽게 퍼져나갔다.

'정말 내응했을까?'

이에 대한 정확한 사실을 확인하기도 전에 다시 제3의 비보가 날아들었다. 셋째 성에 난입한 에치젠 군이 오노 하루나가의 집에 불을 질러 불길이 맹렬한 기세로 번지기 시작했다.

"이제 둘째 성도 위험합니다. 어서 본성으로 철수하십시오!"

일단 사라졌던 하야미 카이가 다시 달려와 히데요리의 기치와 우마지루시를 타이코의 자랑이던 다다미 1,000장이 깔린 방으로 운반하도록 명했을 때는 불길에 쫓긴 병졸들이 여기저기 떼를 지어 도망쳐 다니고 있었다.

'패했구나!'

히데요리는 직접 확인하고 싶었다. 아니, 패한 사실이 어떤 결과를 초래하는지 아직 확실히 모르고 있었다. 마구 쫓기는 심정으로 기치와 우마지루시보다 조금 늦게 큰방으로 들어가서야 비로소 섬뜩하여 우뚝 멈춰섰다.

부상당한 사람은 본 일이 있으나 아직 주검은 보지 못했다. 그러한 히데요리의 눈에 잇따라 자기 배에 칼을 찔러대는 한 무리의 사람이 비쳤다.

코리 슈메가 있었다. 츠가와 사콘이 있었다. 와타나베 쿠라노스케가 있었다. 나카호리 즈쇼中堀圖書가…… 노노무라 이요野村伊豫가 있었다…… 히데요리의 존재 같은 것은 잊은 듯이 걷어놓은 다다미에 걸터앉은 채 혈안이 되어 죽음을 서두르고 있지 않은가……

3

'이것이 패전의 결과일까……?'

어느 얼굴이나 크게 일그러진 채 무언가에 홀려 있었다. 눈은 무엇을 보고 있지도 않았다. 모든 감각이 활동을 중지한 것처럼 보였다.

그러한 모습조차 배에 칼을 찌를 때까지의 마지막 순간일 뿐, 찌르자마자 그 표정은 곧 허물어졌다.

나카지마 시키부中島式部가 뛰어들어와 이미 조용한 표정으로 있는 와타나베 쿠라노스케에게 무언가 말을 걸었다. 바로 그때였다.

"쿠라노스케, 정말 장하다!"

검은 물체가 실에 끌리듯이 쿠라노스케 곁으로 달려가 눈 깜짝할 사이에 단검을 자기 가슴에 찔렀다. 히데요리의 눈이 찢어질 듯이 벌어진 것은 그 검은 그림자가 실은 몸의 반 이상이 말라붙은 듯이 보이는 쿠라노스케의 어머니 쇼에이니임을 알았을 때였다.

'이 늙은 여승에게 이런 힘이……?'

그런 의문을 품을 겨를도 없을 만큼 처절한 죽음에의 도전이었다.

"오랫동안 고통이 심했지. 자, 이제 모자가 함께 깨끗한 마음으로 부처님 곁으로 가자……"

그것은 사람의 목소리가 아니었다. 역시 무언가에 홀린 괴물의 소리였다. 등줄기가 오싹해졌다. 그 괴물이 그대로 히데요리의 가슴으로 기어들 것 같았다.

"주군!"

갑자기 뒤에서 힘껏 히데요리를 떼민 자가 있었다. 정신을 차리고 보니 히데요리도 그 자리에 주저앉으려 했던 모양이다.

"불이 이쪽으로 번졌습니다. 여기 계시면 위험합니다."

"오오, 오쿠하라 신쥬로……"

"어서 야마사토山里 성채로 피하십시오. 슈리 님도 카이 님도 거기서 기다리고 있습니다."

벌써 동쪽에서 연기가 스며들어와 죽은 자, 죽어가는 자들을 삽시간에 에워싸기 시작했다.

그 연기 속에서 코리 요시즈라가 세운 자신의 하타지루시가 금빛을 발하며 홀로 남겨져 있는 것이 시야에 들어왔다. 그러나 아무런 감회도 일지 않았다.

다시 세차게 등을 떠미는 바람에 히데요리는 휘청거리며 걷기 시작했다. 그 손을 누군가가 꼭 잡고 있었다.

'오오, 다이스케 유키츠나……'

히데요리는 비로소 왈칵 눈물이 솟았다. 이를 악물고 울던 다이스케의 얼굴이 새삼 견딜 수 없는 슬픔으로 다가왔다.

"생모님도 마님도 모두 야마사토 성채로 피신해 계십니다. 냉정을 찾으셔야 합니다."

"오오, 그래……"

"모두 저렇게 주군을 위해 순사하고 있습니다. 한 말씀 남기시고 어서 서두르십시오."

"오오……"

대답은 했으나, 이런 경우 뭐라고 해야 좋을지 히데요리는 누구에게서도 가르침을 받지 못했다.

"모두…… 미안하다."

"예. 그것으로 좋습니다. 자, 어서."

자기 의사가 아닌 것은 말할 나위도 없고…… 그러고 나서 어디를 어떻게 걸었는지 반은 꿈만 같았다.

히데요리가 다시 정신을 차렸을 때 그의 눈앞에는 전혀 별개의 정경이 벌어지고 있었다.

어머니가 있었다, 아내가 있었다, 오노 하루나가가 있었다, 하야미 카이가 있었다…… 아니, 어머니의 모습만이 공간의 반 이상을 차지하는 크기로 보였고, 그곳에서 격한 소리가 들렸다.

"주군! 드디어 마지막 때가 왔어요."

4

히데요리가 다이스케에게 손을 잡혀 얼빠진 듯이 준비된 걸상에 앉았을 때—

"안 됩니다."

입술까지 하얗게 질린 오노 하루나가가 가로막았다.

"주군과 생모님을 자결하시게 해도 좋을 것 같으면 무엇 때문에 이런 고통을…… 자결은 안 됩니다."

히데요리는 그 말이 무엇을 뜻하는지 아직 정확하게 알지 못했다.

"닥쳐요!"

요도 부인의 언성이 높아졌다.

"이제 와서 무슨 미련이 있다는 거예요!"

"어찌 미련이 있어서 그런 말을 하겠습니까. 냉정하게 적의 진용을 바라보십시오. 남쪽 오카야마 방면에서는 카타기리 카츠모토, 북쪽에는 쿄고쿠 형제…… 이것이야말로 주군의 무운이 다하지 않았다는 증거. 손을 쓸 방법이 없지 않을 것이니 마지막까지…… 이것이 우리에게 남겨진 임무입니다."

"묘한 말을 하는군! 모두 들었겠지. 슈리는 아직도 전쟁에 지지 않았다고 생각하는 모양이야. 성이 불타고, 둘째 성과 셋째 성에 적이 난입했는데도 아직 우리에게 치욕을 안겨줄 길이 남아 있다는 거야."

"생모님!"

"어서 말해보세요! 자, 어떤 수단이 남아 있다는 말이오? 그것을 말해보세요."

"오고쇼는 절대로 생모님이나 주군을……"

"죽이려 하지 않는다는 말인가요? 호호호…… 도요토미 가문은 멸망시키지만 히데요리나 나는 미워하지 않는다는 말인가요?"

"생모님, 우선 마음을 진정시키십시오. 남아 있는 수단이란 작은 마님입니다."

"호호호…… 센히메는 안 돼요. 센히메는 내 딸이니까 결코 놓아주지 않겠어요. 함께 황천으로 가겠어요."

"그건 안 됩니다. 지금은 일단 작은 마님을 오카야마에 있는 쇼군의 진영으로 피신하게 하십시오. 그리고 작은 마님의 입을 통해 생모님과 주군의 구명을 청하도록 하셔야 합니다."

히데요리는 깜짝 놀라 센히메 쪽을 바라보았다. 그녀는 요도 부인과 교부쿄 부인 사이에 끼여앉아 이때도 역시 불가사의한 무표정으로 허공을 바라보고 있었다.

불가사의한 무표정은 그 뒤에 가부좌를 틀고 앉은 오쿠하라 신쥬로 토요마사의 표정도 마찬가지였다. 그 역시 이 자리의 긴박감과는 어울리지 않는 여유를 느끼게 하는 자세였다.

'저 두 사람은 침착하다……'

그런 사실을 깨닫게 될 무렵부터 히데요리는 절실할 정도로 자기가 놓인 위치를 분명하게 알았다.

'패했다……'

그리고 지금 도요토미 가문도 어머니도 아내도 자기도 모두가 죽음의 문턱에 서서 마지막 결단을 강요당하고 있다……고.

눈물이 다시 시야를 가리고 전신이 와들와들 떨리기 시작했다.

"아직도 고집을 부리나요?"

어머니 목소리가 이번에는 히데요리의 가슴에 꽂히는 칼날이 되었다.

"그토록 고집을 부린다면…… 좋아! 주군에게 결정을 맡기는 것이 좋겠어요. 주군! 들은 바와 같이 슈리는 센히메에게 우리의 구명운동을 하라고 하는군요. 주군은 이토록 수치를 당하고도 이에야스나 히데타다에게 목숨을 구걸할 작정인가요? 아니면 천하님이 세우신 이 오사카 성과 함께 자결하겠나요?"

더 이상 남의 일이 아니었다. 히데요리는 조용히 눈을 감았다.

5

'그렇다, 결정을 내릴 사람은 이 히데요리다!'

이런 생각을 했을 때 또다시 하루나가가 무섭게 반박했다.

"주군! 주군은 코리 요시츠라와 와타나베 쿠라노스케의 마지막 심정을 아셔야 합니다. 그들은 모두 성밖에서 죽었어야 했는데도 굳이 살아서 돌아온 것은 주군이 살아남으시리라 믿었기 때문입니다…… 살아남으실 주군이기 때문에 기치와 우마지루시를 적의 손에 넘기거나 짓밟혀서는 안 된다……는 생각으로 돌아와 그것을 방에 세우고 패전을 사과하기 위해 자결했습니다."

"뭐, 그들은 히데요리에게 살아남으라고……?"

"예. 그들의 충성을 주군은 무시하시겠습니까?"

이 질문에 대답할 틈도 없었다.

"보고합니다!"

피투성이가 된 젊은 무사가 히데요리의 발치에 쓰러지면서 크게 소리질렀다.

"적이 드디어 둘째 성에 난입했습니다. 홋타 마사타카堀田正高 님, 마노 요리카네 님, 나리타 헤이조成田兵藏 님은 불길 때문에 본성에는 들어오지 못하고, 둘째 성과 본성 사이의 돌담 위에서 각각 할복하셨습니다."

"뭣이, 그렇다면 이미 텐슈카쿠에는 올라갈 수 없다는 말이냐?"

무섭게 질문한 것은 하야미 카이였다.

"그렇습니다. 모두 주군의 무운장구武運長久를 빌면서……"

"뭐가 무운장구란 말이야!"

요도 부인이 자리를 박차고 일어섰다. 아마도 그녀는 연기 속을 뚫고 올라가 텐슈카쿠에서 죽을 생각인 모양이었다.

"보고합니다!"

요도 부인 앞에 재를 뒤집어쓴 젊은 무사가 쓰러질 듯 뛰어들었다.

"센고쿠 무네나리仙石宗也 님, 패전을 확신하고 어딘가로 종적을 감추었습니다."

"뭣이, 도망쳤어?"

히데요리가 물은 것과—

"그렇지 않아!"

하루나가가 큰 소리로 가로막은 것은 동시의 일이었다.

"센고쿠는 주군이 살아남으시리라 믿고 후일을 대비하려는 거야."

"보고합니다!"

이제는 생각할 겨를도 없는 때가 닥친 듯. 무섭게 불길이 소용돌이치는 가운데 잇따라 절망을 알리는 보고가 들어왔다.

"오노 하루후사 님과 도켄 님이 어딘가로 도주하셨습니다."

"도주가 아니야!"

하루나가가 다시 소리쳤다.

"모두 전사하면 살아 계신 주군을 누가 섬기느냐? 좋아, 물러가라."

"보고합니다!"

이때 벌써 하야미 카이는 히데요리의 손을 끌고 억지로 그곳에서 걸어나왔다.

"불길이 번지면 상의도 할 수 없습니다. 아시다芦田 성곽의 벼 창고로 피신하시도록."

이어서 하루나가의 어머니 오쿠라 부인이 요도 부인의 손을 잡고 걷기 시작했고, 요도 부인은 얼른 센히메의 옷소매를 붙들었다. 오쿠하라 신쥬로 토요마사는 냉정하게 그 광경을 확인한 뒤 일어섰다.

6

히데요리를 재촉하면서—

"승패는 병가의 상사입니다."

하야미 카이는 몇 번이나 그 말을 되풀이했다. 당황하는 히데요리에게보다 오히려 자신에게 타이르고 있는지도 모른다.

"죽기는 쉽고 살기는 어렵습니다! 지금은 우선 슈리 님의 말씀을 따르십시오."

오쿠하라 신쥬로가 얼른 하루나가에게 다가가 어깨를 내밀었다. 동생 하루후사에게 당한 상처가 미처 낫기도 전에 벌인 이번 전투…… 하루나가로서는 정말 잘 싸웠다. 손목에서도 얼굴에서도 오른발에서도 피가 흐르고 있어 지금은 정신력만으로 버티고 있는 듯했다.

"오오, 신쥬로인가…… 고맙네."

"저어…… 아시다 성곽의 창고로 가셔야지요?"

"그래. 부탁한다! 거기라면 아무도 눈치채지 못할 것이고, 본성의 불도 번지지 않겠지. 그러나 작은 마님을 그리 모셔서는 안 돼."

오쿠하라 신쥬로는 그 말에는 대답을 않고ㅡ

"벌써 본성은 불바다입니다."

"신쥬로! 부탁하네."

"……"

"주군 모자를…… 아니, 작은 마님을 성밖으로…… 그리고 주군 모자의 구명을 탄원하도록……"

남들이 들을까 꺼리는 빠른 목소리였는데, 발은 더 이상 움직이려 하지 않았다. 오쿠하라 신쥬로는 하루나가를 얼른 등에 메고 일행의 뒤를 따랐다.

'이 사람도 성과 함께 최후의 순간을 맞이하고 있다……'

아마 오늘은 저녁놀이 아름다운 날일 듯. 그러나 하늘 가득히 연기가 가려 아직 해도 지지 않았는데 텐슈카쿠마저 보이지 않았다. 바람이 불어가는 쪽은 아마도 뜨거운 초열지옥焦熱地獄. 그리고 거기서는 총성과 함성이 불타는 소리에 섞여 아직 그치지 않고 있었다.

이따금 호소할 길 없는 분노가 가슴에 치솟았다. 신쥬로는 그때마다 둘러메고 있는 하루나가를 내던지고 싶은 충동에 사로잡혔다.

'이 사람의 우유부단이 끝내 이와 같은 큰 비극을 빚어내고 말았다……'

그러나 신쥬로는 이러한 하루나가를 미워할 수 없었다.

하루나가는 지금 자기 자신의 생사는 잊고 히데요리와, 그리고 기괴한 애정으로 맺어진 요도 부인이 무사하기를 계속 바라고 있다. 그리고 마지막 소원은 기이하게도 오쿠하라 신쥬로 토요마사가 사나이의 고집을 건 목적과 같았다.

눈앞에 아시다 성곽의 마스가타桝形°가 보이기 시작했다. 이 근처는 바람이 불어오는데다 돌담으로 막혀 있어 시커먼 연기 사이로 간간이 하늘이 보였다.

누군가 심하게 기침을 했다. 공기가 맑아졌기 때문에 오히려 삼킨 연기를 내뱉게 되는지도 모른다.

"조용히 해."

하야미 카이의 목소리였다.

"이 안에 들어가는 거야. 들어가거든 소리를 내면 안 된다. 곧 배가 맞이하러 올 것이다."

하야미 카이의 이 말도 신쥬로는 잘 알 수 있었다. 그는 히데요리를 배로 옮겨 사츠마로 피신시킬 생각이다.

하야미와 아카시는 열렬한 천주교 신자, 하루나가와는 달리 히데요리를 사츠마로 피신시켜 펠리페 3세의 원군을 기다릴 생각……

7

아시다 성곽의 은신처는 흙을 쌓아 만든 벼 창고로 폭 다섯 간에 길이는 겨우 세 간 정도…… 차차 어두워지는 저녁 빛으로 안은 벌써 어두컴컴했다.

하야미 카이는 그 안으로 히데요리의 손을 잡아 끌어들이고 얼른 그의 등에서 투구를 벗겨 볏섬 위에 얹었다. 이미 우마지루시도 없고 깃발도 없었다. 겨우 남은 투구 하나만이 패장의 장식물이었다.

이때 갑자기 요도 부인의 날카로운 울음소리가 터져나왔다.

오쿠하라 신쥬로 토요마사는 하루나가를 둘러멘 채 안으로 들어와 그 숱한 인원수에 새삼 놀랐다. 다다미 1,000장을 깐 접견실 상단의 반도 못 되는 좁은 장소에 몸을 움직일 수도 없을 만큼 많은 남녀가 들어와 있었다. 물론 히데요리와 요도 부인을 따라온 사람들…… 용케도 이만한 사람들이 들어와 있었다.

60명…… 아니, 좀더 많을지도 모른다.

'만약 여기에 대포 한 발이 떨어진다면……'

생각만으로도 소름이 끼쳐 눈을 크게 떴다가—

"앗!"

신쥬로는 그만 소리질렀다.

'작은 마님이 보이지 않는다! 센히메 님이……'

그의 생각으로는 요도 부인이 센히메의 손을 놓을 리 없었다.

요도 부인의 분노는 이미 발광한 야차와도 같았다. 자기와 이에야스의 마음의 통로에 어떤 장애물이 있었던가 냉정히 생각할 수 있는 여자가 더 이상 아니었다. 따라서 자결할 때 반드시 센히메를 데려갈 것이 틀림없다……

신쥬로 토요마사는 이렇게만 믿고 있었다.

'아뿔싸!'

신쥬로는 하루나가를 그의 아들인 하루노리治德에게 맡기고—

"우선 상처부터 치료하십시오."

얼른 사람들을 헤치고 요도 부인에게로 다가갔다.

깨닫고 보니 모습이 사라진 것은 센히메만이 아니었다. 요도 부인과 경쟁이라도 하듯 센히메에게 바싹 붙어 있던 오쿄보인 교부쿄 부인도 모습을 감추고 없었다.

'도망쳤구나!'

그럴 수가 없었다. 그것은 무모하다기보다 오히려 신쥬로에 대한 큰 도전이었다.

'히데요리도 센히메도, 그리고 요도 부인도…… 결코 죽게 하지는 않겠다.'

이것이 야규 마타에몬에게 건 오쿠하라 신쥬로의 고집이었다.

"생모님, 작은 마님을 놓치셨군요."

말할 필요도 없는 일이었으나 신쥬로는 다짐하지 않을 수 없었다. 그 정도로 당황하고 있었다고도 할 수 있다.

"으흑……"

요도 부인은 이상한 소리를 내며 울음을 터뜨렸다.

"신쥬로, 뒤쫓아서는 안 돼!"

"예? 그건…… 그건 어째서입니까?"

"내가 명령했어! 내가 센히메에게 부탁했어."

너무도 뜻밖의 말에 신쥬로는 자기 귀를 의심했다.

"뭐, 뭐라고 하셨습니까, 생모님?"

"내가 센히메에게 부탁했어. 주군의 구명을 청할 수 있는 사람은 센히메말고는 없어. 용서해라, 모두……"

그 비명에 가까운 울음소리에 신쥬로보다 히데요리가 먼저 몸을 내밀었다.

"뭐, 센히메가 나의 구명을 위해⋯⋯?"

히데요리의 표정에 다시 생기가 되살아났다. 아마 센히메를 도망시
킨 것은 요도 부인의 독단이었던 모양이다.

8

"이제 와서 그런 쓸데없는 일을!"

히데요리는 혀를 차면서 어머니를 나무랐다.

"부끄럽다고 생각지 않습니까? 아니, 센히메가 무사히 성에서 빠져
나갈 수 있다고 생각하십니까?"

"용서해요. 나는 주군을 죽게 할 수가⋯⋯"

말끝이 심한 오열로 끊어지고 말았다.

오쿠하라 신쥬로는 아연실색하여 요도 부인을 내려다보고 있었다.

'그렇구나, 역시 이것이 어머니의 모습이로구나⋯⋯'

감동이라기보다 어쩔 수 없는 업상業相을 느끼게 했다. 어머니가 자
식을 사랑한다⋯⋯ 어떤 적이나 어떤 이성의 울타리로도 막을 수 없는
폭포수와 같은 처절함을 가진 것⋯⋯

"신쥬로!"

히데요리가 날카롭고 신경질적인 목소리로 불렀다.

"뭘 하고 있느냐. 어서 찾아서 이리 데려오라! 만약 흥분한 떠돌이무
사들의 손에 잡히면 어떻게 하겠느냐."

오쿠하라 신쥬로는 이 말에 별로 놀라지 않았다.

'역시 이분도 작은 마님을 사랑하고 계시다.'

"염려하지 마십시오."

이렇게 말하고 싶었으나 그 말은 삼갔다.

차차 침착성을 되찾은 신쥬로에게는 센히메가 무사하리라는 확신이 있었다.

만일의 경우에 대비하여 구출하기로 은밀히 그가 손을 써놓은 두 사람이 있었다. 한 사람은 오노 하루나가의 부하인 요네무라 곤에몬, 또 한 사람은 호리우치 우지히사堀內氏久였다. 그리고 어려서부터 시중을 들어온 교부쿄 부인이 따르고 있다. 일단은 염려할 필요가 없었다.

곤에몬이나 우지히사가 공격군 앞으로 데려가고, 교부쿄 부인이 센히메라는 사실을 말하면 아무리 미쳐 날뛰는 자라도 해를 끼칠 리 없다. 그보다도 문제는 센히메와 떨어지게 된 히데요리와 요도 부인을 어떻게 구하는가 하는 일이었다.

'자칫하면 마타에몬이 말한 것처럼 될지도 모른다.'

야규 마타에몬은 우선 센히메에게 구명을 청하게 하고 나서 두 사람을 구출한다. 그렇게 되면 쌍방의 체면도 서고 센히메의 부덕婦德도 평가받을 것……이라고 모두에게 유리할 계획을 말했다.

'그처럼 뜻대로 될 리가 없다.'

신쥬로는 내심 비웃었다. 그보다는 누군가 적의 대장이 세 사람 앞에 나타났을 때 비로소 센히메에게 입을 열게 할 생각이었다.

"어서 세 사람을 오고쇼 앞으로 모셔라. 내가 직접 오고쇼께 말씀 드릴 일이 있다."

그러면서 세 사람을 경호하면 일은 대번에 해결될 터…… 그런데 이 계획은 요도 부인의 가련한 모성애 때문에 그의 생각과는 아주 빗나가고 말았다.

센히메가 없는 마당에 과연 적의 대장이 신쥬로 자신의 청을 받아들일 것인가?

히데요리나 요도 부인에 대한 도쿠가와 후다이들의 증오는 상상 이

상이었다. 살리기는커녕 ──

"죽은 자에겐 입이 없다."

오히려 없애려고 할 것이었다.

"신쥬로!"

히데요리가 다시 조급하게 소리질렀다.

"센히메를 찾아오라고 하지 않았느냐!"

"알겠습니다."

신쥬로는 할 수 없이 밖으로 나왔다.

9

밖은 벌써 어두워지고 불길이 기분 나쁘게 하늘을 덮고 있었다.

이미 총성도 들리지 않고 칼이 부딪치는 소리도 끊겼다. 공격군은 아마 둘째 성, 셋째 성에 수비하는 자만 남기고 철수한 모양이었다. 지금쯤은 챠우스야마에 있는 이에야스 본진과 오카야마에 있는 히데타다의 본진에서도 전승을 축하하기 위해 법석을 떨고 있을 것이다.

"이렇게 될 줄은 처음부터 알고 있었는데……"

신쥬로는 새삼스럽게 벼 창고를 돌아보며 탄식했다.

문을 닫은 성곽의 담 사이로 한 줄기 불빛이 희미하게 새나올 뿐 주위는 조용하기만 했다. 불꽃이 비치는 성곽 안에는 사람 하나, 고양이 한 마리의 모습도 찾아볼 수 없었다.

'죽을 자는 죽고 도망칠 자는 도망쳤다.'

방약무인하게 존재를 과시하고 있는 것은 불빛의 그림자뿐……

신쥬로는 갑자기 빠른 걸음으로 걷기 시작했다. 그가 할 일은 겨우 시작되었을 뿐. 이에야스도 야규 마타에몬도 그를 오사카 성에 잠입시킨 아군이라 믿고 있을 것이다.

신쥬로는 남의 지시로 움직이는 고용인이 될 사나이가 아니었다.

'누가 남의 뜻에 따라 살아간다는 말인가……'

신쥬로는 걸어가면서 몇 번이나 침을 뱉었다.

"나는 내 고집대로 산다……!"

이 고집을 관철시키는 수단이 요도 부인 때문에 크게 빗나갔다.

오늘밤에는 아마도 여기까지 오지 않는다. 히데요리의 은신처가 여기인 줄 아는 자는 모두 벼 창고에 들어갔기 때문이다.

문제는 내일이었다.

날이 밝으면 이에야스나 히데타다의 하타모토들은 혈안이 되어 히데요리 모자를 찾을 터.

가령 센히메가 오늘 밤 안에 아버지와 할아버지에게 구명을 청하여 살려주기로 했다고 하자……

여기까지 생각하고 신쥬로는 코웃음을 쳤다. 만약 그 자신이 도쿠가와의 하타모토였다면, 그렇게까지 성의를 다해 화의를 권유했는데도 거들떠보지 않았던 상대를 용서해줄 리 없었다.

"반드시 죽인다!"

그러나 죽이게 해서는 오쿠하라 신쥬로의 고집은 서지 않는다.

'차라리 아카시나 하야미가 생각하는 것처럼 은밀히 수문에서 배를 띄워 사츠마로 피신시키는 편이 나을지 모른다……'

그것을 알면 아마도 마타에몬은 무섭게 화를 낼 터. 그러나 지금으로서는 마타에몬을 화나게 할 정도로 무섭게 자신을 지키는 사나이가 되어야 한다……

깨닫고 보니 화재의 불빛으로 자기 모습이 땅에 그림자를 떨구고 있었다. 신쥬로는 당황하여 버드나무 그늘로 들어가, 이번에는 거기 있는 배를 매는 돌에 걸터앉아 다시 생각에 잠겼다.

붉은 것은 하늘뿐이 아니고 만조가 된 강의 수면 역시 뜨거울 정도로 불타고 있었다. 아니, 그 강 건너에서 불타고 있는 포위군의 모닥불 또한 강기슭을 밝히고 있었다.

'이 모든 것이 전부 불타면 차라리 속이 후련하겠는데.'

문득 목덜미의 땀을 손바닥으로 닦았을 때 수문의 흙담에 검은 그림자가 떠올랐다.

"저어, 오쿠하라 님……이십니까?"

소리를 죽인 젊은 사나이의 목소리였다.

10

오쿠하라 신쥬로 토요마사는 그쪽으로 가는 대신 재빨리 사방을 둘러보았다.

"누구냐? 나오너라."

"예. 소자부로宗三郎입니다. 작은 마님은 무사히 챠우스야마의 진지로 향하셨습니다."

야마토의 오쿠가하라奧ヶ原에서 데리고 온 일족인 이 젊은이는 센히메를 도망가게 한 것이 신쥬로 토요마사의 지시인 줄 알고 있는 모양이었다.

"그래, 무사하시다는 말이지?"

"예. 도중에 간담이 서늘해진 일이 두세 번 있었습니다마는, 만사가 뜻대로 되었습니다."

"지시한 대로 말이냐?"

"얼마나 불길이 빠른지 텐슈카쿠 밑의 축대에서 물이 빠진 해자로 교부 님(오쵸보)이 밀어 떨어뜨렸을 때는 어떻게 되실지 정말 조마조마했습니다."

"물이 빠진 해자에 떨어뜨렸나……?"

"예. 호리우치 님과 요네무라 님의 계획이었습니다. 작은 마님은 혼자서는 성을 나가지 않겠다고 고집을 세우셨습니다. 주군과 함께 자결하겠다…… 나는 할아버지의 손녀도 아니고 아버지의 딸도 아니다, 이 성에서 자라신 주군의 아내다…… 이렇게 말씀하시며 고집을 부리시기 때문에."

"알았다!"

신쥬로가 제지했다.

"그래서, 해자에 떨어뜨리고는 어떻게 했나?"

"기절하신 센히메 님을 그대로 세 사람이 쳐들었습니다. 저희들도 물론 숨어서 경호를 했는데 해자를 거의 건넜을 무렵 앞에는 불바다…… 이미 나갈 곳이 없구나 하고 망설이고 있을 때 적의 습격……"

젊은이는 지금도 눈앞에서 불길이 타오르는 듯이 두 손으로 허공을 헤쳐 보이면서 ——

"이제는 절망이다 싶었을 때 호리우치 님이 큰 소리로 여기 계신 분은 센히메 님이시다! 우다이진 님의 부인이시다…… 하고 드디어 신분을 밝혔습니다."

한숨을 쉬었다.

오쿠하라 신쥬로는 이미 젊은이를 보고 있지 않았다. 히데요리가 숨은 곳을 똑바로 바라보며 귀를 기울이고 있었다.

"작은 마님임을 알자 상대도 깜짝 놀라…… 그래요, 분명히 사카자키 님이라고 했습니다. 사카자키 데와노카미坂崎出羽守 님이라고…… 수행하는 인원도 늘어나고, 불길을 헤치고 나왔을 때는 긴장이 풀릴 정도로 시원한 네코마描間 강기슭…… 작은 마님은 가마를 타고 곧바로 챠우스야마로 향하셨습니다."

"......"

"얼마 후면 진지에 도착하실 것입니다. 그래서 저희는 다시 지시하신 대로 강줄기를 따라 이 버드나무를 목표로 작은 배를 타고 왔습니다. 그러나……"

"......"

"사람의 마음은 알 수 없는 것이어서…… 돌아와 보니 오쿠가하라에서 함께 온 자들의 수가 반으로 줄어 있었습니다. 아니, 전사한 것이 아닙니다. 불길을 피해 뿔뿔이 흩어졌다……고 생각하십시오. 오쿠가하라에서 함께 온 자들 가운데 주인님을 배반할 겁쟁이는 하나도 없다…… 예, 한 사람도 없습니다."

"수고가 많았다!"

신쥬로는 일어섰다.

"소자부로, 그 작은 배 말이다, 누구 눈에도 띄지 않도록 갈대밭에 잘 숨겨두어라."

"예…… 예."

"이제부터가 중요한 때, 발각되면 안 된다."

11

젊은이가 사라졌다. 사방은 더욱 소름끼치는 불길…… 그 밑을 오쿠하라 신쥬로는 다시 얼마 동안 조심스럽게 걸었다.

센히메의 탈출은 만약의 경우 세 사람을 구하는 하나의 수단으로 그가 생각했던 대로 실행되었다.

요네무라 곤에몬은 이에야스와도 안면이 있는 오노 하루나가의 중신이었다. 또한 도중에 만났다는 자가 사촌인 야규 마타에몬과 친교가 있는 사카자키 데와노카미였다면 센히메의 신변은 이미 우려할 필요가 없었다.

사카자키 데와노카미를 사람들은 우키타 히데이에宇喜多秀家의 혈연이라 알고 있으나 실은 조선 사람……이라는 말을 신쥬로는 마타에몬으로부터 들었다.

분로쿠文禄 전쟁(임진왜란) 때 조선에서 우키타 히데이에가 그의 덕으로 무사할 수 있었다고 할 정도로 은혜를 입었다. 그래서 혈연이라 칭하고 우키타란 성을 주어 우키타 우쿄노스케 나오모리宇喜多右京亮直盛라 부르게 하여 일본에 데리고 왔다. 세키가하라 전투 때 나오모리는 이에야스의 편을 들었다.

이에야스에게 승산이 있는 전투…… 이국 태생인 그는 이를 정확히 간파하고 평화를 이룩하기 위해 견마지로犬馬之勞를 다했다.

"이국인이지만 기골과 담력이 뛰어난 무사!"

마타에몬이 이렇게 칭찬했을 정도의 인물로, 이에야스도 그 점을 인정하고 세키슈石州의 하마다濱田에 3만 석의 영지를 주었다. 그 우키타 나오모리가 우키타 가문이 멸망한 후 성을 사카자키로 바꾸고 이름도 시게마사成正로 고친 것이 사카자키 데와노카미 시게마사라고 듣고 있었다. 그 사카자키 데와노카미가 함께 수행했다고 하니 센히메의 신변은 무사할 터. 그러나 센히메가 무사하다는 사실이 지금 무사인 오쿠하라 신쥬로의 고집과 충돌하고 있었다.

센히메만이 구명되고 히데요리와 요도 부인은 자결했다……고 하면 어떻게 될 것인가? 이에야스는 자기 손녀만 살리고 타이코의 외로운 아들을 냉정하게 죽게 만든 자라는 비난을 받을 것이고, 그렇게 되면 오쿠하라 신쥬로는 야규 마타에몬의 깊은 생각도 이해하지 못한 어리석은 촌뜨기로 전락하고 만다. 아니, 그런 세상의 평판 따위는 지금 생각할 필요가 없다.

'도대체 오쿠하라 신쥬로는 무엇 때문에 집과 고향을 버리고 오사카에 들어갔는가……?'

그 역시 천하의 대란을 틈타 일족 일당과 함께 출세를 목표로 오사카에 몸을 판 떠돌이무사의 하나……라는 오해를 받는다. 그렇다면 칼을 들지 않는 것을 하늘의 뜻으로 여기는 야규 세키슈사이柳生石舟齋의 제자로서 그 긍지는 어떻게 될 것인가……?

어떻게 보면 자기만을 믿고 따라온 부하들에게도 미안했고, 이종사촌인 마타에몬을 대할 면목도 없는 일이었다.

"문제는……"

불길 밑을 걸으면서 신쥬로는 다시 중얼거렸다.

"어떤 일이 있더라도 두 분을 구출해야 한다……"

그러나 이는 신쥬로의 고집에서 나온 술회이지 사태의 해결로 통하는 길은 아니었다. 사실은—

'어떤 수단을 강구하면 구출할 수 있을까?'

그 수단에 달려 있었다.

신쥬로가 깨달았을 때는 다시 버드나무 밑에 앉아 히데요리 모자가 숨어 있는 장소를 무서운 눈으로 노려보고 있었다.

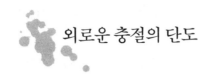
외로운 충절의 단도

1

그날 카타기리 카츠모토는 챠우스야마와 오카야마 진영에서 전승을 축하하고 쿠로몬黑門에 가까운 자기 막사로 돌아왔다. 그는 걸상을 밖으로 내오도록 하여 밤하늘을 불태우는 본성의 불길을 언제까지나 바라보고 있었다. 얼굴도 목덜미도 깎아낸 듯이 여위어 있었다. 결코 계속되는 전투 때문이 아니었다. '도요토미 가문의 존속'을 위한 자신의 집념 때문이었다.

성안 사람들로부터는 배신자라 불렸고, 내통했다고 해서 생명까지 노리는 형편이어서―

"이제 더 이상은!"

홀홀 털어내버리고 미워할 수 있을 것 같았다. 그러나 감정은 전혀 그렇지 못했다.

'우라쿠 님이 부럽다.'

오다 우라쿠사이는 슨푸에서 다시 쿄토로 돌아와 다도 삼매를 구실로 이번 전투에서는 방관자가 되었다. 그러나 카타기리 카츠모토는 도저히 그처럼 냉정해질 수 없었다.

'움직이면 움직일수록 오해가 쌓이는데……'

그런 줄 알면서도 여전히 이에야스 곁을 떠나지 못한 채 무기를 들고 나와 마음에도 없는 싸움을 거듭해왔다.

'업業이야…… 체념하지 못하는 미련함이 나의 업이야.'

보기에 따라서는 이에야스에게 아부하여 어떻게 하면 자기만 살아남을 수 있을까 몸부림치는 속물로 여겨질 것이다. 그런 의미에서 우라쿠사이는 훨씬 더 현명하고 고상하다고 해야 할지도 모른다.

그러한 우라쿠사이조차도 용서하고 비호하는 이에야스다. 절대로 히데요리를 멸망시키려 하거나 없앨 생각을 할 리가 없다……고 하는데 그의 집념의 불씨가 있었다.

무인의 대들보로서 쇼군이 정치의 모든 것을 위임받고 있는 지금의 일본…… 그렇다면 누구의 핏줄이든 쇼군의 명령에는 승복해야 하는 것이 도리이다.

타이코 치하에서 255만 7,000석이라는 방대한 영지와 무력을 지니고도 이에야스가 충실한 원로의 한 사람으로 섬겨왔듯, 일개 다이묘인 히데요리도 장인 쇼군의 통치권 밖에서 살 수 있을 리 없다……

그러나 이는 이해할 수 있는 도리일 뿐 감정이 아니었다. 도리로 본다면 겨울의 전투, 이번 전투, 이렇게 두 차례에 걸쳐 반기를 든 히데요리, 따라서 이 이상 더 도요토미 가문이 존속되기는커녕 목숨을 애걸할 여지도 없었다.

그러나 감정은 그렇게 쉽게 처리될 수 있는 것이 아니었다.

지금도 붉게 타오르는 머리 위의 밤하늘에서 ──

"스케사쿠助作, 오히로이お拾(히데요리의 아명)를 부탁한다."

이렇게 말하던 히데요시의 목소리가 천지를 감싸고 있는 듯이 뚜렷하게 느껴졌다.

'모두 내 기량이 부족한 탓에……'

시대의 추세를 가신들에게 철저히 이해시킬 만한 설득력이 자기에게 있었다면 이렇게까지 비참하게는 되지 않았다.

세키가하라 전투 때도 무사할 수 있었던 오사카 성. 그러한 성이 지금 흔적도 없이 사라지려 한다…… 이 성이야말로 타이코를 모신 카츠모토 이하의 측근이 모두 목숨을 초석에 새기면서 세운 위업의 탑이었는데도……

'탑은 사라졌다…… 그러나 아직 히데요리는 살아 있다!'

카츠모토는 밤하늘을 쳐다보고 있는 동안 하염없는 추억의 눈물 속에 빠져들고 있었다……

2

타이코의 위업이 모두 재로 화하고 있다…… 그와 함께 그 불길이 카타기리 카츠모토라는 인간이 무엇 때문에 이 세상에 태어났는가 하는 존재 일체를 지워버리는 것만 같다.

'순사했어야 하는 것이었다…… 전하가 돌아가셨을 때……'

자기 생애는 도요토미 가문…… 아니, 실은 히데요시가 하시바 치쿠젠노카미羽柴筑前守일 때 끝났는지도 모른다.

그 무렵의 매일매일에는 단순하기는 하나 충족감이 있었다. 그러나…… 타이코의 사후에는 신분만은 출세한 것처럼 보였으나 실은 짊어진 짐이 너무 무거워 어깨가 짓눌리는 나날이었다. 그리고 마침내 그 무거운 짐을 내던지지 않으면 안 될 입장에 몰렸다……

'아니, 내던진 것이 아니다. 아직 히데요리 님은 살아 계신다……'

그런 까닭에 오늘도 서둘러 챠우스야마를 방문하기로 하고 오카야마에 가서 눈치를 살피고 돌아오지 않았는가……

"아버님, 무얼 보고 계십니까?"

언제 왔는지 아들 이즈모노카미 타카토시出雲守孝利가 말하는 바람에 카츠모토는 깜짝 놀라 눈물을 닦았다.

"오오, 너는 언제 오카야마 진지에서?"

"아버님!"

날카롭게 부르고 타카토시는 주위를 꺼리는 목소리가 되었다. 시각은 이미 넉 점 반(오후 11시)이 가까웠다.

"주군의 신상이 어렵게 될 것 같습니다."

"주군이라니…… 쇼군 말이냐?"

카츠모토는 일부러 시치미를 떼고 반문했다. 물론 히데요리의 일……인 줄 알면서도 안타까운 조심성에서였다.

"아니, 히데요리 님의 일입니다."

"히데요리 님은 나는 어떻든지…… 너로서는 주군이라 불릴 사람이 아니다."

타카토시는 그러한 아버지의 말에 혀를 찼다.

"쇼군은 센히메 님의 탄원을 허락하실 것 같지 않습니다. 혼다 마사노부 님이 중재하신 구명탄원을 무섭게 꾸짖었습니다. 저는 곁에 있으면서 이 눈으로 직접 보고 있었습니다."

"허어, 뭐라고 하시더냐?"

"……아내는 남편을 따라 죽어야 하는 것, 어째서 히데요리와 함께 성에 남아 자결하려 하지 않았느냐? 혼자 성을 탈출하는 것은 천만부당한 일…… 센히메에게 이렇게 말하고 자결토록 하라……고."

"으음…… 그것은 말로써 하는 이치. 말로써 하는 이치가 반드시 인간의 본심이라고는 할 수 없어."

"아니, 제게는 그렇게 보이지 않았습니다."

"중재는 혼다 마사노부 님이 하셨다고 했지?"

"예."

"염려하지 마라. 마사노부 님은 오고쇼의 마음을 잘 알고 있어. 오고쇼는…… 센히메 님의 정절을 보아서라도 히데요리 님은 물론 생모님까지 살려주시겠다는 생각임이 분명하다. 조금 더 조용히 기다리기로 하자."

"아니, 그렇게는 안 될 것입니다!"

타카토시는 자신 있게 딱 잘라 말했다.

"……쇼군은 내일 아침 일찍 타다 남은 성곽을 이 잡듯이 수색하라고…… 항복하지 않는 자는 한 사람도 용서하지 않겠다고 이미 엄명을 내리셨습니다."

3

"뭐, 이 잡듯이…… 타다 남은 성곽을……?"

그만 카츠모토의 얼굴빛이 변했다.

"분명히 그렇게 말씀하셨나, 쇼군이?"

"예, 분명히!"

타카토시는 잘라 말하고 나서 갑자기 고개를 약간 갸웃했다.

"참, 그러고 보니 그 전에 제게 한 가지 질문이 계셨습니다."

"네게…… 무엇을 물으셨느냐?"

"아직 불타고 있어서 무엇이 남았는지 모르겠으나, 그대는 자주 성안에 출입했으니 어떤 건물이 어디에 있는지 잘 알 것이다, 다다미 천장이 깔리는 큰방 시체 중에는 히데요리가 없었어, 히데요리가 어디에 숨어 있다고 생각하느냐…… 이런 질문을 하셨습니다."

카츠모토의 안면이 실룩실룩 경련을 일으켰다. 그러나 목소리만은 뜻밖에도 조용하게 ──

"그래서 뭐라 대답했느냐?"

타카토시는 고개를 가로저었다.

"결국 패전임이 판명되면 텐슈카쿠나 다다미 천 장이 깔리는 방에서 할복…… 그 이외의 장소에 숨어 계시다고는 생각지 않는다고."

"으음, 그러자 쇼군은?"

"강도 엄히 감시하고 있으니 성안에 숨었을 것이 분명한데 모르겠다는 말이지……? 이렇게 말씀하시고는 이이·나오타카 님을 불러 타다 남은 성곽 모두를 부수라고 명하셨습니다."

"그때 그 자리에 있던 분들은?"

"오반가시라 아베 마사츠구 님, 안도 시게노부安藤重信(나오츠구의 동생) 님입니다."

"아베 님과 안도 님이란 말이지."

"어째서 물으십니까? 혹시 아버님은……"

갑자기 타카토시는 음성을 낮추었다.

"주군이 은신하신 곳을 아시는지요?"

카츠모토는 크게 고개를 흔들며 꾸짖었다.

"어찌…… 어찌 알겠느냐! 공연한 소리는 하는 게 아니야."

"죄송합니다. 아버님께서도 저와 같이 성밖에서 싸우셨으니…… 그렇지만 혹시 찾지 못하면 아버님에게 성을 수색하라는 명령이 떨어질지도 모릅니다."

카츠모토는 눈을 감은 채 그 말에는 얼른 대답하지 않았다. 어느 성에나 위급할 때를 대비한 밀실이나 비밀통로가 있게 마련.

'오사카 성에서 그런 곳을 아는 자는 카타기리 부자……'

누구나 당연히 그렇게 생각할 터, 사실 최근까지도 금고에 있는 황금의 양까지 알고 있었던 카츠모토였다.

"혼다 마사노부 님도 그 은신처를 알려고 작은 마님의 시녀에게 물어본 모양입니다. 작은 마님도 교부쿄 부인도 텐슈카쿠에서 본성으로 나올 때까지는 함께였으나, 그 뒤는 모르는 모양이었습니다."

"……"

"아버님 같으면 어디로 모실 것인가? 아들인 저라도 묻고 싶은 질문입니다."

"타카토시."

"예."

"나는 쇼군에게 다녀와야겠어. 아직 쇼군은 주무시지 않겠지?"

이렇게 말하고 갑자기 일어난 카츠모토의 얼굴은 흙빛…… 타카토시가 놀라는 순간, 카츠모토는 심하게 기침을 했다.

4

그 기침이 심상치 않다……고 생각한 타카토시는 급히 아버지 뒤로 돌아갔다. 무엇인가가 가슴에서부터 코까지 막아버린 것 같은 절박한 기침이었다.

"아버님! 정신 차리십시오."

힘껏 등을 두드리고 있는 동안—

"욱!"

카츠모토는 무언가를 토해냈다. 미지근한 액체가 입에 댄 손가락 사이로 흘러내려 미끈미끈하게 타카토시의 손까지 적셨다.

"체하신 것 같습니다. 안으로 들어가셔야겠습니다."

오물로 더러워진 손을 이마로 가져갔다. 놀랄 정도로 열이 높았다.

감기인가, 아니면 학질 같은 열병인가?

카츠모토를 막사 안으로 부축하고 들어간 타카토시, 불 가까이에서 소스라치게 놀라 숨을 죽였다.

토한 것은 거무칙칙한 핏덩이였다. 그 피가 묻은 손으로 이마며 목덜미, 어깨 등을 타카토시가 만졌기 때문에 보기에도 처참한 형상으로 변해 있었다.

"거기 누구 없느냐, 물을 가져오너라."

폐결핵에 걸린 몸인데도 그 무렵 무리를 한 탓으로 벌써 생명의 불길이 꺼져가고 있었던 모양이다. 심한 각혈로 자칫 호흡이 막혀 그대로 숨을 거둘 뻔했다.

막사 안으로 옮겨져 피를 닦게 하는 카츠모토는 축 늘어져 눈을 감고 있었다. 그 자신은 이미 각혈임을 알고 있었음이 틀림없다.

"애야……"

잠시 후 카츠모토는 열띤 눈을 뜨고 타카토시를 불렀다.

"예. 좀더 안정을 취하십시오."

"나는…… 오늘밤 오카야마 진지에는 가지 못할 것 같다."

"그러시면 제가 대신 갈까요?"

카츠모토는 천천히 고개를 저었다.

"내일 아침이라도 좋아. 내일 아침에 내가 가겠다."

"그러면 조용히 정양하십시오."

"그럴 수는 없지. 남겨둘 말이 있다."

"남겨둘……?"

"나도 이제 멀지 않았다. 잘 알고 있어. 이것으로 족한 거야."

"왜 그런 약한 말씀을."

"주군 말이다."

"예…… 예. 히데요리 님 말씀이군요."

"나는 알고 있어. 주군이 어디로 피신하셨는지."

"역시…… 그러실 줄 알고 있었습니다."

"나는 말이다, 각혈로 목구멍이 막힐 때마다 돌아가신 타이코 전하가 큰 손바닥으로 내 코와 입을 완전히 막는 것 같아. 이 변변치 못한 놈아, 죽어버려라……고 하시면서."

"그런 어처구니없는 일이……"

"아니, 좋다…… 그런 때는 나도 반항한다. 이 카타기리 카츠모토가 히데요리 님을 그대로 죽게 할 자인지 두고 보십시오……라고. 지금도 그 싸움에서 내가 이겼어…… 나는 그 손을 뿌리쳤어…… 나는 내일 아침 일찍 반드시 오카야마에 가서 쇼군 님에게 주군을 죽이지 말라고 부탁하고 오겠다."

잠시 사이를 두었다가 힘없이 기침을 했다.

"그러나 내게 만일의 경우가 생기면 네가 대신 가야 한다."

5

"만일의 경우……가 있을 리 없습니다. 마음을 굳게 가지십시오."

그러면서도 타카토시 역시 많은 피를 토한 아버지의 병이 가볍지는 않음을 절실히 느끼고 있었다. 그는 눈짓을 하여 근시를 물러가게 하고 다시 한 번 찬물로 아버지의 얼굴과 목을 조용히 닦아냈다.

"주군은 말이다, 아시다 성곽의 벼 창고에 숨어 계실 것이다."

카츠모토는 아들이 하는 대로 몸을 내맡기고 천천히 말했다.

"내가 옛날에 이런 말을 한 적이 있어. 만일에 이 성에 적군이 쳐들어올 때는 피할 곳이 두 군데 있다고……"

"두 군데……입니까?"

"그 가운데 하나는 해자를 매립할 때 밖에서 입구를 막았기 때문에 사용할 수 없어. 남은 곳은 아시다 성곽의 그 창고밖에 없어."

"그렇겠군요……"

"그 창고에는 이럴 경우 주군을 둘러싸기 위해 금병풍 두 벌이 들어 있어. 무사는 조심성이 많아야 한다는 생각에서. 그 금병풍이…… 오늘밤에는 요긴하게 쓰이고 있을 거야."

"아시다 성곽…… 은신처에서는 어디로 빠져나갈 수 있습니까?"

"강으로 나가 배를 이용하는 거야. 벼처럼 보이도록 해도 좋고 잡곡, 야채 따위를 실은 것으로 보이게 하지. 위에 거적을 덮고 뭔가를 싣고 가면 설마 그 밑에 사람이 숨어 있을 줄은 모르겠지. 이렇게 해서 강줄기를 따라 내려가면 시마즈의 배가 기다리고 있다……는 것이 만일의 경우에 대비한 내 계획이었어."

"지금도 그럴 생각으로 숨어 계시는 것입니까?"

"그 밖에 다른 좋은 생각이 있을 리 없으니까. 그리고 성안에 있는 천주교 신자들은 아직도 에스파냐에서 군함을 보내 도와줄 것이라는 꿈을 꾸고 있어. 우선 주군을 사츠마로 피신케 하고 원군의 도착을 기다린다……는 생각을 하고 있을 것이 분명해."

"과연, 과연 그런 일이 이루어질까요?"

"바로 그 말이야. 지금에 와서 그런 것은 모두 꿈에 지나지 않아. 그래서 말인데, 내게 무슨 일이 생긴다면 네가 오고쇼에게 가서 호소하란 말이야. 알겠나, 오고쇼에게 직접."

타카토시는 의아한 듯이 고개를 갸웃했다.

"아버님은 아까 오카야마 진지로 쇼군을 방문하겠다고 하시지 않았습니까?"

"그래. 나는 쇼군에게 갈 거야. 그러나 너는 오고쇼에게 가야 한다. 쇼군은 주군의 구명을 반대하고 계신다. 그러니 내가 가서 탄원할 생각이지만…… 너로서는 쇼군을 움직일 수 없어. 너는 오고쇼에게 달려가 주군이 계신 곳은…… 제발 구명해주시기를…… 아버지가 이렇게 말하고 숨을 거두었다고 말씀 드리는 거야. 알겠느냐, 그런 경우 달려갈 곳은 오고쇼의 진지인 거야."

타카토시가 고개를 끄덕였다.

비로소 카츠모토는 스르르 잠이 들었다.

'아직 돌아가시지는 않는다!'

그러나 카츠모토의 숨소리는 바로 조금 전까지 무거운 갑옷을 입고 싸우던 사람이라고는 믿어지지 않을 만큼 약했다.

6

이튿날인 8일 아침.

거의 잠을 자지 않고 아버지 간병을 한 이즈모노카미 타카토시는 날이 밝을 무렵이 되어 꾸벅꾸벅 졸고 말았다. 깜짝 놀라 눈을 떴을 때 아버지는 벌써 일어나 있었다. 낯빛은 여전히 창백했으나 지난밤에 '죽음'을 말하던 사람 같지는 않았다.

이미 누구에게 들은 모양인지 가져온 향로에다 향을 피우면서—

"역시 오고쇼는 주군을 구명할 생각임이 틀림없어. 나는 지금 쇼군의 진지로 가겠다."

부드럽게 말했다.

"오고쇼는 하타모토인 카가즈메 타다즈미加賀瓜忠澄와 토시마 교부豊島刑部를 성안에 보내 살아남은 자들의 이름을 적어올리게 하라고 지시했다는 거야."

"지시했다면 누구에게? 모두 주군과 같이 숨어 있지 않습니까?"

"물론 하루나가지. 숨어 있더라도 누군가 알고 있는 자가 있을 것이다…… 그렇게 보고 사자를 보냈겠지."

카츠모토는 씁쓸히 웃었다.

"오고쇼의 지혜는 보통사람과 달라. 아니나 다를까, 살아남은 사람들의 이름을 적은 명단을 가지고 니이 부인이 성을 나갔어."

"니이 부인이……?"

"그래. 하루나가도 니이 부인에게 주군과 생모님의 구명을 부탁하려는 생각이겠지만…… 그러나 하루나가의 지혜는 오고쇼와는 비교도 되지 않아…… 니이 부인은 여자 아니냐. 진지에 붙들어놓고 누가 고문이라도 하면 두말없이 은신처를 자백할 것이야. 그렇게 되면 내 고생도 모두 수포로 돌아간다."

타카토시로서는 아버지의 말을 알 듯 모를 듯했다.

이렇게 말한 아버지 카츠모토는 두 손을 합장하고 기도를 하면서 그대로 일어섰다.

"오늘은 이렇다 할 전투가 없을 테니 계속 경계하면서 군사들을 쉬게 하라."

아직 성안 이곳저곳에서 연기는 치솟고 있었다. 그러나 하늘을 가득 덮는 불길은 아니었다. 텐슈카쿠 언저리의 하늘이 공허해 보이고 곳곳에 타다 남은 망루가 장난감처럼 작게 보였다.

'그렇구나! 그런 뜻이로구나……'

카츠모토가 가마를 타고 오카야마로 떠난 뒤에야 타카토시는 비로소 아버지가 한 말을 이해했다. 아버지는 니이 부인의 입에서 히데요리 모자가 있는 장소가 누설되기 전에 자기가 먼저 히데타다에게 —

"은신한 곳은 아시다 성곽입니다."

신고할 작정. 이렇게 도쿠가와 가문에 충성하는 자로 보이고 히데요리의 구명을 탄원할 생각이라고 이해했다.

'그렇구나…… 위험한 다리를 건너고 있구나.'

어차피 니이 부인의 입에서 누설될 것이지만, 카츠모토가 고발했다
…… 단지 그 사실만을 생각한다면 아버지는—

'주군을 팔아먹은 발칙한 자……'

이런 오명이 찍힐 것이다. 그러나 타카토시는 말릴 생각이 없었다.

'아들인 내가 알고 있다! 아들인 나는 아버지의 슬픔을 너무나 잘 알
고 있다……'

한편 오카야마 진지에 당도한 카츠모토는 곧 히데타다 앞으로 안내
되었다.

히데타다는 드디어 불탄 자리에 마지막 쐐기를 박을 군사를 출동시
키려고 도이, 이이, 안도 등과 지도를 펴놓고 불탄 지역을 붉은 붓으로
지우고 있었다.

7

"오, 이치노카미로군. 잘 왔어."

히데타다는 얼른 회의를 중단하고 카츠모토를 맞이했다. 카츠모토
가 무엇 때문에 왔는지 이미 짐작하고 있었는지도 모른다.

"나는 이제부터 챠우스야마에 가서 오고쇼께 전승을 축하 드리려던
참이었어."

그리고는 코쇼에게—

"지금 시각은?"

작은 소리로 물었다.

"예, 지금 여섯 점 반(오전 7시)입니다."

"그래. 다섯 점(오전 8시)까지 가면 되니까 아직 틈이 있어…… 실은

오노 슈리가 니이 부인을 오고쇼 진지에 보냈다고 하는군. 어쨌든 그대도 지금까지 여러 가지로 수고가 많았어."

히데타다는 그답지 않게 오늘 아침에는 말이 많았다.

"실은 그 일에 대해서……"

카츠모토가 입을 열었다. 그와 함께 히데타다는 다시 밝은 표정으로 말을 이었다.

"이 히데타다도 어젯밤에는 오고쇼에게 칭찬의 말을 들었어. 일찍이 없었던 일……이라고 해도 좋겠지. 마음에 들지 않는 일도 있으셨을 테지만 대체로 사기가 왕성하고 지휘도 잘했다……고, 이제부터는 더욱 통치에 힘을 써야 한다, 앞으로 삼 년 동안은 다이묘들에게 에도 성의 수리를 명하지 말라……고, 모든 사람들의 노고를 위로하시듯이 말씀하시더군."

"역시 언제나 변함 없는 인자하신 말씀이십니다."

"참, 그리고 그대 이야기도 나왔지. 이치노카미에게는 몹시 가혹하게 대했다…… 이제 전쟁은 뿌리가 뽑혔다, 앞으로는 야마시로, 야마토, 카와치, 이즈미 중에서 사만 석의 영지를 주라고 하셨어."

"너무나…… 감사하신 말씀."

말하는 동안 카츠모토는 눈물을 흘렸다. 자기 자신 때문에 온 것이 아니다. 아니, 히데타다도 그것을 알고 선수를 치고 있다고나 할까.

"위의 네 영지 안에는 성도 셋이 있어. 어느 하나를 거성으로 정하고 유유히 노후를 지내는 것이 좋을 거야."

"황송합니다마는…… 드릴 말씀이."

"할 이야기라니…… 그래, 무슨 말인가?"

"히데요리 님이 계시는 장소가 성안의 어느 곳인지 니이 부인이 말씀 드렸습니까?"

"아니, 아직 듣지 못했는데."

"그렇다면, 이 이치노카미에게 짐작되는 곳이 있습니다마는……"

"허어, 그거 다행이로군."

히데타다는 흘끗 이이 나오타카에게 눈짓을 했다.

"과연…… 이치노카미는 성안의 일이라면 손바닥을 들여다보듯 잘 알고 있을 거야."

"예. 아마 틀림없을 것입니다. 아시다 성곽의 벼 창고 안에……"

이번에는 이마에서 목덜미까지 구슬 같은 비지땀이 맺혔다.

'용서해주십시오, 타이코 님…… 스케사쿠가 일생 일대의 괴로운 연극을 하고 있습니다.'

히데타다는 가볍게 내뱉듯이 말했다.

"으음, 벼 창고라."

"예. 거의 확실합니다. 그러므로 공격을 이 이치노카미에게 맡겨주셨으면 합니다. 제발 부탁 드립니다."

히데타다는 다시 한 번 시선을 이이 나오타카에게로 보내고 천천히 고개를 저었다.

"이미 늦었어. 벌써 결정되었으니까."

8

"결정되었다……고 하시면?"

기를 쓰며 반문하는 카츠모토에게 옆에 있던 이이 나오타카가 무뚝뚝하게 대답했다.

"그 부근의 청소는 내가 맡았소. 이미 선발대가 출발했을 거요."

"아니, 벌써 출발을……?"

힘없는 목소리로 중얼거리다가 카츠모토는 미친 듯이 히데타다를 향해 말했다.

"부탁입니다! 그 임무는 제게 분부해주십시오…… 그렇지 않으면 카타기리 카츠모토는 불……불……불충한 자가 됩니다!"

"그 일이라면 염려하지 마시오."

이번에는 옆에서 도이 토시카츠가 동정하듯 말했다.

"이치노카미 님의 충성심은 쇼군이나 오고쇼께서도 잘 알고 계시오. 오늘 아침에도 이렇게 히데요리 모자의 은신처를 일부러 알리러 오시고…… 예사 사람으로는 할 수 없는 충성이오. 그러기에 오고쇼 님도 노후를 위해 가봉까지도 고려하시는 것……"

"오이 님!"

"예, 말씀하시오."

"너무 섭섭한 조롱입니다! 무사의 정의를 모르시다니…… 그렇다면 이 카츠모토는……"

말을 계속하려는데 토시카츠가 엄한 소리로 꾸짖었다.

"말을 삼가시오, 이치노카미! 쇼군 님 앞이오."

"예……"

"귀하에게 분명히 말하겠소. 귀하의 청은 당치도 않소."

"무슨 말씀인지……?"

"귀하가 일부러 알리러 오지 않아도 은신처는 대강 알고 있었소. 오고쇼 님의 인정을 너무 믿고 카타기리 가문의 장래를 잊어서는 안 될 것이오."

"그러나……"

"아직도 할말이 남았소? 귀하는 꽤나 결단성이 없는 사람이군. 이것 보시오, 이치노카미. 귀하가 결단해야 했을 때 과감히 결단을 내렸다면 겨울과 여름의 두 번에 걸친 전투는 하지 않아도 되었을 것이오. 귀하가 그 결단을 하지 못했기 때문에 오사카 성이 오늘 이렇게 되었음을 깨닫지 못하시오?"

"그러기에 청을 드립니다……"

"안 됩니다!"

토시카츠는 다시 한 번 크게 소리지르고──

"이제 출발하실 시각입니다."

히데타다에게 챠우스야마로의 출발을 재촉하고 나서 음성을 낮추어 카츠모토를 위로했다.

"실수는 한 번으로 족하오, 이치노카미. 모처럼 쇼군과 오고쇼 님이 카타기리 가문의 장래를 배려하시는데, 귀하의 결단 부족으로 굳이 가문을 망칠 것은 없소. 귀하는 이미 심신이 모두 피곤해 있소. 편히 쉬도록 하시오, 알겠소?"

그 한마디는 카츠모토의 가슴에 말할 수도 없이 날카롭고 슬픈 칼끝이 되어 꽂혔다.

그러나 그 말을 끝으로 모두 자리를 떴다.

"아……"

카츠모토는 일어서다 말고 앞으로 쓰러지면서 두 손으로 입을 막았다. 또다시 심한 기침이 엄습했다. 지금 피를 토한다면 곧 그 생애의 종말이 될 터.

"잠……잠……잠깐……"

카츠모토는 입을 누르고 같은 말을 되풀이하면서 엎드린 채 온몸을 떨며 울기 시작했다.

두견 낙월杜鵑落月

1

아시다 성곽에 있는 벼 창고의 밤은 찌는 듯이 무더웠다. 갠 것도 아니고 그렇다고 비가 오는 것도 아닌 장마철에다 비좁은 장소에 수많은 사람들이 꽉 들어차 있었으니 무리가 아니었다.

그곳에서 밤을 보내게 되었을 때 뒤섞여 있을 수도 없어 미리 마련했던 금병풍을 세워 창고 안을 셋으로 구분했다. 그 한쪽에 요도 부인을 비롯하여 여자들을 있게 하고, 안쪽은 히데요리와 시동들을, 중간에는 살아남은 오노 하루나가, 모리 카츠나가, 하야미 카이 등의 무사들이 자리잡았다.

여자들의 머릿기름 냄새도 그렇거니와, 남자들은 대부분이 부상을 입거나 피를 묻히고 있었다. 그것이 장마철의 더위로 인한 땀과 범벅이 되어 형언할 수 없는 악취가 코를 찔렀다.

오쿠하라 신쥬로 토요마사는 그러한 창고 안을 들여다보았다. 그리고는 밖으로 나가 잠시 바깥 공기를 쐬고 다시 안으로 들어가 사람들을 둘러보았다.

이미 어느 얼굴에서도 생기라고는 찾아볼 수 없었다. 이제는 절망하여 미치거나 할 기력조차 상실한 사람들도 있었다.

'조금만 더 참으면 된다.'

밤 동안에 몇 번인가 가랑비가 내렸다. 그런 가운데 신쥬로는 만약의 경우 그의 목적만은 달성할 수 있도록…… 모종의 준비만은 충분히 해두었다. 아니, 모종의……라고 에두른 표현을 할 필요도 없다.

그것은 어떤 경우에도 밀실에 갇혀 있는 인간을 괴롭히는 생리적인 요구에서 착안한 준비였다. 사람들은 한밤중까지 모두 생리적인 요구 따위는 잊은 듯이 보였으나, 한 소녀가 새파랗게 질려 이를 호소했을 때 신쥬로는 탁 무릎을 치고 일어났다.

벼 창고 바로 옆에 측간을 만들 수는 없었다. 그래서 강기슭과 가까운 버드나무 아래쪽 갈대 곁에 흙을 파고, 그 주위에 창고에 있던 거적을 둘러 볼일을 보게 했다.

"참지 못할 사람들은 그곳으로."

사람들에게 이렇게 말하고 그 임시측간 앞에 작은 배를 숨겨두도록 부하에게 명했다. 만일의 경우 히데요리와 요도 부인에게 용변을 보라면서 불러내 강제로 배에 태울 작정이었다.

그 준비를 끝냈을 무렵부터 신쥬로는 침착해질 수 있었다.

'과연 센히메의 구명운동이 성공할까……?'

이에야스나 히데타다의 부하들이 당당히 맞으러 온다면 그들에게 인도해도 좋을 터. 그러나 그렇지 않다면 두 사람의 몸에만은 아무도 손을 대지 못하게 하리라고 눈을 번뜩이고 있었다.

신쥬로가 가장 우려하는 것은 더위에 지친 절망으로 갑자기 미치는 자가 생기지 않을까 하는 점이었다. 미친 나머지 자기 몸을 스스로 해치는 것은 그렇다 해도 만약 칼을 휘둘러 히데요리나 요도 부인을 찌른다면 큰일…… 그래서 조심스럽게 감시를 계속했다. 요도 부인은 신쥬로도 놀랄 만큼 훌륭한 태도를 지켰다.

'제일 견디지 못할 사람은 이분……'

이렇게 생각했다. 그러나 요도 부인은 한밤이 지나도 자세를 허물어 뜨리지 않고 조용히 염주를 굴리며 염불을 하고 있었다. 그동안이 실은 센히메의 구명만을 의지하고 있는 어머니의 모습……이었음을 알게 된 것은 날이 밝아 니이 부인을 이에야스에게 보낼 때였다……

2

니이 부인을 이에야스에게 보낸 것은, 이에야스가 카가즈메 타다즈미와 토시마 교부를 군사軍師로 보내 성안에 남아 있는 사람들의 명단을 제출하라는 요구를 해왔기 때문이다.

카가즈메와 토시마 두 사람은 벌써 이 부근 창고에 모두가 숨어 있다는 사실을 어렴풋이 눈치채고 있는 듯했다. 신쥬로의 부하가 연락하여 그들을 만난 것은 신쥬로 자신과 모리 카츠나가의 동생 카게유勘解由였다.

카게유는 아직도 살아남아 일전을 벌이자고 버티고 있었다…… 그렇다고 해서 결코 아시다 성곽으로 그들을 쳐들어오게 하려는 것은 아니었다. 저쪽에서는 그러한 카게유의 태도를 아직 상당한 군사가 있기 때문이라고 본 모양이었다. 니이 부인에게 남아 있는 사람들의 명단을 건네기까지 점잖게 기다리고 있었다.

드디어 니이 부인이 나갈 때 하루나가는 기듯 다가가서 그녀의 귓가에 거듭 속삭였다.

"여기 기록한 사람들은 모두 책임을 지고 자결하도록 하겠으니, 히데요리 님과 생모님만은 부디 구명해달라고…… 알겠나, 히데요리 님은 시동 두세 사람, 신변을 돌볼 만한 사람으로 족하고, 마님 역시 시녀 한 사람으로 충분하니 부디 목숨만은 보장해달라고…… 그 밖에는 한 사람도 살고자 원하는 자가 없다, 모두 깨끗이 죽겠으니 그 뜻을 오고쇼에게 잘 전하도록……"

그때였다. 요도 부인은 염주를 굴리던 손을 멈추고 또렷한 목소리로 말했다.

"보기 흉하오, 슈리. 나는 니이 부인의 구명으로 살 생각은 하지 않아요."

"그러시면……?"

"그렇지 않아요. 내가 만일 목숨을 구할 수 있다면 센히메의 효심으로 구명되고 싶어요. 무엇보다도 센히메가 무사히 도착했는지 그것부터 물어보도록 해요."

그 말을 들었을 때 오쿠하라 토요마사는 자기 이모의 목소리를 듣는 것 같았다.

야규 세키슈사이의 아내였던 슌토春桃 부인…… 그 이모는 어떤 경우에나 어미는 자식을 위해 있다고 분명히 말하고, 자기는 자식이 효도를 할 수 있게 하기 위해 산다고 자주 말했다.

지금 요도 부인도 그와 같은 맑은 심경으로 있는 모양이다. 히데요리를 위해 센히메를 내보내고 그녀에게 효도를 할 수 있게 하기 위해 구명을 받고 싶다고……

실제로 니이 부인이 나간 뒤 요도 부인은 다시 조용히 눈을 감고 입으로 염불을 외우고 있었다. 오늘날까지 번뇌의 벌레가 꿈틀거릴 때마다 마구 꾸짖던 과거의 죄업을 고요히 뉘우치고 있는지도……

히데요리는 어머니처럼 조용하고 맑은 느낌은 아니었다. 그는 밤새도록 달려드는 모기와 싸우다가 니이 부인이 나갈 무렵에는 더러운 명석에 기댄 채 잠들어 있었다. 푸념에 지쳐 이제는 될 대로 되라고 모든 것을 포기한 듯한 느낌이었다.

그 앞에서 자세를 허물어뜨리지 않고 꼿꼿이 앉아 있는 것은 사나다 다이스케…… 그는 아버지의 죽음과 그 마지막 말을 지그시 되씹고 있는 듯했다.

그 단정한 다이스케와 나란히 있는 15세의 타카하시 한사부로高橋半三郎와 13세의 동생 쥬사부로十三郎가 마에가미前髮° 모습으로 꾸벅꾸벅 졸고 있었다.

니이 부인이 나간 뒤 얼마 되지 않아 아시다 성곽을 이이의 군사가 포위했다.

3

그들은 포위는 했으나 당장 공격해오지는 않았다.

오쿠하라 신쥬로는 안도했다.

'이곳에 히데요리 모자가 은신하고 있다고, 니이 부인이 이에야스에게 말했을 것이 분명하다.'

따라서 이에야스는 히데요리 모자를 보호하기 위해 이이의 군사를 파견했다……고 해석했다.

그렇게 되면 오쿠하라 신쥬로 토요마사의 고집도 얼마 후면 관철된다. 과연 누가 히데요리 모자를 맞으러 올 것인가? 아무튼 그들의 손에 두 사람을 넘겼을 때 그의 일은 끝난다……

그때 이이 군 외에도 안도 시게노부, 아베 마사츠구 등의 하타지루시가 보이기 시작했다.

"혼다 코즈케노스케 마사즈미 님도 공격군 안에 있습니다."

부하 하나가 이렇게 보고했다.

"그렇구나, 코즈케 님······"

오쿠하라 신쥬로의 마음을 죄고 있던 긴장의 줄이 더욱 풀렸다.

안도 시게노부나 아베 마사츠구는 쇼군 히데타다의 측근이었으나 혼다 마사즈미는 이에야스의 대리 역할까지 하는 측근이다······

'아마 이 사람이 히데요리 모자를 맞이할 터······'

이렇게 생각하고 신쥬로는 벼 창고 안으로 돌아가 축 늘어져 있는 오노 하루나가에게 귀띔을 했다.

하루나가는 거의 반생반사半生半死의 상태로 지쳐 있었다. 그러나 무서운 투지를 발휘하여 벌떡 일어나—

"주군에게 아침 세숫물을!"

코쇼에게 명했다. 물론 세숫대야나 물 준비가 되어 있을 리 없다.

"예."

히데요리의 머리를 만지기 시작한 것은 17세의 도히 쇼고로土肥庄五郎였다. 여자가 아닌가 싶을 정도로 앞머리를 내린 아름다운 모습이었는데, 그는 품에 조그마한 거울을 간직하고 있었다.

머리를 다 빗기고 도히 쇼고로는 그 거울을 히데요리에게 건네주며 말했다.

"밤새 안녕하셨습니까?"

버릇처럼 된 아침인사였다. 그러나 이 경우에는 소름이 끼칠 만큼 싸늘하게 가슴을 찌르는 말이 되었다.

"한사부로와 쥬사부로는 여느 때처럼 어깨를."

"예."

도히 쇼고로를 한창 피어나는 처녀로 비유한다면 타카하시 한사부로와 쥬사부로 형제는 아직 철없는 어린 소녀로 보였다.

두 사람이 좌우에서 살찐 히데요리의 어깨에 손을 댔을 때 히데요리는 비로소 쇼고로가 준 거울에 시선을 떨구었다. 사실 그때까지 히데요리는 아직 잠에서 덜 깬 것처럼 보였다.

눈도 입도 몹시 취한 뒤처럼 긴장감이 없고, 마음도 정해지지 않은 듯 눈의 초점도 흐릿해 있었다. 그런데 거울 속의 자신과 대면하는 순간 생기를 되찾았다.

"한사부로, 쥬사부로, 이제 됐다!"

두 사람의 손을 뿌리치듯 하며 ──

"수고했다."

얼른 수고를 치하하는 어조로 말하고, 높이 있는 작은 창으로 비쳐드는 햇빛 쪽으로 돌아앉아 다시 한 번 자기 얼굴을 매만졌다.

오쿠하라 신쥬로 토요마사가 당황하여 밖으로 나간 것은 그때였다. 말할 수 없이 격앙된 감정이 대번에 통곡으로 변할 것 같아 그 자리에 그대로 있을 수 없었다……

4

오노 하루나가는 이미 일어날 기력도 없었다. 자유롭게 일어날 수 있었다면 그는 반드시 직접 적의 대장을 만나러 갔을 것이다.

'이상한 일이야.'

눈물을 참으면서 신쥬로는 하늘을 쳐다보았다.

오늘도 비가 오락가락하는 가운데 태양의 위치로 보아 넉 점(오전 10시) 가까이 된 것 같았다. 무더위가 다소 가라앉았고 강에서 불어오는 바람이 버드나무 가지를 조용히 흔들고 있었다.

'하루나가는 이제야 겨우 오사카의 성주 대리가 될 만한 인물이 되었는데……'

지금까지의 하루나가는 아무래도 기량이 모자랐다. 그러다가 카타기리 카츠모토가 물러나고 겨울 전투를 겪으면서 몰라보게 사람이 달라졌다……고 생각했을 때는 이미 오사카 성의 운명도 그의 운명도 끝장이 났을 줄이야……

'나 같으면 기어서라도 이이를 찾아가겠는데……'

그리고 지금의 자기 진심을 그대로 나오타카에게 밝힌다면 상대도 움직이지 않을 수 없는 반응을 보일 것이고, 그 역시 한층 높은 경지에서 죽어갈 수 있을 터.

'아니, 그 정도의 용기를 보인다면 오고쇼는 어쩌면 하루나가도 용서하려 할지 모른다.'

신쥬로가 밖에 나간 후 하루나가는 역시 피로에 지쳐 있었다.

"내가 직접 교섭하고 싶지만 이 꼴이오. 하야미 님, 잘 부탁하오."

"알겠습니다."

"모든 것은 이 슈리의 잘못…… 주군은 아무것도 모르시고……"

하야미 카이는 혀를 차고—

"그럼 갑시다. 실례하겠소."

단단히 마음먹은 듯한 모습으로 신쥬로 앞으로 나왔다.

"경호하리다."

신쥬로가 가까이 다가갔다.

"필요치 않소!"

내뱉듯이 말하고 등에 꽂은 작은 깃발을 다시 세우고 성큼성큼 이이의 우마지루시를 향해 걸어갔다.

'그 역시 제법 인물이 되어가고 있었는데……'

신쥬로는 하야미 카이가 자기를 향해 칼을 들이댈 경우를 상상하고 쓸쓸히 웃었다.

'너무 딱딱하다.'

유연한 칼이 아니었다. 자기 고집에 얽매여 꼼짝도 하지 못하는 딱딱함을 남기고 있었다.

그러나 상대가 살려줄 줄 알고 나가는 구명의 사자. 충분히 사명을 다할 것이다.

오쿠하라 신쥬로는 당황하며 몇 걸음 뒤쫓다가 생각을 바꾸고 멈추어섰다.

이미 사람들의 출입으로 히데요리 모자의 은신처라는 사실이 확실히 알려진 지금. 알려진 이상 우마지루시를 세워야 한다. 그러나 그것은 벌써 본성에서 코리 요시츠라와 와타나베 쿠라노스케가 자결하면서 불태우고 말았다.

'전쟁에 패하고 목숨을 구걸…… 별로 구애받을 것은 없다.'

신쥬로는 생각을 바꾸고 다시 창고 안으로 되돌아갔다.

그 무렵 하야미 카이는 신쥬로가 예상했던 대로 이이 나오타카의 우마지루시가 세워진 막사 안으로 필요 이상 가슴을 떡 편 채 들어가고 있었다.

"군사님, 수고가 많군요."

그곳에는 이미 혼다 마사즈미의 모습은 없고, 카이를 맞이한 것은 이이 나오타카, 안도 시게노부, 아베 마사츠구 세 사람이었다.

5

인간이란 자기 목숨을 내던졌을 때 놀랍게도 용기가 생기게 마련이다. 그렇다고 이때의 용기와 평소의 자기가 아무 관련도 없다고 생각한다면 그것은 잘못이다. 평소의 연마가 없었다면 그 용기 역시 있을 수 없다. 평소 단련이 철저했다면 그 용기의 질 역시 철저해진다.

하야미 카이는 그런 의미에서 다소 자신에게 야무지지 못했다.

'죽음을 결심한 이상 무엇이 두려우랴.'

히데요리 모자는 비록 구조된다 해도 자기는 살고 싶은 생각이 추호도 없었다. 따라서 그는 기고만장했다.

이러한 그의 태도는 입장을 바꾸어놓고 생각하면 반대가 된다. 죽음을 각오하면서도 아직 적이 두렵기 때문에 허세를 버리지 못한다⋯⋯는 대답이 될 수도 있다.

센고쿠 시대를 사는 사람들은 모두 죽음을 두려워하지 않으려 하면서도 실은 허세로 생사를 가늠하였다. 그러므로 이런 혼란은 당연히 있는 것이었지만⋯⋯

하야미 카이는 패전한 장수로서 우선 상대의 말을 정중하게 들어야 한다는 이치를 잊고 있었다. 그는 이이, 안도, 아베 세 사람의 마중을 받고 막사 안에 들어선 순간—

"전직 우다이진 도요토미 히데요리 님의 군사로 하야미 카이가 왔소. 걸상을 주시오."

먼저 말했다.

비참하게 땅바닥에 앉는다면 할말도 못하게 된다⋯⋯는 경계심에서였을 터, 그러한 태도가 이에야스 앞이었다면 반드시 해야 할 말이었을지 모른다. 그런 태도를 좋아하는 이에야스는—

"나를 두려워하지 않는, 훌륭한 자!"

우선 칭찬하고 흉금을 털어놓았을지도 모른다. 그러나 상대는 아직 혈기왕성한 사람들이었다.

'하지 않아야 할 소리를 지껄인다!'

처음부터 화가 치밀어 비아냥거렸다.

"훌륭한 견식⋯⋯ 성은 탔어도 우다이진은 우다이진이니 말이오."

실은 최초의 이 대화가 이날의 비극을 결정적으로 만들고 말았다. 물론 하야미 카이도 깨닫지 못하고 이이 나오타카나 아베 마사츠구도 깨닫지 못하였다.

"주군의 말씀은 오노 슈리가 누차 전했으므로 오고쇼나 쇼군께서 충분히 알고 계실 것이오."

"그렇소. 일부러 성을 불사르지 않아도 될 것을 참으로 유감스러운 일이오."

안도 시게노부가 비웃듯이 말했다.

"그러므로 번거로운 인사는 그만두고 곧 용건으로 들어갑시다. 히데요리 님은 언제쯤 항복하실 생각이오? 그 말을 듣고 나서 쇼군의 지시를 기다리기로 합시다."

아무래도 담판의 솜씨는 안도 시게노부가 한 수 위.

"정오를 기하여 사쿠라몬으로 나가실 수 있게 해주시오."

"정오…… 잠시 후가 될 텐데요."

"그렇소. 여러 차례에 걸쳐 말씀 드린 바와 같이 주군 모자만 무사할 수 있다면 우리 일동은 어떠한 벌을 받아도 이의가 없소. 주군만은 특히 정중히 대해주시기 바라오."

이이 나오타카가 무슨 소리인지 모르겠다는 듯이 웃기 시작했다.

"특히 정중히라면 구름에라도 태우라는 말이오? 히데요리 님은 두 번이나 반란을 일으켰다가 패한 큰 죄인. 포로로 대우할 것이오."

6

"포로라면……?"

하야미 카이의 표정이 굳어졌다.

"전직 우다이진으로는 대우하지 않겠다……는 뜻이오?"

"그렇다……고 하면 어떻게 하겠소?"

다시 안도 시게노부가 입을 열었다. 시게노부는 형 나오츠구보다 성급하고 비꼬기를 좋아하는 면이 있다. 카이는 그 조롱에 그만 언성이 거칠어졌다.

"그건 오고쇼나 쇼군의 뜻에 어긋나는 일이오. 오고쇼와 쇼군은 주군이 도요토미 타이코의 후계자라는 사실을 잊고 있지 않을 것이오."

"으음."

시게노부는 더욱 조용하게 말했다.

"그렇다면…… 타이코 후계자에게는 어떻게 하는 것이 도리요?"

"가마를 준비해주시오!"

"가마를? 이이 님, 이 전쟁터 어디에 그 고귀한 분이 타실 만한 가마가 있던가요?"

"흥."

나오타카는 코끝으로 조소했다.

"일흔네 살의 오고쇼 님조차 대나무 가마를 타고 출진하신 전쟁터요. 쿄토에서 찾으면 모르지만, 이 불탄 자리에서야 있을 리 없지요."

"들으신 바와 같소."

이렇게 말하면서 안도 시게노부는 하야미 카이 쪽을 보았다.

"없는 것은 없소…… 그 이유는 여기가 전쟁터이기 때문이오. 그리고 미안하지만 도요토미 타이코의 후계자는 두 번이나 반역을 기도하고 항복하는 포로…… 가마를 준비하라는 요청은 받아들일 수 없소. 비록 가마가 있다 해도 결박을 지어야 하는 형편이오."

"뭐, 결박을? 무……무례한 일!"

"그렇다면 결박은 안 된다는 말이오?"

"말할 나위도 없소! 당신들은 오고쇼의 뜻을 뭘로 알고 있소?"

"글쎄…… 여기에는 오고쇼 측근이 없소. 우리로서는 그러한 거목의 뜻을 도저히 알 리 없다……고 솔직하게 고백할 수밖에 없소."

"당신들은 그럴 생각이군…… 그럼, 주군을 어떻게 진중으로 모실 작정이오?"

"걷기는 싫다……고 하신다면 할 수 없이 말을 준비하려고 했소."

"생모님도 말을 타시란 말이오?"

"걸을 수 없다……면 도리 없지요. 손수레로는 모실 수 없는 일."

"안 됩니다!"

하야미 카이는 핏대를 세우고 일갈했다.

"적어도 도요토미 타이코의 후계자, 전직 우다이진의 모습을 만인이 보는 가운데 다이묘들의 진중으로 지나게 하다니, 용납할 수 없소!"

"허어……"

이이 나오타카가 어처구니없다는 듯이 한숨을 내쉬었다.

"가마가 없으면 우다이진은 할복하겠다는 말이오? 분명 그렇소?"

이 질문은 야유 이상의 것이었다.

하야미 카이는 그만 말이 막혀 —

'내가 지나쳤구나……'

깨달았을 때는 가마냐 말이냐는 문답에 결말을 짓지 않으면 안 될 마지막 시점에 도달해 있었다……

7

아무리 생각해도 히데요리 모자의 모습을 다이묘들의 군졸이나 일꾼들, 하인들 앞에 드러낼 수는 없다는 마음이었다……

'그 정도의 일은 상대도 생각하고 있을 줄 알았는데.'

하야미 카이는 이를 악물고 차선책을 생각했다. 약간의 실수로 가마가 없다면 자결하겠는가? 하는 반문을 받고 보니, 그런 탈것에 대해서는 히데요리 모자나 오노 하루나가와도 전혀 상의하지 않았다는 사실을 깨달았다.

'격분한 나머지 상대에게 큰 구실을 만들어준 꼴이 되었다……'

"어떻소?"

이번에는 중재하듯이 아베 마사츠구가 입을 열었다.

"보다시피 모두 타버려서 성안에는 가마 같은 것이 보이지 않소. 그렇다면 겨우 찾는다 해도 부상자를 운반하던 대나무 가마나 상인들의 조잡한 가마밖에 없소. 그런 탈것을 찾아야하겠소, 아니면 무장이기도 하시니까 누군가의 말을 이용하시겠소?"

하야미 카이는 그만 와들와들 떨기 시작했다. 아베 마사츠구의 말은 인정과 사리를 다하는 듯한 느낌이었으나 카이에게 강요한다는 점에서는 마찬가지였다.

"그럼, 가마는 없다……는 말이오?"

"보다시피 모두 불탔기 때문에."

"그렇다면 잠시 기다려주시오."

"기다리라니…… 정오를 넘길 생각이오?"

"아니, 그 전에 가마냐 말이냐를 주군께 여쭙고 오겠소."

"이제 와서……"

이이 나오타카가 다시 입을 열려고 했을 때 옆에서 아베 마사츠구가 점잖게 말렸다.

"하야미 님이 혼자서는 결정할 수 없다……고 한다면 좀 기다립시다. 되도록 빨리 결정하시기 바라오."

"알겠소."

그 자리에 더 있을 수 없을 것 같아 하야미 카이는 일어섰다. 실은 이것이 마지막 사자로서 그의 두번째 실수였다.

하야미 카이가 필요 이상으로 가슴을 젖히고 나갔을 때 세 사람은 얼굴을 마주보고 혀를 찼다.

"잘못했다는 뉘우침은 전혀 찾아볼 수 없군요."

마사츠구가 말했다.

"찢어 죽이고 싶은 심정이었소."

이이 나오타카는 화가 난 듯 평소의 과묵한 성격과는 달리 흥분한 모습이었다.

"어떻소, 이대로 내버려둘까요?"

안도 시게노부는 수수께끼 같은 말을 하고 빙긋이 웃었다.

"오고쇼 님은 몇백 년, 몇천 년에 한 번 나타날까 말까 하는 보기 드문 분. 그런 분의 눈으로 보면 히데요리의 반역 같은 건 문제가 아니겠지. 그러나 오고쇼가 돌아가신 뒤에 종종 이런 반역이 일어나면 범인凡人의 치세에서는 위험한 일이오."

"그럼, 어떻게 하자는 말이오?"

"어떻게 하라……고 내가 말할 자격은 없소. 그렇지만 좀 심각하게 생각해볼 일이 아니겠소?"

세 사람은 서로의 마음을 확인하려는 듯이 마주보고 침묵했다.

8

하야미 카이가 벼 창고로 돌아왔을 때 여자들은 요도 부인을 따라 염불을 하고 있었다.

남아 있는 사람의 이름이 모조리 밝혀진 지금, 그들은 모두 자결할 결심을 굳히고 있었다. 히데요리나 요도 부인은 구명된다고 해도 나머지 사람들은 죽어야 한다…… 이러한 무상감이 저도 모르게 염불로 변했을 터.

"그런 처량한 염불은 그만두시오."

천주교 신자인 하야미 카이는 증오의 빛을 띠고 이렇게 말했다.

그 자리에 오쿠하라 신쥬로는 없었고, 거의 죽게 된 하루나가 카이의 목소리를 듣고 눈을 떴다.

"오, 하야미 님. 결과는?"

"그런데……"

내뱉듯이 말하고 하루나가 앞에 앉았다.

"이이 나오타카 놈, 무례하기 짝이 없었습니다."

"결과가…… 좋지 않았다는 말이군요."

"놈은 주군 모자를 말에 태워 여러 다이묘의 군사 사이로 끌고 다닐 속셈임이 틀림없습니다."

"뭣이, 주군 모자를?"

"구경거리로 삼을 생각…… 가마 하나도 준비하지 않은 것이 그 증거입니다. 이 일을 어떻게 할까요?"

질문을 한들 하루나가가 이에 대한 대답을 준비해놓았을 리 없다.

염불소리가 멎고 창고 내부에는 묘한 정적이 감돌았다. 아마 모두 신경을 귀에 집중시키고 있음이 틀림없다.

"슈리 님."

카이는 다시 크게 혀를 찼다.

"우리는 보기 좋게 속았소. 담판한 결과로 미루어 분명합니다."

"분명하다니……?"

"늙은 너구리 같은 오고쇼 놈, 처음부터 주군을 구할 생각이 없었다는 말입니다."

"아니, 오고쇼에게 구할 생각이……?"

"그래요. 슈리 님이 너무 어리석었습니다. 살릴 생각이었다면 이이도, 안도도, 아베도 그렇게 무례한 태도를 취할 순 없을 거예요. 참, 안도 놈은 주군을 결박해 대나무 가마에다 태우겠다는 수작까지 했소."

내뱉듯이 말했을 때—

"카이, 이리 좀 오세요."

병풍 뒤에서 요도 부인이 날카로운 소리로 불렀다.

"예. 귀를 더럽혀드려 죄송합니다."

"슈리도 같이 오세요. 지금 그 한마디는 그냥 들어넘길 수가 없군요. 주군도 들었겠지요? 이리 와서 다시 한 번 담판한 내용을 자세히 말해 보세요."

하야미 카이는 자신이 화를 내고 있지 않았다면 깜짝 놀라 자신이 조금 전에 한 말을 번복했을 터. 그런데 그는 요도 부인의 의혹에 기름을 부었다.

"예. 물론 말씀 드리겠습니다. 제가 가서 주군의 군사 자격으로 왔다고 했는데도 불구하고 그들은 저를 조롱하고……"

"그대가 무슨 말을 했는지 그것부터 설명하세요."

"예. 주군께서 정오에 오실 것이니 사쿠라몬에서부터 안내하라…… 는 제 말에, 구름이라도 타고 가겠는가, 이이가 무례한 조롱을…… 그래서 저는 가마로 가신다! 가마를 준비하라고 했습니다."

"그랬더니 저쪽에서는 뭐라고 하던가요?"

요도 부인은 허공에 시선을 보낸 채 나직한 소리로 물었다.

9

"가마 같은 것은 없다는 냉정한 대답…… 여기는 전쟁터라고 저를 조롱하면서……"

카이는 자신의 분노가 필요 이상으로 말을 심하게 왜곡하고 있다는 사실을 깨닫지 못했다.

"굳이 탈것이 필요하다면 전사자를 나르던 대나무 가마나 조잡한 상인들의 가마라도 찾아다가 주군을 결박지어 태우겠다고……"

"주군도 들었겠지요? 그만 됐어요!"

요도 부인은 치를 떨면서 제지했다.

"그럼…… 이이는 오고쇼의 뜻을 받들어 주군을 맞으러 나온 것이 아니었군요."

"황송하게도 주군도 생모님도 놓치지 말라고……"

"슈리!"

"예…… 예."

"센히메는 주군과 나를 위해……"

"아니, 생모님, 그럴 리 없습니다. 작은 마님은…… 직접은 모르시더라도 구명탄원에 관해서는 곁을 떠나지 않는 교부쿄 부인이 잘 알고 있습니다."

"그럼…… 그럼, 이이의 무례는?"

"죄송하오나 이이 나오타카는 쇼군의 지시로 나왔으리라고 생각합니다만……"

"히데타다 님은 주군이나 나를 구하지 말라고 했다는 뜻이군요."

"예…… 예. 아니 내심은 알 수 없습니다만, 오고쇼 님만큼은 배려하고 있지 않다고……"

"그렇군요, 역시 그랬군요."

손에 든 염주를 이마에다 대고 요도 부인이 허탈해진 듯이 중얼거렸을 때였다.

"그렇지 않습니다!"

하야미 카이가 다시 말했다.

"이 모든 것은 뱃속이 시커먼 오고쇼의 계산에서 나온 순서에 따른 적의 소행일 뿐입니다."

"카이 님, 말을 삼가시오."

"아니, 삼갈 수 없습니다. 나는 다시 돌아가 상대에게 주군의 뜻을 전해야 합니다. 가마냐 말이냐에 대해서!"

하야미 카이는 히데요리에게 묻는 어조로 말했다.

"주군은 말에 올라 여기저기 진중으로 끌려다니는 연행을 견디실 수 있겠습니까? 그것이 알고 싶습니다."

"잠깐, 카이."

다시 요도 부인이 가로막았다.

"아무래도 큰일이에요…… 천하님의 후계자가 포로의 몸으로 적진 사이로 끌려다닌다…… 아니, 그 대답을 당장에는 할 수 없을 테니 주군의 생각이 정해질 때까지 조용히 기다리기로 해요."

이 말에 카이는 흠칫 놀라 제정신으로 돌아왔다.

'그렇다! 역시 말[馬]이냐 자결이냐 하는 문제였다……'

"카이……"

"예."

"누군가 가지고 있는 대나무 수통에 물이 남아 있겠지. 이별의 잔을 준비하도록."

"이별의 잔을……?"

"그래요. 주군만은 살리고 싶어요. 나는 여기 남겠어요. 아니, 남든지 가든지 이것으로 이승과의 작별을 고하겠어요……"

여자들이 일제히 울기 시작했다.

아직 히데요리의 대답은 없었다. 그는 서서히 다가오는 자신의 생사 문제에 마주한 채 생각에 잠겨 있는지도 모른다.

그때 하야미 카이가 일어나 코쇼들의 대나무 수통에 조금씩 남은 물을 모으러 다녔다.

10

모아온 물을 허리에 찬 호리병박에 다시 부으면서 하야미 카이는 차차 냉정을 되찾았다.

'말을 타기로 승낙하느냐, 아니면 여기서 자결하느냐?'

사소한 체면에 구애되어 말꼬리를 잡고 늘어져야 할 때가 아니었다. 사느냐 죽느냐? 더 이상 움직일 수 없는 양자 택일의 순간이 다가오고 있었다. 아니, 그뿐이 아니었다. 물을 준비하라고 명한 요도 부인은 여기서 죽겠다고 선언했다……

그렇다면 히데요리의 대답을 듣지 않아도 이미 7할 이상은 상상할 수 있다.

'어머니를 잃고, 모두를 죽게 하고 어찌 나 혼자 비겁하게 살아남을 수 있을 것인가.'

카이는 아연실색하여 살며시 호리병박 너머로 히데요리의 모습을 훔쳐보았다.

히데요리는 무릎 위에 부채를 세우고 눈을 감은 채 상체를 꼿꼿이 세우고 앉아 있었다. 지나치게 살이 쪄서 단아하다고는 할 수 없었으나 적어도 기가 죽거나 당황해하는 모습은 아니었다.

'이분으로서는 보기 드물게 의젓한 자세다……'

"카이, 준비되었나요?"

요도 부인이 뒤에서 불렀다.

"준비가 되었거든 먼저 가는 이 어미부터 잔을 들겠어요."

"예…… 예."

"병풍을 치우도록 하세요. 그리고 주군, 눈을 뜨고 이 어미를 잘 보세요……"

타카하시 한사부로가 일어나 병풍을 치웠다.

히데요리는 눈을 떴다. 눈언저리가 빨갛게 되어 있었다. 히데요리 역시 마지막이 다가온 사실을 깨닫고 갖가지 생각에 잠겨 있었다는 증거였다.

"주군, 나는 주군과 같이 있어서는 안 될 죄업이 많은 여자였던 모양이에요."

히데요리는 대답을 하지 않았다. 가만히 어머니를 바라본 채 숨을 몰아쉬고 있었다.

"주군, 이 어미는 이로써 세 번이나 내가 살았던 성이 불타는 모습을 보았어요."

"……"

"맨 처음은 아버지 아사이 나가마사가 자결한 오다니 성, 다음은 어머니를 불태운 에치젠의 키타노쇼 성, 그리고 이번에는…… 이번에는…… 단 하나인 내 아들이 사는 이 오사카 성이에요."

"……"

"처음에는 아버지를 잃고 다음에는 어머니를 불태우고, 그리고 이번에는 아들을 죽인다…… 이보다 더 저주받은 무서운 업業이 또 있을까요…… 내가 있는 곳에는 반드시 불행이 따르니……"

말하다 말고 요도 부인은 심하게 고개를 흔들었다.

"주군은 이 불길한 운명을 타고난 어미와 헤어지지 않으면 안 됩니다. 자기 자식의 운명마저 파괴하는 이 어미와 헤어지지 않으면 주군의 생애에 빛이 비치지 않아요…… 자, 쥬사부로, 그 잔을 저주받은 어미로부터 주군에게 돌려 인연을 끊도록 해요. 어서 따르세요."

하야미 카이는 묵묵히 호리병박을 쥬사부로의 손에 건넸다. 쥬사부로는 시키는 대로 그릇 상자에서 자그마한 붉은 잔을 꺼내 요도 부인 앞으로 다가갔다.

요도 부인은 희미하게 웃으며 그 잔을 받았다. 이것으로 불행과 인연을 끊는다…… 정말 그렇게 생각하고 있는지도 몰랐다.

히데요리는 아직도 쏘는 듯한 눈으로 어머니를 바라보고 있었다.

11

하야미 카이는 요도 부인이 마시고 난 잔을 타카하시 쥬사부로가 히데요리 앞으로 가져갈 때까지 말을 하지 못했다.

요도 부인의 태연한 모습이 그 정도로 카이의 마음을 결박하고 있었다. 그 말 내용은, 저주받은 어머니와 헤어져 살아남으라…… 이런 생각은 어머니가 아니고는 할 수 없는 무한한 자애를 담고 있었다.

'과연 주군은 살아 있겠다는 마음을 가질까……?'

"자아, 이로써 나쁜 인연은 끊어졌어요. 어미가 자식에게 주는 이별의 잔이에요……"

요도 부인은 엄숙한 표정으로 카이를 돌아보았다.

"잔을 들고 나면 곧바로 주군을 모시도록 해요. 주군은 무장이므로 말을 타고 통과해도 치욕은 되지 않아요."

"예…… 예."

"그리고 수행원은 한사부로와 쥬사부로, 그 밖에 한두 명의 시동만으로 족해요."

히데요리는 묵묵히 쥬사부로의 손에서 잔을 받았다.

"어머님, 들겠습니다."

"오오, 잘 알아들었군요."

고개를 들고 꿀꺽 그 잔을 다 마실 때까지 요도 부인뿐만 아니라 하야미 카이와 오노 하루나가도 히데요리가 어머니의 말을 받아들일 마음이 들었다고 생각할 만큼 자연스러운 동작이었다. 다 마시고 나서 히데요리는 희미하게 웃었다. 웃으면서 ―

"오기노 도키荻野道喜, 이리 오너라. 그대에게 부탁할 말이 있다."

태연히 잔을 내밀었다.

"예."

도키는 빡빡 깎은 머리에 둘렀던 머리띠를 풀면서 앞으로 나왔다. 잔은 여전히 쥬사부로가 들고 있었다.

"도키, 수고스럽지만 네게 어머니와 여자들의 카이샤쿠介錯°를 부탁하겠다."

순간 그 자리에 모인 사람들은 깜짝 놀랐다.

"가슴을 찔러 오래 고통을 주는 것은 비참한 일. 부디 훌륭하게 솜씨를 발휘하라."

"예…… 예."

"다음에는 모리 카츠나가."

히데요리는 오른쪽 구석에 앉아 있는 카츠나가와 동생 카게유를 조용히 손짓해 불렀다.

"너희들에게 나의 카이샤쿠를 부탁한다. 잘 싸워주었다…… 잊지 않을 것이다."

카츠나가는 망연히 잔을 든 채 하루나가를 바라보고 또 요도 부인의 기색을 살폈다.

바로 그 순간이었다. 지붕 근처에서 탁탁 불이 튀는 소리가 들렸다. 이어서 ―

"탕탕탕."

총성이 사방을 진동시켰다.

하야미 카이가 너무 늦어지는 바람에 감시하고 있던 이이 군의 총포대가 임박한 약속 시각을 경고하기 위한 발포였다.

"그건 안 됩니다."

기를 쓰며 요도 부인이 히데요리를 꾸짖는 것과 이 재촉의 총성이 공교롭게도 동시에 이루어졌다.

"아!"

카이는 굳어지며 부르짖었다.

"역시 우리를 함정에 빠뜨릴 작정이었어."

오노 하루나가는 멍하니 입을 벌린 채 말이 없었다.

'역시 타협이 이루어지지 않은 모양이다.'

그런 마음으로 들으면 이이 군이 다시 공격하는 총소리로밖에 받아들여지지 않았다. 인생 도처에 숨어 있는 우연이란 함정은 더욱 짓궂은 소용돌이를 더했다.

"와아!"

여자들은 비명을 지르며 서로 끌어안고, 남자들은 낯빛이 변해 벌떡 일어섰다……

──31권에서 계속

《 주요 등장 인물 》

고토 모토츠구後藤基次

통칭 마타베에. 떠돌이무사로, 전투에 능하다. 이에야스의 가신 혼다 마사노부가 능력을 인정하며 회유하지만 이를 거부하고, 오사카 여름 전투에서 제1진을 맡아 코마츠야마에서 눈부신 활약을 한다. 도묘 사로 철수하던 중 총포에 맞아 움직일 수 없게 되자 스스로 군졸에게 명해 자신의 목을 치게 하여 장렬하게 전사한다.

도쿠가와 이에야스德川家康

칠십 노구에도 전투에 참전해야 하는 현실을 서글퍼한다. 하지만 죽을 것을 각오하고 달려드는 오사카 떠돌이무사들에 비해 동군의 군사들이 너무 안일하다고 느끼고는 곧 손자 타다나오를 불러 낮잠을 잤다고 꾸짖는 등 무장들의 전의戰意를 불태우게 한다.

마츠다이라 타다나오松平忠直

유키 히데야스의 아들로, 이에야스의 손자. 한밤중에 이에야스에게 불려가 낮잠이나 자고 전투를 게을리 한다는 꾸중을 듣고 다음날 결전에서 사력을 다해 전투에 임한다. 타다나오의 에치젠 군에 의해 사나다 유키무라의 작전은 처음부터 예상을 빗나가게 되고, 결국 동군이 이기는 결정적인 역할을 한다.

사나다 유키츠나眞田幸綱

통칭 다이스케. 사나다 유키무라의 아들로 아버지를 따라 용감히 싸우지만, 마지막 순간에 유키무라는 아들을 오사카 성으로 돌려보내 히데요리와 생사를 같이하게 한다. 처음에는 완강히 거부하지만, 곧 아버지의 깊은 뜻을 깨닫고 오사카 성으로 들어간다.

사나다 유키무라眞田幸村

마사유키의 차남. 전쟁이 없는 세상은 없다는 자신의 신념을 관철시키기 위해 오사카 편을 들어 싸운다. 여름 전투에서 제2진을 담당하여 실질적인 총대장으로서 분전하지만 수적인 열세와 예상 밖의 치열한 난전亂戰 속에서 전사한다.

오노 하루나가大野治長

카타기리 카츠모토가 물러난 오사카 성의 실무 책임자로, 요도 부인의 정부情夫다. 도요토미 가문을 존속시키려는 이에야스의 진심을 깨닫지만, 돌이키기에는 너무 늦어버렸다. 강경 주전론자인 동생 하루후사가 보낸 자객에 의해 부상당하고, 결국 죽음을 각오하고

327

요도 부인과 히데요리만은 살리려고 노력한다.

오노 하루후사大野治房

도켄과 함께 오노 하루나가의 동생이다. 오사카 성의 대표적 주전론자지만, 전쟁 경험이 없는 애송이에 불과하다. 자신이 믿던 떠돌이무사 오바타 카게노리가 실제로는 칸토의 첩자였다는 사실에 격분하여 더욱 강경하게 주전론을 펴며, 사카이를 불태운다.

오다 우라쿠사이織田有樂齋

오다 노부나가의 동생으로 이름은 나가마스. 요도 부인의 외숙부. 오사카 성을 탈출하여 나고야에서 이에야스를 만난다. 이에야스에게 요도 부인을 어수룩한 미치광이라고 하고, 어차피 전쟁은 피할 수 없는 것이라며 냉소를 퍼붓는다.

오쿠하라 토요마사奥原豊政

야규 세키슈사이의 제자이자, 야규 무네노리와는 이종사촌간. 야규 무네노리의 부탁을 받고 떠돌이무사로 가장하여 오사카 성에 들어가 요도 부인과 히데요리, 센히메의 주위를 돌며 항상 그들을 보호한다. 약속을 지키기 위해 화염에 휩싸인 오사카 성에서 요도 부인과 히데요리를 구하기 위해 고심한다.

요도淀 부인

아명은 챠챠히메. 히데요리의 생모. 히데요시 사후 오사카 성의 안주인 노릇을 한다. 주전론자로 돌아선 요도 부인은 이에야스를 증오하며 며느리이자 조카인 센히메를 보호의 구실로 곁에 두고 괴롭힌다. 히데요리의 구명을 위해 센히메를 쇼군의 진영에 보내지만, 쇼군이 보낸 무장들의 태도에 마지막임을 깨닫고 자결을 결심한다.

키무라 시게나리木村重成

오사카 성의 대표적 강경론자. 칸파쿠 히데츠구의 모반을 권했다는 혐의로 히데요시로부터 할복을 명령받고 자결한 아버지의 결백을 주장하려는 듯, 반대로 아들은 히데요시의 아들 히데요리를 섬기며 오사카를 위해 충성을 바친다. 와카에 가도로 출전하여 칸토 군을 맞아 용감히 싸우지만 결국 전사한다.

≪ 에도 용어 사전 ≫

겐페이源平 | 전국이 겐지源氏와 헤이시平氏로 양분되어 싸우던 것을 가리킨다.

군감軍監 | 군대를 감독하는 직책. =감군監軍.

군센軍扇 | 장수가 전쟁터에서 군대를 지휘하기 위하여 사용한, 쇠로 만든 쥘부채.

나이키内記 | 옛날 조칙 등을 기초하고 위기位記를 쓰며 궁중의 기록을 맡아보던 관직.

닌쟈忍者 | 둔갑술을 쓰며 암살과 정탐을 하는 사람.

다다미疊 | 일본식 주택의 바닥에 까는 것으로, 짚으로 만든 판에 왕골이나 부들로 만든 돗자리를 붙인 것. 일반적으로 크기는 180×90cm이며, 일본에서는 지금도 방의 크기를 다다미의 장수로 나타내는 경우가 많다.

다이묘大名 | 넓은 영지와 많은 부하를 둔 무사의 우두머리.

로죠老女 | 쇼군이나 영주의 부인을 섬기는 시녀의 우두머리.

마스가타枡形 | 성의 첫째 문과 둘째 문 사이에 있는 평평한 땅. 여기서 적군을 저지한다.

마에가미前髮 | 관례 이전의 소년이나 여자가 이마 위에 땋아 올리는 머리.

바쿠후幕府 | 무신정권 시대에 쇼군이 집무하던 곳, 또는 그 정권.

사무라이다이쇼侍大將 | 무사의 신분으로 일군一軍을 지휘하는 사람. 무로마치 말기에는 무사 일조一組를 통솔한 사람.

삼도내 | 불교에서, 사람이 죽어서 저승으로 가는 길에 건너게 된다는 내를 이르는 말. 삼도천三途川.

샤치 鯱 | 머리는 호랑이 같고 등에는 가시가 돋친 물고기 모양의 장식물.

세이이타이쇼군征夷大將軍 | 무력과 정권을 장악한 바쿠후의 실권자. 쇼군의 정식 명칭.

쇼군將軍 | 무력과 정권을 장악한 바쿠후의 실권자. 정식 명칭은 세이이타이쇼군.

쇼시다이所司代 | 에도 시대에 쿄토의 경비와 정무를 맡아보던 사람.

쇼인반가시라書院番頭 | 에도 성 내의 경비, 쇼군 거동 때의 경호, 의식 때의 사무 등의 일을 보던 에도 바쿠후의 관직인 쇼인반의 우두머리.

슈인센朱印船 | 쇼군의 주인朱印이 찍힌 해외 도항 허가장을 받아 동남아시아 각지와 통상을 하는 무역선.

슈쿠로宿老 | 무가 시대의 고관. 로쥬老中나 카로家老 등을 이르는 말.

오고쇼大御所 | 은퇴한 쇼군이나 그의 거처.

오반大番 | 헤이안 시대 이후, 쿄토의 궁성이나 시가를 교대로 경비하던 각 지방의 무사. 오반가시라大番頭는 그 우두머리.

우다이진右大臣 | 다이죠칸의 장관. 사다이진 다음의 직위.

우마지루시馬印·馬標 | 전쟁터에서 대장의 말 옆에 세워 그 위치를 알리는 표지.

정토종淨土宗 | 호넨法然 법사(1132~1212)를 개조로 한다. 이후 제자 신란親鸞(1173~1263)의 출현으로 정토진종淨土眞宗이라는 새로운 종파가 성립되었다. 현재 정토진종은 일본 불교의 최대 종단을 형성하고 있다.

츠카이반使番 | 전시에는 전령, 순찰 등의 역할을 하고, 평상시에는 다이묘나 관원의 동정을 살펴 쇼군에게 보고하는 직책.

카게무샤影武者 | 적을 속이기 위해 대장으로 가장한 무사.

카이샤쿠介錯 | 할복하는 사람의 뒤에 있다가 목을 치는 것. 또는 그 사람.

칸파쿠關白 | 천황을 보좌하여 정무를 담당하는 최고위의 대신.

코쇼小姓 | 주군을 측근에서 모시며 잡무를 맡아보는 무사.

타이코太閤 | 본래 섭정攝政 또는 다죠다이진太政大臣의 경칭敬稱. 나중에는 칸파쿠의 직위를 그 자식에게 물려준 사람에 대한 높임말. 여기서는 히데요시를 가리킨다.

텐슈카쿠天守閣 | 성의 중심부 아성牙城에 3층 또는 5층으로 쌓아올린 망루.

토자마外様 | 카마쿠라 시대 이후의 무가 사회에서 쇼군의 일족이나 대대로 봉록을 받아온 가신이 아닌 다이묘나 무사.

하타모토旗本 | (진중에서) 대장이 있는 본영. 또는 그곳을 지키는 무사.

하타사시모노旗差し物 | 전쟁터에서 갑옷의 등에 꽂아 소속을 나타내는 작은 기.

하타지루시旗印 | 전쟁터에서 목표로 삼기 위하여 기에 그렸던 무늬나 글자.

해자垓字 | 성밖으로 둘러서 판 못.

후다이譜代 | 대대로 같은 주군, 집안을 섬기는 일이나 또는 그 사람.

≪ 일본의 미술 ≫

● 일본은 섬이라는 격리성 때문에 중국이나 한국과는 상당히 다른 미술 세계를 형
성해왔다. 일본 미술은 정신적인 측면보다는 시각적 효과와 자연 변화에 대한 감
각이 돋보이며 산수보다는 인물 묘사에 치중하는 것이 특색이다.

「묘에 대사 수상 좌선도明惠上人樹上坐禪圖」
죠닌成忍 작. 카마쿠라 시대.

「목동도牧童圖」
셋캬쿠시赤脚子 작. 무로마치 시대.

331

● 모모야마 시대는 영웅으로서의 쇼군이 강조됨으로써 장대함과 호화로움이 추구
되었으며, 일반 서민들의 생활이 중시되어 풍속화와 화조화花鳥畵가 유행했다. 이
시대 미술의 핵심은 역시 회화에서 찾아볼 수 있는데, 카노 파狩野派 화가들이 주
로 그리는 장벽화障壁畵, 풍속화, 화조화 등을 꼽을 수 있다. 그 외 남만 미술이라
하여 일본에 찾아온 서양인들을 묘사한 그림들이 있다.

「사자도 병풍」

카노 에이토쿠狩野永德 작. 모모야마 시대에 장벽화의 소재로 선호된 것은 사자, 용호龍虎, 봉황 등
으로, 강함과 길조를 바라는 다이묘大名들의 기풍이 반영되어 있다.

「모란도」

카노 산라쿠狩野山樂 작. 히데요시의 코쇼 출신인 산라쿠는 에이토쿠의 양자가 되어 많은 장벽화를
남겼다.

「송림도 병풍」

하세가와 토하쿠長谷川等伯 작. 카노 파에서 가르침을 받고, 하세가와 파의 시조가 된 토하쿠의 대표적인 수묵화.

「타카오 단풍구경도 병풍高雄觀楓圖屛風」

카노 히데요리狩野秀賴 작. 카노 파의 초기 풍속화로 유명한 병풍이다.

● 도쿠가와 이에야스가 쇼군에 취임(1603년)하면서 열린 에도 시대에는 모모야마 시대의 잔영을 그대로 이어받아 카노 파 화가들에 의해 큰 규모의 장벽화가 만들어졌으나 카노 탄유狩野探幽가 새로운 시대 분위기에 맞춰 변화를 시도했다. 서민들의 생활상을 가미한다든지 화초들을 담채로 스케치한 것 등은 시대상이 반영된 것이다.

「풍신뇌신도 병풍風神雷神圖屛風」

카와라야 소타츠俵屋宗達 작. 소타츠는 토사 파土佐派의 화법을 기본으로, 대담한 구도와 화려한 색채, 풍부한 양감量感을 특색으로 하는 장식화裝飾畵의 새로운 양식을 낳았다.

● 17세기 후반부터 발달하기 시작한 우키요에浮世繪도 시민 계급과 상공업의 발달
이 유발시킨 미술이다. 처음에는 간단한 흑백 판화로 시작했으나 곧 채색 판화가
등장했고, 이어 다색 판화로 발전함에 따라 널리 사랑받게 되었다.

「배를 들어올리는 사카타 킨페이坂田金平」
작자 미상. 우키요에의 초기 판화로 흑백이다.

「산 할머니와 킨타로金太郎」
키타가와 우타마로喜多川歌麿 작. 우타마로는 우
키요에 황금기를 대표하는 미인화의 제1인자다.

● 메이지 유신 이후 서양화의 본격적인 유입으로 일본 미술의 양상이 달라지는데, 주류였던 카노 파를 비롯해 우키요에 등이 쇠퇴하고, 대신 일본화라는 이름의 동양화가 자리잡게 되어 점점 세력화하는 유화油畵와 대립하였다.

「검은 고양이」
히시다 슌소菱田春草 작. 서양화의 기법을 받아들여 새로운 일본화풍을 확립.

「용호도」
하시모토 가호橋本雅邦 작. 각각 여섯 폭 1쌍의 병풍으로, 용과 호랑이의 대결을 그리고 있다. 카노 파의 호방한 전통을 살리면서 새로운 화풍을 시도했다.

「수확」
아사이 츄淺井忠 작. 갈색을 주로 하여 작업하는 모습을
그린 자연주의적 경향의 화풍으로 메이지 중기 서양화
의 대표작이다.

「독서」
쿠로다 세이키黑田淸輝 작. 쿠로다 세이
키는 파리 유학 후, 1893년 귀국하여
서양화의 발전에 공헌하였다.

「바다의 수확」
아오키 시게루靑木繁 작. 역동적이고 낭만적인 화풍으로 백마회白馬會에 출품하여 호평을 받았다.

《 도쿠가와 이에야스 관련 연보(1614~1615) 》

◈ —서력의 나이는 도쿠가와 이에야스의 나이

일본 연호		서력	주요 사건
케이쵸 慶長	20	1615 74세	2월 26일, 셋츠 마시타의 오다 우라쿠사이가 사신을 슨푸로 보내 오사카 성을 떠날 뜻을 전한다. 3월 12일, 쇼시다이 이타쿠라 카츠시게가, 오사카 쪽이 다시 군량과 화약, 떠돌이무사 등을 모아 거병할 준비를 하고 있음을 스루가에 보고한다. 3월 14일, 미노 카노 성주 마츠다이라 센마츠(타다타카)의 조부 오쿠다이라 노부마사가 사망한다. 향년 60세. 3월 15일, 오사카 쪽의 사자 아오키 카즈시게, 죠코인, 니이 부인, 오쿠라 부인 등이 슨푸에서 이에야스를 배알한다. 3월 17일, 오다 죠신(노부오)이 슨푸에 와서 이에야스를 배알한다. 이에야스는 죠신에게 오쿠보 나가야스의 옛 저택을 하사한다. 같은 날, 이에야스가 혼다 타다마사에게 쿄토의 경계를 강화할 것을 명한다. 3월 18일, 히데타다가 도이 토시카츠를 슨푸로 보내, 이에야스와 비밀 회의를 하게 한다. 이에야스가 오사카 재출진을 허가한다. 4월 4일, 이에야스가 오와리 나고야 성주 도쿠가와 요시토시(요시나오)의 혼례 참석을 위해 도쿠가와 요리노부를 수행하고 슨푸를 출발한다. 4월 5일, 이에야스는 오사카 쪽이 전투 준비를 하고 있다는 소식을 듣고, 히데요리에게 야마토 혹은 이세로 옮기든가, 떠돌이무사를 모두 오사카 성에서 내보내라고 명한다. 히데요리가 사신을 보내 영지 이전에 대한 명을 철회해줄 것을 청한다. 그날, 히데요리가 오사카 성 밖을 순시한다. 같은 날, 이세 아노츠 성주 토도 타카토라가 거성을 출

일본 연호	서력	주요 사건
케이쵸 慶長		발하여 우지가와, 카케가와 주변을 경비한다. 4월 6일, 이에야스는 이세, 미노, 오와리, 미카와 등의 여러 다이묘를 야마시로 후시미, 토바 주변까지 전진시킨다. 4월 7일, 이에야스는 사이고쿠의 여러 다이묘에게 출진 준비를 명한다. 4월 8일, 오다 우라쿠사이, 히사나가 부자가 오사카 성을 탈출한다. 4월 9일, 오노 하루나가가 오사카 성 내에서 자객에게 피습당한다. 4월 10일, 이에야스가 나고야에 도착하여 오사카 쪽의 사자 아오키 카즈시게와 회견한다. 4월 11일, 오다 우라쿠사이 부자가 나고야에 도착하여 아오키 카즈시게와 회견한다. 4월 12일, 오와리 나고야 성주 도쿠가와 요시토시(요시나오)가 키이 와카야마 성주 아사노 요시나가의 딸과 결혼한다. 이에야스가 이 혼례에 참석한다. 4월 13일, 오다 우라쿠사이 부자가 이에야스를 배알하고, 오사카의 상황을 아뢴다. 4월 14일, 이에야스는 토사 코치 성주 야마노우치 타다요시, 이나바 카노 성주 카메이 마사노리에게 출진을 명한다. 4월 15일, 오노 하루나가가 키이 와카야마 성주 아사노 나가아키라에게 구원을 요청한다. 4월 18일, 이에야스가 니죠 성으로 들어간다. 4월 20일, 쿠로다 나가마사, 카토 요시아키, 다테 마사무네 등이 쿄토에 들어온다. 4월 21일, 히데타다가 야마시로 후시미 성에 들어간다.

일본 연호	서력	주요 사건
케이쵸 慶長		4월 22일, 히데타다가 니죠 성으로 가서 이에야스와 비밀 회의를 한다. 4월 26일, 이에야스와 히데타다가 28일을 출진의 날로 정한다. 같은 날, 오사카의 오노 하루후사 병사가 야마토로 들어가 코리야마에 불을 지른다. 야마토 고죠의 마츠쿠라 시게마사 등이 이를 막는다. 같은 날, 이에야스는 오사카 쪽의 쿄토 방화 음모를 전해듣고, 다음날의 출격을 중지한다. 쇼시다이 이타쿠라 카츠시게가 이 방화의 주모자 이하 수십 명을 체포한다. 이에야스는 출진의 날을 5월 3일로 연기한다. 4월 28일, 오사카 쪽의 무장들이 셋츠 스미요시, 이즈미 사카이 등지에 방화하여 칸토 쪽의 무카이 타다카츠, 쿠키 모리타카 등과 격전을 벌인다. 4월 29일, 오사카 군이 이즈미의 신타치로 진출하여 키이 와카야마 성주 아사노 나가아키라를 토벌한다. 나가아키라는 이들을 이즈미 카시이에서 맞아 싸워 대승을 거둔다. 오사카의 무장 반 단에몬(나오유키)이 전사한다. 향년 49세. 4월 30일, 칸토 쪽 무장 미즈노 카츠나리, 혼다 타다마사, 마츠다이라 타다아키 등이 야마토 입구에 진지를 구축한다. 5월 1일, 이에야스가 5월 3일로 기약하고 출진할 것을 명한다. 5월 3일, 이에야스는 출진을 거듭 연기하여 5월 5일로 정한다. 5월 5일, 이에야스가 니죠 성에서 카와치 호시다로 출진한다. 히데타다도 후시미 성에서 카와치 스나로

일본 연호	서력	주요 사건
케이쵸 慶長		출진한다.

출진한다.

같은 날, 칸토 쪽 야마토 어귀의 선봉이 카와치 코쿠 부로 진지를 전진시킨다.

5월 6일, 칸토 쪽의 선봉 미즈노 카츠나리, 혼다 타다 마사, 마츠다이라 타다아키, 다테 마사무네 등이 카 와치 카타야마, 도묘 사 부근에서 오사카 쪽의 사나 다 유키무라(노부시게), 고토 마타베에 모토츠구, 스 스키다 카네스케 등과 격전을 벌여 대승한다. 모토츠 구(56세), 카네스케 등이 전사한다.

같은 날, 오사카 쪽 장수 키무라 시게나리, 쵸소카베 모리치카 등이 카와치 와카에와 야오로 출진한다. 키 무라 시게나리가 카와치 와카에에서 칸토 군 이이 나 오타카와, 쵸소카베 모리치카가 카와치 야오에서 토 도 타카토라와 전투를 벌인다. 시게나리(23세)가 전 사하고, 모리치카가 퇴각한다.

같은 날, 이에야스, 히데타다가 카와치 히라오카로 진지를 전진시키고, 다음날의 진격 부서를 정한다.

5월 7일, 이에야스, 히데타다가 군사를 오사카 성으 로 진격시킨다. 셋츠 챠우스야마, 오카야마 부근에서 오사카 쪽 장수 사나다 유키무라 등의 군사와 격전한 다. 칸토 쪽 장수 시나노 마츠모토 성주 오가사와라 히데마사(47세), 타다나가 부자 및 카즈사 오타키 성 주 혼다 타다토모(34세) 등이 전사하고, 오사카 쪽 장 수 사나다 유키무라(49세) 등 수많은 전사자를 낸다. 오사카 쪽이 결국 패한다.

같은 날, 오사카 성이 불탄다. 오사카 측에서는 히데 요리의 처 센히메를 성에서 탈출시켜 히데요리 모자 의 구명을 요청하게 한다.

옮긴이 **이길진**李吉鎭

1934년 황해도 출생. 1958년 서울대학교 사회학과를 졸업하였다.
일본 문학 작품 및 일본 문화에 관련된 많은 책들을 유려한 우리말로 옮겼다.
주요 역서로는 가와바타 야스나리의 『설국』, 이마이 마사아키의 『카이젠』,
오에 겐자부로의 『사육』, 기쿠치 히데유키의 『요마록』,
야마오카 소하치의 『오다 노부나가』, 『사카모토 료마』 등이 있다.

| 부록의 자료 제공 및 감수는 고려대학교 일어일문학과 최관 교수님께서 해주셨습니다.

도쿠가와 이에야스 제30권

1판 1쇄 발행 2001년 7월 16일
2판 3쇄 발행 2023년 5월 1일

지은이 야마오카 소하치
옮긴이 이길진
펴낸이 임양묵
펴낸곳 솔출판사

주소 서울시 마포구 와우산로29가길 80(서교동)
전화 02-332-1526
팩스 02-332-1529
이메일 solbook@solbook.co.kr
홈페이지 www.solbook.co.kr
출판 등록 1990년 9월 15일 제10-420호

한국어판 ⓒ 솔출판사, 2001
부록 ⓒ 솔출판사, 2001

이 책의 '부록'은 독자들이 일본의 전국시대를 폭넓게 조망할 수 있도록
전공 학자와 편집부가 참여, 오랜 시간과 많은 비용을 들여 작성한 것입니다.
저작권자인 솔출판사의 서면 동의 없이 무단 전재와 무단 복제를 금합니다.

ISBN 979-11-86634-55-4 04830
ISBN 979-11-86634-22-6 (세트)

• 잘못된 책은 구입한 곳에서 바꿔드립니다.
• 책값은 뒤표지에 표시되어 있습니다.

『헤이케 이야기平家物語 병풍도』